茧

〔日〕青山七惠 著
竺家荣 译

北京联合出版公司
Beijing United Publishing Co.,Ltd.

上部

1

他从房间的角落里看着我。

他那苍白的大脚扭曲了似的别别扭扭地伸着，想要逃离我，又像是想要接受我；想要求我原谅他，又像是想要原谅我。

家里所有的窗户都敞开着，能听见外面风声呼呼作响。

我的手仿佛一直在伸长着。只要我伸手，就是待在原地不动，都可以够到房间里的所有东西似的。

我的手先触摸到了硬硬的喉咙，然后触到喉咙下面平坦的地方，碰到乳房后稍稍停顿了一下。什么也没有覆盖的乳房仍然汗津津的，却凉凉的，就像我刚才朝他扔过去的铁锅那么凉。铁锅还躺在他脚边，映出了靠过来的我的脸。映在锅上的我是个特别细长的肉色东西，我直勾勾地看着这肉色，心里想，他刚才要是拿起那个锅，像古代上战场的士兵那样扣在头上就好了。这是昨天他用这个锅炒蒜苗时告诉我的。他说中国古代的士兵，每人都带着这样一口锅。因为锅既可以用于炖煮或是烧烤捕到的动物，还可以戴在头上保护头部，不可缺少。说着，他就把锅里的东西都倒在盘子里，将空了的锅假装扣在头上，给我示范。

我嘴里含着一大口苦涩的口水，将舌头浸在那温暖的感觉之中，手仍旧在抚摩柔软的胸部。气息渐渐地变得局促起来。感觉好憋气，想呼吸大量的新鲜空气。尽管想到这憋气的感觉在阻止我，却停不下来。他靠了过来，不是这样，虽说是我靠近了他，却是他主动蜷缩在我脚边的，你瞧，都离你这么近了，还是看不清楚最喜欢的你的脸。我以极快的速度捡起铁锅，对准看不清的那张脸使劲拍下去。刚拍下去，就已经再次举起了铁锅，于是只能一遍又一遍地拍下去，只觉得脖颈子一阵阵发麻。他渐渐缩成了一团，徒然挥动着拐棍一样的胳膊，那样的胳膊什么也抵挡不了，就连我的手指都碰不到。

铁锅没有保护他。不但没有保护，还痛打了他，这个锅，一直在击打他的锅，貌似很结实，其实就是用又黑又薄的铁皮做的炊事用具，根本不可能真的打垮一个人，然而他却发出非常痛苦的呻吟。其实，即使疼，也不会真的那么疼吧？因为它充其量是一口锅，只是你和我为了把要吃的东西放在火上做熟而使用的锅而已，用这种东西根本不可能打伤你的。你丝毫也不可能感觉到疼的。

他终于伸出胳膊抓住了锅边。我猝然失去重心，歪倒在墙上。趁这工夫，锅把儿被他夺去了，这回我抓住了锅边。圆滑的锅边抓着很费劲。锅在他和我之间颤抖个不停，犹如生不逢时的小动物，想要回到自己原来藏身的安全而又阴暗的场所去一般。

我猛地向后一抽身，立刻打破了平衡，锅回到了我手里。我将它朝着靠墙壁的书架使劲扔去，只听哐当一声刺耳的响声，随后是一阵沉闷的声音，然后一切又归于平静了。掉下来的好像是仙人掌花盆和玻璃喷雾器。

米思米仍然躺在地板上，一个劲地呻吟着。

我双手轻轻地捧起他那完全恢复了血色的脸颊。这样近距离看到和感觉到的这张完美无缺的、我最最喜欢的面孔，还有这温暖的感觉和肉嘟嘟的手感。此刻这张脸已经紧绷到了极限，仿佛用手指一戳就会立刻破碎，消失不见似的。

“你说点什么，好吗？”

从那微微张开的嘴唇里，轻轻吐出一口气。

从窗户刮进了一股更大的风。我最喜欢的那张脸又消失不见了。

每次都是开头记得很清楚，怎么结束的却不知道。

这时我才发现嗓子特别干渴。

2

“发现叶子长虫子了。”

一看到从后门进来的我，有纱立刻说道。

有纱站在摆放在收银台旁边的观叶植物后面，她的脸被绿油油的叶子遮挡，只能隐约看见眼睛、鼻子和嘴，不过，被染成绿色的眼睛、鼻子和嘴的部分都是笑吟吟的。

“虫子？什么样的？”

我一边关门一边问。没等有纱回答，亮太先搭了腔：

“是介壳虫。”

“什么？介壳虫？”

坐在镜台前的美发椅上的亮太站起来，给我看一幅手机画面。

“我查了一下，名叫介壳虫。是一种很小的虫子，就像贝壳那样的……”

“舞姐，别看那个，来这儿看实物好了。”

有纱冲我招手，我走了过去。“就是这个”，她指着从灰色的滑溜溜主干伸出的枝干。我凑近一看，果然看到在树枝下方有芝麻粒大小的浅茶色凸起物。与其说是虫子，更像是即将发芽长叶的骨节。

“这就是虫子？根本不像贝壳呀……”

“可是就因为这虫子，最近树叶掉得厉害。还有这个……”

站在旁边的亮太揪住一片叶子，把它展开来，只见在如小孩子手掌大小的椭圆形叶子上，散落着好几个露珠样的小颗粒。

“这是什么呀？挺好看的。”

我刚要摸，有纱抓住了我的手。

“这是介壳虫的排泄物，就是粪便呀。我也觉得很漂亮，就像晶莹的露珠，其实是粪便呀，一摸黏糊糊的。”

“哟，真的吗？”

“亮太帮我查了，它们一旦附着在枝干上，就变硬了，只能用指甲一个个抠下去才行。所以刚才我一直在抠它呢。”

“你瞧瞧。”有纱打开手里的纸巾给我看。纸上粘着麻麻点点的圆形锯末样的东西，看着还是不像虫子。有纱的短指甲修成了方形，那些锯末已经被她的指甲油染成了摩卡咖啡色。

“杀虫剂不管用吗？”

“是的，这个时候就不太管用了。”

亮太一边滑着手机画面一边回答。

“据说可以预防，可是一旦成了贝壳状，好像就只有用这样的笨办法去除了。除此之外，就是经常用强力花洒使劲往枝干上喷水，等等。”

“往枝干上喷水？那地面不都弄湿了吗？”

“所以啊，只能这样一个个抠下去呀。”

有纱把手里的纸巾揉成一团，扔进纸篓里，又抽了一张纸巾凑近了枝干。她的平光眼镜后面的眼睛变得有些对眼，就像要从玳瑁镜架后面凸出来挤到一起去似的。“啊，这儿也有！”她也不知是冲着谁不好意思地笑着，迅速用纸巾捕捉了那个小颗粒。

“算了吧，不用这么费劲了。等天气热了以后，它们不就自生自灭了吗？别管它们了。”

“不行不行，舞姐，以后天气越来越热了，它们会活过来的。”

亮太一边说一边把蓝衬衫的袖子挽到了胳膊肘，然后很吃力地蹲下来，和有纱一样变成了对眼，捉起虫子来。

这盆观叶植物是以前工作的店长送给我的开业礼物。本以为很快就会死掉，没想到已经快两年了，还是绿油油的。一到春天就发出绿芽，长出小叶子，一个星期就长得和其他树叶分不出来了。与其说是它长大了，不如说是变粗了。它被绿叶包裹着，眼看着就要轻飘飘地飞上天空似的。有纱和亮太不知为什么，把它当作店的守护神，可宝贝了，小心翼翼地伺候它。今年还给它剪了枝，在各自家里栽了一盆。因为两个人都特别喜欢植物——而且米思米也喜欢植物。

仙人掌花盆坠落的响声在我耳朵里回响起来。手指上又感觉到了冰凉的铁锅的分量。脚下微微有些不稳。

我把包放在柜台上，抽了一张纸巾，也跟他们一起捉虫子。有纱和亮太在比赛谁捉得多。“八比六！”有纱笑着说道。

“舞姐，还捉吗？”

或许我显得有些心不在焉吧，忽然发现有纱和亮太都担心地看着我。

“算了，不干了。现在开会吧。”

今天，与开店同时，来了两个预约，一天一共十个预约，其中四个集中在傍晚四点以后。最后一个客人做完，估计要到八点以后了。不过，延长营业时间很令我庆幸。每回发生那个事之后一般都是这样。

十一点，有纱的客人准时到来。约了我的客人古川女士迟到了十分钟。她是我以前工作过的发廊的客人，我自己开店后她也跟了过来，是重要的客人之一。

大概又熬夜了，古川女士闭着的眼皮显得很沉重，她的黑发就像是她度过的漫漫长夜的标本。我一边给她洗头发，一边呆呆地望着入口的玻璃落地窗。五月的阳光照射下的狭窄道路上，推着婴儿车的母亲、穿制服的年轻快递员、牵着狗的老人们走了过去。道路那边是井之头线的铁路，每隔五分钟通过一两次电车时，店里便跟着微微震动。

外面非常明亮，是被柔和的柠檬色光芒守护着的不会发生任何可怕事情的世界。此时我忽然意识到，自己心里一直在念叨“会好起来的”“会好起来的”“会好起来的”，就像在念咒语一般……苦味的口水涌出来。我摇着头使劲咽了下去，但苦味依然如故。我想要用那柠檬色的光芒漱漱口，想用清爽而酸酸的冰凉东西把嘴填满。

“今天天气也不错啊。”我对古川女士说。

“嗯……”她低沉地回答。与其说是回答，更像是翻身时从喉咙里发出的轻声梦呓。

“又熬夜了吗？”

“……刚才摩托快递[1]终于到了……累死我了……”

冲湿了头发后，我关掉花洒，开始往她贴在洗发台上的湿漉漉的头发上抹洗发香波时，她已经睡着了。

古川女士好像是在家里工作的什么设计师。虽说已经是认识五年的老相识了，但我并不清楚她到底从事什么设计。像今天这样彻夜不眠的日子，她一般都会在洗头发时张开嘴睡过去。今天也正在慢慢张开她那淡紫色的嘴唇。我尽可能不弄醒她，轻轻地把流到发梢的泡沫弄回发根去的时候，由于用力过大，泡沫飞到洗发台外面去了。落在地上的泡沫不到几秒钟便渗入地板里了。可是，我的眼睛却随着在洗面台上摇晃的更大的泡沫，沉重地缠绕在十个手指之间的头发，从头发里面不断冒出来似的白色泡沫一起，变得湿润起来。古川女士已经张大嘴巴香甜地睡熟了。我今晚也能像她这样熟睡吗？要是能睡着就好了，肯定能睡着。于是乎我又念叨起了“会好起来的”“会好起来的”的咒语，不禁感到自己陷入了永远给古川女士洗那黑夜般的头发的命运之中了。

[1] 在几小时之内骑摩托车送达的邮递，比快递费用高一些。

3

送走了把齐胸的长发剪短到肩头的古川女士后，我的第二个客人紧跟着进了店，之后就一直没有歇下来。给第四个客人染完头发，终于可以喘口气的时候已经快五点了。

我从包里拿出午餐包来，打开一看，是两个捏得非常漂亮的饭团。这好似马上就会长出毛发来、摇晃着尾巴扑上来撒欢一般的饭团，是每天早晨米思米给我捏好，包起来的……我喝了一口旅行杯里的麦茶，咬了其中一个一大口，然后狼吞虎咽地吃完了两个。忽而觉得耳朵后面刺痛了一下，仿佛又听到了那刺耳的哐当声。饭团的一粒粒米粒里，就好像隐藏着尽可能缓慢地惩罚神经的小炸弹似的。

外边爆发了一阵哈哈大笑，同时休息室的门突然被打开了。

“对不起。”

走进来的有纱打开冰箱门，急急忙忙拿出一盒冰红茶和冰块。

“啊，冰红茶快没了。还有存货吧？”

“嗯，你就放在那儿吧。我会做新的。”

“好的，谢啦。”

“有纱，饭吃了？”

“吃了。早就吃了。”

在我往纸盒里放红茶、加冰块的时候，有纱回头看了我好几次。我以为她会拿着做好的饮料出去，她却像妈妈对小孩子那样，在我跟前弯下腰问道：

“舞姐，是不是又有点贫血了？脸色稍微有点……”

“啊，脸色，不好看？”

“哎，有点……没事吧？”

“嗯，没什么事。”

“染发检查，我来吧，这样你还能再歇一会儿……”

“不用，我没事。不用担心。”

我想笑，但是好像没有如愿。映在对面墙壁上挂着的镜子里的脸，确实有些惨白。

“不过，明天经销商要来，你查一下店贩的库存情况，跟我汇报。有空的时候查了就行。”

“好的。知道了。”

等有纱出去后，我才站起来，走到镜子跟前。

不出所料，左眼下眼睑在微微痉挛。我身体不舒服的时候，偶尔会出现这样的症状。大概是真的累了。

我从储物柜里拿出眼罩，放进微波炉里加了热，脸朝上蒙在眼睛上。在一只小鸟分量的黑暗中，朦朦胧胧浮现出自己在镜前给顾客剪头发的姿态来。降低重心，用指尖之力调节梳理的力度，频频看镜子，确认两边头发一样长的我；从上到下，斜着剪子，仿佛在头发的空隙中已然画好了完美的设计图一般，很果断地修剪头发的我……当我死去后，认识我的所有人，都会回想我这个姿势的。即便是不知道我当了美发师的以前的朋友们或远亲们，我也希望他们回忆生前的我时，会想到磨剪子或是卷发卷或是搅拌染发剂的我。我真的一辈子都是个纯粹的美发师，该有多好啊。那就死也瞑目了。

这样想象时，眼睛里面的紧张感稍稍得到了缓解。

摘下眼罩后，尽管只休息了不足十分钟，从墙壁的小窗户看见的蓝天已经变深了，天快黑了。

从门外传来了笑声。

我想要听清楚那笑声。不单是笑声，播放的波萨诺瓦的 BGM，在头发之间滑动的剪刀声音，搅拌染发药剂的声音，有纱或亮太，不管什么人的声音都可以，我希望他们使劲唱歌、叫骂、吹口哨，越热闹越好。希望那些声音组成紧闭着眼睛的队列，将油脂般渗出的这一天的结尾干净、彻底地吸进去。

我用手掌捂住了脸，这时响起了哔哔哔哔……提醒染发检查时间到了的定时器的声音。

除了六点过后突然进来的一个顾客之外，一天预约的营业结束了。有纱因为要给临时来的顾客做头发，没有时间检查库存，我对她说，我自己干吧，让他们俩先回去了。

透过大玻璃窗看到外面已经黑了。我以为在库房里耗了很长时间，其实剩下我一个人以后才过了三十分钟。用墩布大致擦了一遍地板后，我仍然站在窗边的观叶植物旁边磨磨蹭蹭地不回家。

我很害怕。不知是害怕夜晚，还是害怕夜晚的黑暗，或是害怕这一切，害怕外面所有的东西？从小时候，我就特别害怕黑暗。最害怕的是睡觉之前，从关掉墙壁上的电灯开关，到钻进被窝里的那几秒钟的黑暗。我总是闭着眼睛跑到床上，所以膝盖和脚趾瘀青不断。其次害怕的是，上床之后的黑暗……仿佛房间里的所有东西都把床铺包围起来，诅咒睡在中央的自己。直到早晨，一次也不敢睁开眼睛。不过，这些全都是胆小的孩子的回忆。我早就成为可以一个人坦然走夜路的人了。然而不知道为什么，如今我又变得像小时候那样特别害怕黑暗了。不过，没关系，这个店是非常明亮而整洁的我自己的店，是我从银行贷的款，从大门把手到卫生间里的毛巾架，所有装饰都是我决定，自己往墙壁上涂白色油漆，装修成了舒适的店……在这里没有任何让我惧怕的东西。

从前年开业以来，虽然多少遇到些坎坷，但眼下的运营是顺利的。有像古川女士那样的从原来的发廊跟来的，也有看了附带优惠券的当地 SP 广告[1]来的顾客。顾客只要来了一次，几乎都会定期来做头发。尤其是有纱负责的顾客，几个月内肯定会预约第二次的。

开店一个月后，为了填补突然什么招呼也不打就开始缺勤的男美发师的空缺，我把有纱这个在以前的发廊要好的后辈拉来了。何止是填补空缺，有纱把自己的老客户几乎一个不落地都带来了。她干活非常认真，从小孩到老人，无论什么样的人，她都能马上把握对方，既可以成为倾听者也可以成为被倾听者。她绝对不说那类虚假的吹捧话，总是笑脸盈盈。这看似简单却并非那么容易做到。有纱在和不在，店里的气氛大不一样。助手亮太虽说年轻，常常不太让人放心，可长得招人喜欢，再有两三年，技术也娴熟了，客人自然会增多吧。到那时，还得再雇用一两个助手。不过，在那之前，有纱和亮太会不会另立门户了呢?

先不说亮太，我很希望有纱能够干久一些。不光是因为其美发师的才能，我喜欢有纱那又薄又大的嘴唇和大耳朵。在她那几乎不

[1] SP 是 sales promotion 的缩写，即促销。

涂口红的嘴唇缝隙里，像绷针一般镶嵌了好几个耳钉的耳朵眼里，仿佛总有着干净而又爽快的东西——对了，就像今天早晨看到的柠檬色光芒那样的东西在微微燃烧似的。

不知不觉间我一边抚摸观叶植物，一边试图将那柠檬色的光芒涂抹在窗外的夜色上。忽觉手指黏糊糊的，低头一看，原来是紧紧粘在叶子上的那种透明如露珠般的东西。

我抬起头，看见外面依然是黑色的，黑暗仿佛被轻轻扇了一巴掌似的使整个夜色都晃动起来。

我感到一阵猛烈的晕眩，不由得蹲在了地上，尽管没觉得自己拽到它们，却看见叶子纷纷从枝干上被折断掉在地板上。

口袋里的手机振动起来，“什么时候回来？”的短信出现在亮起的画面上。

4

不管是多么充实愉快的一天，还是在不安中度过的一天，只盯着自己的脚下往前走，最后必定会站在一扇熟悉的门前，这到底是为什么呢?

705 室的白色门已经离得很近了，我一直死死地盯着它，可能的话，我很想返回车站，登上刚刚进站的列车，去看山、看海，看森林或看峡谷也可以。要是早晨就更好了。反正我就想看特别特别大的什么东西，只要不是家就行。从门旁边开着一条缝的小窗户里，流淌出了一股又甜又咸的味儿。

“我回来了……”我还没有说完，“欢迎回来。”米思米已经回头朝我笑道，“啊，回来得正好。南瓜刚刚热好。”

米思米穿着马德拉斯格子围裙，长额发用发带固定着。这两样东西都是我俩共用的。

“太棒了！是南瓜呀。南瓜和什么一起煮的？”

“鸡大腿。今天是促销日。”

“难怪啊，闻着真香。在门外都能闻到香味呢。”

“马上就吃吧？”

“嗯，马上吃。”

“好的。”米思米高兴地笑着，赶紧往盘子里盛起菜来。我洗完手，换完家居服回来，桌子上已经摆好了所有的饭菜。两个人像往常那样，同时合掌说了句“我吃了”之后，米思米马上说了声“好热”，打开了窗户。

“今天，白天也热得要命吧。店里怎么样？”

“还行吧。好像比昨天忙了点。”

“回来得很晚啊。”

“核对了一晚上店贩的库存。大概明天可以按时回来。”

“是吗？啊，对了，我发现了一款阿舞可能会喜欢的书架。”

“在哪儿发现的？”

“以前温子告诉我的北欧家具的网站上。”

“温子小姐？”

“是啊。温子从娘家搬出去以后，不是说过她的所有新家具全都是在那儿买的吗？”

“多少钱？”

“七万元左右。贵了？”

“不贵……”

“不过，你绝对会喜欢的。回头给你看看。”

米思米嘴里说着回头给你看，却坐立不安似的从椅子上站起来，把刚才放在沙发上的平板电脑拿来了。他指给我看的画面上，出现了北欧式样的白色木材做的书架。

“不错吧？”

在旁边盯着画面的米思米的眼睛，早已捕捉到我的喜悦，在闪闪发光了。

“不错是不错……要不再考虑考虑？”

“不太满意？”

“不是，很可爱啊，只是考虑。”

“是吗？那就等我发现了更好的，再报告你吧。”

“嗯。”

之后，陷阱一般突然袭来的沉默，连同房间一起吞噬了两个人。我拿起遥控器打开了电视，正在播放猜谜节目。米思米换了频道。几乎每隔一秒钟换一个台，转了三圈之后，他说了句“没意思”。先一步从陷阱里逃脱出来的米思米，又开始眉飞色舞地讲起了一天里的新鲜事。

“本想看看家具网站，可是为了学习脱水酸奶的做法，花了近一个小时查阅各种资料；去超市途中，没有遇到每次都遇到的可利犬阿龙；促销的不光是鸡大腿，还有鸡胸脯。考虑到健康因素，按说应该买鸡胸脯，可是和南瓜一起煮的话，鸡胸脯太没味，还得用鸡大腿肉才好吃……”他说的这些事情并不是今天才发生的，或许只是把昨天说过的事情换了个说法而已，而且一个星期以前，我听到的似乎也是同样的话题。他每次讲的都大同小异，都是些琐碎的事情……

不过，现在他意识到我有些不起劲，说话的速度渐渐慢了下来。我一直含含糊糊地微笑着敷衍他。一直到吃完饭，一直到泡澡的时候，我都想着我还能这样坚持一会儿，所以拜托，不要道歉，拜托，一边这么想，一边保持着微笑。米思米当然还在唠叨着。时间眼看着变得越来越紧迫了。我们互相谦让着那个尖端扎到的白旗。

"……对不起啊。"米思米说道，眼里好像已经满含眼泪。

电视的电源已经关上了。内疚和轻微的喜悦重叠着被一下子倒了回来。

"说什么呀，是我在发呆呢。对不起啊。"

"阿舞已经累了，我还让你听我这样唠叨。"

"不是的，我说了不累。是我对不起。"

"还是不要太累了。这个月你只休息了一次，可能还是有点累了吧？"

"嗯。今天有纱也这么说了。自己不觉得，是不是能看出来？"

"是啊。你已经连续工作两个星期了，当然会疲劳啊。泡完澡后，我给你按摩一下吧？"

"不用。没事。"

"就不要跟我客气了。我给你揉揉。"

"算了吧。"

"揉揉吧。"

"是吗……嗯，那就……拜托了。"

"好吧，等泡完澡后，我就准备好。刚才我没有说，其实，不光是查看脱水酸奶的事，今天我还查看了足底反射区。自己也给自己揉了揉，脚心那儿特别疼，这说明排泄系统有问题……”

米思米的声音比刚才稍微低了一些。我一边听，一边吃完了鸡腿炖南瓜。我感觉从开始吃饭，已经过去了很长时间，可是，这个菜一点也没有凉。一直像是刚刚从炉子上拿下来的那么热乎……只是觉得味道重了一点。我觉得以前米思米做的菜，好像还要清淡一些。

米思米不知何时已经准备好了洗澡水，帮我脱下衣服，让我泡进浴缸里。乳白色的洗澡水表面，细小的气泡噼啪作响。米思米一边唱歌，一边给我头上抹了好多香波，把集中到头顶上的头发弄得就像一杯爆米花那样玩着，不知何时他突然消失了。我从浴室出来，裹着浴巾坐在床上发愣时，不知怎么搞的，米思米又系上马德拉斯格子围裙，拿着按摩乳瓶子走进了房间。“好，你先趴下吧。”我顺从地趴在床上，闭上眼睛。米思米温暖的手特别适合做按摩。“你可以试试按摩师或是美体师什么的呀”，以前我这样劝过他，可他总是笑着说“谁知道行不行啊”。

我感觉有些憋气，就侧脸趴着，不知何时，电灯关上了，代之以散发着天竺葵香气的熏香蜡烛。

在这微弱照明的房间里，我朦朦胧胧看见昨天掉在地上的仙人掌花盆已经回到了书架上。金色壶嘴的喷雾器也在它旁边。它们是和昨天一样的仙人掌和喷雾器吗？说不定仙人掌和喷雾器根本就没有掉在地上摔坏……米思米将碎片收拾进口袋里，用吸尘器把地上打扫干净，去站前的花店或别的什么地方寻找到相似的仙人掌和喷雾器，与其想象这样的他，不如想象没有摔碎的仙人掌和喷雾器，对二人的将来更正确，而且更为愉快。只要把一切都交给正确和愉快的话，我就会变得更快乐吧。

“怎么样？感觉舒服点了？”

“嗯，谢谢！很舒服。”

“再揉一会儿？”

“米思米。”

“什么？”

“昨天……”

“昨天？”

米思米没有停下手。温暖的手给因肿胀而变硬的腿肚子施加着一定的压力，往上推揉着。

“……都是我不好。”

“……”

“都怪我昨天没有再打开空调。本想把外面的空气放进来，先关一会儿空调，在阿舞回来之前再打开的，可是后来一看电视，就给忘得一干二净了。这点事都忘了，也太笨了。对不起啊，现在觉得温度合适吗？”

我没有肯定，也没有否定。

“以后我一定注意，不让阿舞讨厌我。”

我感觉揉搓腿肚子的手劲加大了一些。

5

大概是细致按摩的效果吧，第二天早上醒来时感觉很清爽。

我们脱了内衣，亲热了十分钟到十五分钟。每次打架之后，迟早都会做这件事。不过，我还是为两个人能够以这样温柔的心情迎来清晨而感到高兴，尽管浑身汗津津的，却起了好多鸡皮疙瘩。我有种预感，以后每天，倘若每天有些难度的话，估计每隔三天能够迎来一次这样的早晨，这并非让人讨厌的预感，应该是我们结婚时就说好的事情——感觉犹如发酵的面肥般的什么东西从头顶到脚指头，布满了全身，如果不使劲抓住床垫的话，身体就会飘浮起来似的。

将我的鼻头蹭着米思米的尖鼻头时，他睁开眼睛问了声“早晨好”。我起来后做了两个人的早餐。米思米往我烤的面包片上抹上草莓酱，递给我。他的眼睛好像有些浮肿。难道说那个面肥也对米思米的身体起到了同样的作用吗？我真幸福。坏的事情都不会再发生了，我能够发自内心地确信这一点。我们俩一边笑着，一边互相给对方喂面包，互相舔着对方手指上的果酱。

就像喝了特别有效的药一样，早晨的幸福持续了好几个小时，让人不觉得时间在流逝。一直干到下午，我都没有休息，也没有喝水。仿佛可以永远这样干个不停。

傍晚，把付完钱的顾客送到店外时，“药劲”也没有丝毫减弱。映入视野的所有东西都均衡地渗入，刚一放松后背，立刻感觉好像被柔软的螺旋状绸带捆住了全身一般。外面的马路承受着火辣的西晒。夕阳又圆又大。我刚静静闭上眼睛，就听见背后有人说“对不起”。

回头一看，在发廊的立式招牌旁边站着一位穿着天蓝色衣衫的女士。

“对不起。”

我以为她会走过来，却往后退了几步。

"那个，对不起，昨天在这里，您给我剪的头发……"

她这么一说，我猛然想起来了，难怪好像觉得在哪里见到过。她就是昨天傍晚来的没有预约的女顾客。

"啊，您是昨天来的，那位……"

"是的，我姓羽村。"

她微微低下头，然后不得已似的看着我的下巴露出了微笑。但笑容即刻消失了，如同被冲到沙滩上的海藻那样，嘴角只剩下了潮湿的僵硬表情。

"有什么事吗？"

"昨天，觉得头发有点……"

"怎么？"

"比我预想的感觉色彩亮丽了些……"

"哦。"

"那个……我想请您重新给我剪一下……"

"啊，好的，当然可以。一周之内的话，免费修剪。现在您有时间吗？"

"有时间。"

"那么请吧。太好了，现在正好有空……"

我在服务台打开顾客登记簿，立刻找到了她的名字。在写着"羽村希子"这个名字的那页纸上，有纱写着规矩的小字记录着昨天的日期和剪发、染发。我把她的东西存入储物柜里后，引导她来到镜子前，她挺直腰，在椅子上浅浅地坐了下来。然后瞥了一眼镜子中自己的面庞，就像看到了什么肮脏的东西似的移开了眼睛。

"你觉得太亮丽了？"

“对不起。昨天在这里觉得这样挺好的，可是，回家一照镜子就……”

“哦，没事没事，说实在的，这样的客人还不少呢。由于顾客的发质或是由于工作场所的灯光等，会觉得颜色有很大变化……”

打开染发样品册，给她说明时，她像看稀有的美术品图录似的，仔细地盯着一束束染色样品看。望着她的侧脸，我忽然发现她戴着一副昨天没有戴的无框眼镜。这一发现不知怎么对我的心情起了好作用。我要热情地对待她，因为我需要一个每天能够让我产生这种新心情的人。

“……所以，现在才会感觉太黄了一些，因此加入一点点这种青色，分两个层次重新染上暗色，以便接近原来头发的颜色，您看这样可以吗？”

在我给她染发的时候，无论我对她说什么，她都没有什么反应，不知是因为要求重新染发感到尴尬，还是她的性格使然。她不看镜子里的自己，也不拿剪发台子上叠放的三本杂志看。只是呆呆地瞧着自己两腿之间的罩衣的凹陷处。我有所顾忌，没有再跟她说什么话，当我用刷子刷着她脑后的头发时，偶然抬起眼睛，第一次和镜子里的她双目对视了。

“好久没有染成这种颜色了吗？”我莞尔一笑问道。“是啊……”她刚刚这样回答，又马上改口，“啊，不是。”

“是第一次吗？”

“是啊……”

“大概也没有烫过发吧？”

“是啊……”

“你昨天来的时候，我觉得您的发式很漂亮也很自然。现在这样的发型很少见到了。”

“是吗……”

“所以一下子染得鲜亮了，才会觉得不习惯吧。还是一点点地改变，逐渐习惯比较好。”

“我总觉得还是不太适合自己……”

“没有啊。你的皮肤白，什么颜色都适合的。”

“不过，一直是黑色的，所以还是……”

“这次改变颜色，有什么原因吗？”

她显得有些吃惊，不好意思地笑着说：“没有什么原因……”看见她这样微微露齿的笑容，忽然觉得很像个孩子。无框眼镜放大了巴旦木碎屑般的点点雀斑。眼角细微的皱纹，一笑变得更深，反而给人增添了孩子气的印象。这个人到底多少岁呢？她笑起来就像中学生一样天真，可是闭着嘴、垂着眼睛、沉默不语的时候，又像四十多岁的人。不只是年龄，包括职业或性格，她都是个从容貌难以判断的人。

“今天是下班回家吗？”

“……是的，请假提前走的。”

“就是说，同事们今天是第一次看到茶色头发的羽村小姐了？大家没有觉得吃惊吗？”

“什么？”

“啊，就是工作单位的同事。”

“啊，是啊……大家都很吃惊。”

“你是做什么工作的？”

“这个……旅行方面的……”

“哇，真不错啊！经常陪团去海外吗？”

“每年一次左右吧……不过不算是陪团吧……我只是随同企业去研修旅行……”

“真的？企业的？研修旅行？不游览吗？”

“是啊，不怎么游览。”

“好容易去了海外，太可惜了。”

“是啊……”

“你喜欢旅行吗？”

“嗯，以前还……”

“我以前经常去旅行。”

“以前……最近不去了？”

“是的。老公不喜欢旅行，我又不能自己一个人去。而且也不想离开店里太长时间，没办法。”

像是自愿被我的笑容牵引着似的，她也敷衍地笑了。和刚才那天真的笑容不同，这次的笑容显得老了十岁、二十岁似的……不过，就在下个瞬间，当我的视线回到镜子里时，吓了一跳，同样的面孔竟然有两个。眼前坐着的女子和我是同样的面孔。不只是现在，我在给别人剪发或染发的时候，偶然抬头一看，有时会看到面前镜子里的自己浮现出和刚才完全一样的表情。我垂下眼睛，拿起最后一束头发，用刷子仔细涂抹起来。

一个小时后，她的头发染成了和昨天进店时几乎一样的暗色，散发着幽幽的光泽。我松了口气，带她来到柜台，在寻找护发样品的时候，又发现掉了一片观叶植物的叶子。尽管我们三个人那样卖力地一个一个地驱虫，可是虫子们仍然隐藏在叶子的后面。要不趁此机会，索性把它处理掉算了？我找到要找的样品，回过身来，看见她直愣愣地看着收银台旁边挂着的画框里的照片。那是一头蓬松的短发，戴着珍珠项链的戴安娜王妃。

“我特别喜欢戴安娜王妃。”我对她说道。

“啊，果然是……”她扬起脸来。

“小时候看电视，觉得她简直美如天仙啊。我就梦想自己将来也要成为这样美丽的女人。当然，这是不可能的，所以就退而求其次，要做一个能够这样给人做漂亮的发型、给别人化妆的人，指望着什么时候能够被戴安娜王妃雇用呢。”

“是吗……”

“长大以后，自己开了这个店的时候，就决定必须起戴安娜王妃的名字。别人都笑话我，说这个名字也太过时了。”

“她是个非常美丽的女人。”

“的确非常美丽。”

“我也很喜欢她。”

羽村希子那天第一次直视着我的眼睛笑了。

走到外面，目送她朝着车站走去后，我关掉了招牌的电源。DIANA 五个字母一下子消失了，只留下犹如在深蓝色的夜空中乱成一团的白色毛线般的残影。

回到店内，有纱立刻走到我身边，说了句“对不起”。

“羽村小姐，是重新染色吧？对不起，我一直没空，应该我来给她……”

“啊，嗯，她说回家后感觉和自己想象的不太一样。”

“是吗？嗯……”

“对于第一次染色的顾客，要格外慎重才行。不过，好久没有这样的情况了。”

在顾客面前，我虽然说这是“常有的事”，实际上对效果不满意，来店里要求重新做的客人很少见。每年也就一两次。我在羽村希子的顾客卡片里留下了重新染发的记录。下半张纸上用订书机固定的本人写的登记纸上，只写了姓名和出生年月日，住所栏没有填写，在不需要栏里填写了“邮寄广告”。刚才看的时候没有注意到，她和我是同年出生，令人吃惊的是就连生日都一样。

我捡起那片叶子，上面也粘着透明的蜡状水珠。如果这真是介壳虫粪便的话，为什么从茶色生物体内排出的东西会是这样透明的呢？

“啊，真讨厌。怎么还有呢！”有纱和亮太也发现了虫子，嚷嚷起来，一只手拿着纸巾开始捉虫子了。

6

那之后过了一段比较长的平静日子，每天我给人剪发或染发或烫发的时候，都意识到我的心情又开始朝着那阴郁的深渊坠落了。

这就如同叹息没有吃过的想象中的水果在肚子里慢慢腐烂般的感觉，如同被无所事事地描绘在余白上的亡灵画附体一般的感觉……让我表达出来就是，愉快的时间好歹可以打发，但黑暗的时间必定会到来，从车站走回家的一路上，仿佛走在被台风刮过而荒芜泥泞的地上一般，备感步履沉重。然而，必然会走到的那扇门一打开，米思米一如既往地做好饭等着我。“欢迎回来。”一看到他那张笑脸，我的腿就不可思议地变得轻松了，我真想为了没有遭遇任何坏事或灾害，走到今天的很普通的奇迹，两个人一起流着眼泪庆祝。尽管如此，我从来没有吃过的那种水果，却在肚子里慢慢腐烂起来。在胃酸的作用下快速变酸。它们会不会因为极其微小的、微不足道的原因而从食道倒流出来？会把我和米思米彻底弄脏吧？那样的话，可就无法挽回了。与其说我害怕，不如说是渴望这样。

“书架，我买回来了。”

米思米笑吟吟地指着白色木书架，仿佛以前就在那里一般，和房间融合在一起了。

“因为写着库存只有一个了，所以我就急着买了。觉得怎么样？”

昨天还在这里的半大不小的书架——是我学生时代在旧家具店买的深棕色书架，已经不见了踪影。原来塞得满满的小说或写真集，如今被宽松地摆放在漂亮木纹的新书架上，仿佛又被排在书店的书架最前面似的，散发出自豪的光辉。在最醒目的地方，封面朝着正面摆放着我最喜欢的戴安娜王妃写真集。手拿粉红色手包的戴安娜王妃，朝着斜后方，露出洁白的牙齿微笑着。在它的旁边放着仙人掌和喷雾壶。

“……我没有对你说过考虑考虑吗？”

“嗯，不过，我想阿舞肯定会选择这种的。对吧，喜欢吗？”

“嗯……不错。非常棒。”

“买了就对了吧？”

“以前的书架呢？”

“让送书架的人给搬走了。”

“那个仙人掌，是怎么回事？”

“那个也是买的。”

“什么时候？”

“昨天。”

“瞎说。不是昨天吧。”

“是昨天呀，怎么了？”

“不是昨天吧？”

“是昨天呀。”

“不是昨天吧？”

“要准备洗澡水吧？”

米思米朝着浴室走去，我从后面抓住他。

“喂，不是昨天买的吧？”

“是昨天呀。阿舞，你这是怎么了？平静点。”

“我怎么不平静了？”

“阿舞，你抓疼我了，先放开我。你还是坐在那边喝茶吧。”

“喂，那个仙人掌不是昨天买的吧？这个难道需要这样隐瞒吗？”

“想喝什么茶？花茶，还是菊花茶？”

“那个仙人掌是什么时候买的？”

“啊，我还是先准备洗澡水吧。”

“那个仙人掌是什么时候买的？！”

我跑到书架跟前，拿起那个仙人掌朝着另一边的墙壁使劲砸去。响起一声似曾听过的哐当声，碎片散落一地。

米思米脸色苍白，什么话也说不出来，他哀叹的目光，缓慢地搅动着我肚子里的一团糊状物。从喉咙，或是从更里面的小舌头开始了痉挛。他躲开我的视线，蹲下来要去拾地上的碎片，我抓住他的衣领，让他转过头来面对着我。原本应该在极力克制恐惧的那张脸上，竟然浮出了微笑。

我打了他一个耳光。米思米的左脸没有长疙瘩也没有长黑痣，下半部虽然有一点稀疏的胡须，但除了它之外，就如同大鼓皮一般光溜溜、紧绷绷的，就是这张脸……我连续打了四个耳光。抓住他的衣领，骑在他身上，打了第五个耳光后，他伸着胳膊想要翻身趴着，我就使劲上下晃动起他的身体来。怎么也翻不过去的米思米想要爬起来，我用膝盖顶住他的胸口，将整个身体使劲压下去。“放开我吧……不要打了……”他断断续续地说着，还是拼命想要爬起来。

“如果你真的想要我放开你的话，就大声喊呀？说不定邻居们会来救你呢。”

我一边说，一边转动着两腿的膝盖继续挤压他的腹部。

“老是被老婆欺负，你不觉得后悔吗？不觉得难过吗？你这样懦弱，怎么可能保护我呢？”

我抬起头，看见四周是闹钟、香水瓶、吹风机、乐谱架、马克杯……可以代替我狠狠揍他的东西环绕着我们四周。这是多么危险，多么大意啊。我们的生活何以被这些危险品充斥着呢？在这间充满凶器的屋子里，两个人怎么可能一点也不受伤地生活下去呢？

由于为了摁住他，用力不自然的关系，我的胳膊突然开始发麻，动不了了。我站起来，去厨房喝水。

不知从哪扇窗户外传来了虫鸣。我喝干了满满一杯水后，还是没有消除嘴里的酸味。这样站着不动就是失败。在米思米伸开双臂拥抱我之前，必须回到我的房间里去。必须让米思米更加大声地哭泣，将他的谎言和自尊心都彻底剥干净，直奔最后的一击——无法挽回的决定性的一击而去。不这样做的话，这种情况就永远无法终结。

“阿舞？”

听到这个声音的瞬间，我疾速跑出了大门，穿着拖鞋一口气跑下了七层楼梯。

哪里都行，无论是哪里都行，我只想去吹吹大风。想要尽快逃离这个公寓，逃离等待着我的米思米，逃离他伸开双臂送给我的终点。我的腿不听使唤，仿佛就要从膝盖啪地一下折断，比身体先滚下楼梯去似的。

停车场上没有一个人。我用颤抖的手打开自行车的锁，猛地一蹬地面，骑上去飞快蹬了起来。夜空上挂着一轮弯月。通往车站的路面犹如天鹅绒地毯般湿漉漉、滑溜溜的。大概刚才下过雨吧？果然有一股夜里静静下雨后留下的近似樟脑的气味缭绕着我的鼻尖。与此同时，身体轻飘飘地浮到了空中，等我意识到时，已经和自行车一起狠狠被摔在了地上。我下意识闭了一下眼睛，还是看见左脚的拖鞋划出弧形的抛物线，缓慢地飞向了远处。

我的皮肤感觉到柏油马路的粗糙和温暖。四周静悄悄的。

我心有余悸地抬起头，看到从街角垃圾场的网子里露出了一个大大的镜框样的东西。就是它搞的鬼。还没等意识清醒过来，我已经爬起来跑过去，拿起那个镜框一角，高高举起来，死命地砸向了马路。无法发泄的愤懑使我的身体膨胀了不止一两圈，只觉得地面在晃动。罩在垃圾上的绿色网子犹如巨大的龟背一样鼓鼓的。明天是星期几？星期几都不重要，明天肯定不是扔粗大垃圾的日子，这是毫无疑问的。那么明天是扔什么垃圾的日子？我卷起绿色网子，抓住了里面的一个白色塑料袋。好重。啪啦！听见一声闷响，只见刚才自己手里的垃圾袋已经飞到马路那边去了。发生了什么情况显而易见。就是我扔出去的。看来我终于疯掉了。既然如此就干脆疯到底吧，我一个接一个地拿起塑料袋，往马路对面扔去。啪啦啪啦啪啦啪啦，犹如白色的多送的礼炮一般，垃圾袋不断地划出缓慢的弧形飞向空中。

我每次身体后仰，使尽全力扔垃圾袋时，都会看到空中的弯月。感觉整个身体极其柔软，好似和着礼炮的响声一般，路灯微微闪灭着。从赤裸的左脚感受到了依然没有结束的黑夜。

我正要扔最后一个垃圾袋的时候，背后有人用力抓住了我的胳膊。

“会被人说的……”

有个人骑着一辆亮着乳白色车灯的自行车，从垃圾袋的缝隙间穿过，哧溜哧溜骑远了。我松开垃圾袋，回头望去。

好像是在哪里见过的面孔。

我们没有面对面，都稍稍斜向站着。不知怎么竟然感觉天空变得明亮了。

头发不一样。头发变短了。

仿佛从湿漉漉的柏油马路上散发出气味一样，脑子里的记忆晚一步出现了。我又看了对方一眼，确实是上周或是上上周我给她重新染黑的头发，已经照着她的头型剪短了。

“会被人说的……”

羽村希子重复了一遍同样的话，嘴角微微浮出了笑意。

温乎的风抚弄着我的脸颊。剪得真够短的……这次我没有避开视线。虽然知道是同一个人，但那天来店里的她和今天眼前的她还是难以重合起来。她避开我的视线，捡起垃圾袋塞进了绿色网子里。从后面看，她的脑袋犹如被黑皮整个裹起来，头型虽暴露无遗，反而因此看不清什么了似的。回过头时的她很像《罗斯玛丽的婴儿》里的米亚·法罗[1]。大概是因为今天希子也穿着浅蓝色上衣的缘故吧。电影里的米亚·法罗穿的也是这种颜色的孕妇服。我不由得产生了病态、唐突而刺痛的感觉。可是那个米亚·法罗和这个人不一样，没有戴无框眼镜，而且更加可爱，更加年轻。

她不给我说话的机会，又从地上捡起了一袋垃圾。这时，从前面街角走过来一对牵着狗的男女。狗腿很细，往这边走过来的工夫，它的下肢将会被一点点磨平，变成只有身体的其他生物似的。狗嗅着地上散落的垃圾袋气味，女主人呵斥着把它抱起来。狗冲着希子汪汪叫着，希子没有理睬。突然她手里拎着的垃圾袋破了，垃圾撒了一地。她毫不犹豫地伸出手，快速地捡起一张张肮脏的纸巾、果冻容器或团成一团的广告，等等。她将垃圾袋两端系紧的动作就如同绑架犯把人质的双手捆起来那样果断而无情。然后她仍然目不斜视，继续捡起被扔了一地的垃圾袋，一趟趟地放回垃圾站。我什么也没有做。

[1] 米亚·法罗（1945—），美国女演员。1968年，她主演的《罗斯玛丽的婴儿》引起轰动，成为大明星。

仿佛用几百根针细细敲打三角铃[1]一般，满大街都是夜虫的鸣叫声。

希子慢慢地蹲下来，捡起了最后一袋垃圾。从背后开过来的汽车擦着我身边驶过，几秒钟后，也擦着她驶过。在红色尾灯照射的视野里，一个白色的圆乎乎的东西飞过去，发出啪嚓一声。

希子背着我站着，没有回头。上半身微微向后仰，两手叉在腰间，好像在看扔过去的垃圾袋的落点，或是写在地面上的看不见的点数表一般。我感觉她是在等我，似乎在说“这回该你了”。一连过去了四辆自行车，它们之间的距离很近。骑车的是学生模样的人，还有老大爷模样的人。现在肯定已经过了零点，怎么会有这么多人半夜三更地骑车瞎转悠呢？我骑来的自行车，在垃圾场往前五米远的地方斜躺着。车把手和车架子就像骨折了似的拧巴着，可能是坏掉了，不能骑了。一瞬间，我想着要不要扔下自行车和希子，一个人逃走。就像听到了我这个念头似的，希子捡起那个垃圾袋，快步走了回来。

轻轻起伏着的一绺短发，被汗水贴在她的额头上。被裸露的额头轮廓清晰地勾勒出来的苍白面庞中，只看到一对黑眼珠，隔着镜片发出坚硬的光。

“完事了。”

她的声音就像在医院或区公所的窗口听到的那种虽然好听，却没有丝毫感情色彩的声音。希子摘下了眼镜。我突然觉得她的脸骤然膨胀起来，不由得后退了一步。

“那个，真是对不起……”

---

[1] 一种将金属棒弯曲成三角形的打击乐。

“你的胳膊肘出血了。”

说完希子蹲下来，拿起脚边的手包，从里面取出一块厚厚的毛巾手帕，胡乱擦了擦脸上的汗。我一看，果然胳膊肘外侧好像被什么划破了，正在流血。再往下看，就更惨了。大概是刚才摔得特别狠吧，左膝盖上有碗大的一块挫伤，没穿袜子的左脚大脚趾的趾甲渗出了红黑色的血。

“穿上这个吧。”

不知是什么时候拿回来的，重新戴上眼镜的希子，把那只拖鞋递给我，我轻轻地穿上了拖鞋，生怕对趾甲造成二次伤害。还是不行，裂了的趾甲疼得钻心。这样子明天恐怕没法工作了……一想到工作，我才感到了后悔。为什么干出这么愚蠢的事来？居然像个孩子似的干出这种让邻居耻笑的事，简直是个不知羞耻的女人。不过刚才在那儿摔倒，不该怨我吧？因为脚又疼又受到惊吓，我有些恼羞成怒，才假装一时糊涂干出那件事罢了，然后，就像这样，只不过想得到路过的善良人发善心帮一把呀？是的，没错。就像在回答我的问题似的，希子从手包里掏出纸巾，轻轻按在我的胳膊肘的伤口上。“疼吗？”她问道，还怯怯地对我微笑。她这样顽固地撑着我自己制作的眼看就要倒塌的舞台，不把我从上面弄下来。

“那辆自行车也是……”希子压低声音，指着躺在那里的自行车问。

“啊，是的……”

“你摔倒了？”

“是的，拐弯的时候，被绊倒了，所以就……”

“所以就……”

“所以就……”

“所以就是这样啊。”

希子走过去扶起自行车，在那里左右转动着车把，好像哪里也没有摔坏。希子扶着车把回过头来，用茫然却又好像特别专注的焦点不定的目光盯着我。

我们两个非常奇妙地互相对视了足足十秒钟。

就好比从并行的两列电车里互相对望一样。即便是这样正面相对，我也觉得她并没有看着我，我也同样没想仔细地去看她。

覆盖希子脑袋的黢黑短发，被风一吹，就如同葡萄的薄皮一样剥开了，即将融入夜色之中去。

“血还没有止住呢！”她一边走近我，一边突然以警告的口吻说道。走到我跟前后，又压低声音说，“必须消毒一下，消毒……去我家……我家就在那儿。”

她指了指“那儿”，她所指的地方正是我刚才跑出来的公寓。

“那个，我家也在那儿。”

我以为她一定很吃惊，但是希子只是抬头看了看那栋公寓，什么话也没有说。705 室已经熄灯了。我突然听到了拍手的声音，其实那不过是垃圾站绿网外面的空啤酒罐被风吹动的响声。

“我也住在那里。”

我以为她没有听见，又说了一遍，希子终于说着“真的吗？”回头看我。

“是啊，实在太巧了。”

“几层？”

“啊，嗯……是七层。”

“我住二层。”

“……”

“好了，你摁住胳膊肘啊。”

说完，希子不等我回答，就蹬着自行车朝着公寓骑去。我慌忙追赶，可是裂了的脚指甲疼得走不快。眼看着希子的后背就像倒带子快进似的走远了。

好不容易走回公寓大门口的时候，正好碰到把自行车放在停车场后走回来的希子。

“我把自行车随便放在一个空地方了。”

希子摁开了电梯，让我先上去。

转眼就到了二楼，在这点时间里我清清楚楚地看到了站在眼前的她的后脖颈。在街灯下看着又细又白，好像十分柔弱，近在咫尺一看，汗毛覆盖下的微微隆起的骨节，已经超越丰满，达到粗壮的感觉了。相比之下，两只小耳朵犹如一对便签似的微微朝外侧竖着，电梯内微弱的空气流动，都会使它们一下子脱落似的。

希子的房间是二层最里面的 205 号。我说我住在 705 号，她说：“那就在上面了。”

走进房间一看，就好像刚刚搬来似的，东西很少。什么遥控器啦，吹风机啦，没什么太大用处的可以拿在手里的那些零碎东西一个也没有看到。虽说和 705 号一样是 1LDK 的格局，但和总是大敞着房门的我家不同，起居室和厨房之间的门关得紧紧的。窗帘或沙发、茶几全都是白色的，只有沙发稍稍有些奶白色，而且照明也使用的是私塾里那样的白色荧光灯，所以亮得刺眼。面朝起居室的整体厨房的冰箱上，什么照片、字条也没有贴。起居室的地板上放着一台足有五十英寸的大电视。比那台电视还要大的沙发旁边摆放的观叶植物……滑溜的灰色树干上，覆盖着浮现出清晰叶脉的椭圆形树叶。这是我认识的植物。

“已经四年了。”

我回头一看，希子抱着光滑的塑料盒子站在我身后。盒子差不多有小旅行箱那么大，作为急救箱大了些。她说的四年了，不知是搬到这里来的年头还是这棵树的年头。

“请坐在这里吧。”

我顺从地浅浅坐在沙发上。她立刻坐在地上，啪嗒一声打开了那个盒子。果然是药箱。里面有创可贴、消毒药，塞得没有缝隙，每个角落都不浪费。估计下面一层同样排列着满满的肠胃药、感冒药吧。

希子把分装在小塑料包里的几块雪白的纱布，用蒸馏水润湿后，轻轻擦去我胳膊肘和膝盖上的血。碰到脚指甲时，我疼得忍不住发出了呻吟。然后她又拿了一块新纱布，蘸了消毒液，拍拍伤口，涂上软膏样的东西，又在上面盖上一层纱布，用医用胶布固定住。被一个不太了解的女人这样照料，就像在童话故事里似的，感觉有些恐怖，同时又没出息地感到心情很愉快。“你很熟练啊。”我对她说，她没有回答。那我也不说话了，刚这么一想，她竟然所答非所问地回了句“彼此彼此……”

大概是刚才在外面时，用毛巾手帕使劲擦脸的缘故吧，希子的妆容完全掉了。虽说她原本就是淡妆，可是在房间里雪亮的荧光灯下，她脸上不像是雀斑稀疏的黑斑或纵向松弛的毛孔很明显。仿佛被展示了同样年龄的女人的现状一般，我移开了视线，可是又被她伸在地上的脚吸引了。透过丝袜看到的脚指甲上虽然涂了粉驼色指甲油，但是指甲根部和顶部都已斑驳。我暗想，该重新涂指甲油了，她是因为没有时间吗？还是嫌麻烦一直懒得涂呢？或者是不在意这些，任凭它们剥落也不管呢？

不管是哪种情况，那剥落的指甲油看上去就像在怨恨什么似的。而我的脚指甲，除了那个因受伤而缠着胶布的大脚趾以外，其他都涂了鲜艳的青绿色，还修了指甲，闪闪发亮。仅此一点，就觉得她恨我也有着充分的理由似的。

“膝盖上的好像是擦伤或是摔伤，所以给你贴了膏药。要是觉得不舒服的话，明天去医院看看比较好。”

她一边盖上药箱，一边飞快地说道。“谢谢你！”我的声音被啪的一声给消除了。盖子上贴着的一段医用胶布被揭掉，和纱布一起团在希子手里。

“……这个药箱真大啊。”

“是公司的福利，每年都发一个。”

希子摸了一下药箱的塑料面。

“福利可以发这个东西吗？保健室里有的东西，你这里好像一应俱全。”

“是的，有这么多，也是没办法……”

“我家里就连纱布都没有。只有蚊虫叮咬药和正露丸。”

说完之后，我忽然想到，纱布说不定有吧。只不过我不知道罢了。纱布、消毒药、膏药，米思米需要的东西，或许在那间屋子的什么地方也这样一应俱全呢。

“你家的人不爱得病吧？”

这回我没有回答希子的问话。

“我先把它放回去。”

她拿着药箱走出了起居室。我扭转身体，望着在窗帘上投下巨大影子的那盆观叶植物。也许是她会养花吧，椭圆形的叶子全都绿油油的，仿佛一摸它们，就会吸附在手指上似的。我站起来走近它。每片叶子上都没有发现那种黏糊糊的透明的蜡状东西。

“没怎么管它，自己长这么大了。”

听到说话声，我回头一看，希子端着一个放着两杯茶的托盘，站在我身后。

“这棵树……是什么树啊？”

“是榕树。是一种橡胶树。”

“是吗……”

“美发店里也有一棵同样的吧？”

“啊，是啊。我觉得很像，果然是一样的啊。是别人送的，也不知道叫什么……”

“人家送的，倒是不错，就是占地方。”

“是的……”

“请喝茶。”

希子默默地喝着茶。我也不太想说话，默默地喝着。

因为刚才急救箱的关系，我特别想念米思米。想快点见到他。见到他后向他道歉，等着他对我说“没事，挨这两下打算不了什么”，然后紧紧抱住我，然后两个人在一张床上一起睡觉，早晨脱去内衣，拥抱在一起。这样一来，以往的幸福元素便充满了我们的身体，守护我们不受到任何东西的伤害。

一旦开了头，便会一直重复同样的事。到底是明明知道却在重复呢，还是因为无意识而重复的呢？不过，此时此刻比起后悔来，更多的是想念。非常想念几十分钟之前被我打的米思米。那时的米思米的脸非常光滑。打他的右手疼得受不了，摁住他的胸口时，由于衬衫下面滑到胸口的裤子上的皮带导致坑洼不平，怎么也使不上劲。而且，我一直等着他抓住我身体的某个部分，把我往墙壁上扔。我一直等着自己身体的自由被彻底剥夺，什么事也干不了，被毛巾什么的塞住我的嘴巴，让我无法说出肮脏的话，痛哭流涕地挨一顿痛打……可是米思米是绝对绝对不会那么做的。

为什么呢？因为他比我强壮。

“……吗？”希子问。

“什么？”

“你是去买东西吗，刚才……”

“啊……不是。”

“我刚刚下班回来。”

“下班这么晚？”

“有时候吧……”

“是末班车吗？”

“不是末班车……”

希子没有坐到沙发上，直接坐在我脚边的短毛地毯上。贴了膏药的膝盖和她的肩膀之间只有不到一个手指的距离。我觉得作为房间的主人与客人的关系，这是相当奇怪的位置。由于我坐在高处，对她那毫无防备的头顶看得清清楚楚。发旋是顺时针的。黑发旋涡由此开始，其中心的白色头皮，仿佛用手指一摁，就会扑哧一声凹陷进去似的。

“再喝一杯吗？”

我猛地回过神来时，素颜的希子正面对着我。尽管是我在看她，却感觉一直在被她看。我忍受不了她的目光，再次将视线落到坐姿随意的她的脚指头上。于是那斑驳的粉红色的十根趾头，犹如被攻击的虫子一般眼看着缩成一团干瘪下去……

“我再给你沏一杯茶。”

“啊，不用了。我该走了。”

“还真是特别痛快呢。”

“什么？”

“刚才我也扔了一个垃圾袋。”

“啊，是啊……我看见了。”

希子还想说什么，但又闭上了嘴。我环顾了房间的墙壁，没有钟表。

“现在几点了？”

“十二点十分。”希子用手指肚擦了擦手表，然后又把手表在裙子腰部摩擦了一下，“已经是第二天了。”

“待了这么长时间，对不起。”

我慌忙站起来，一瞬间眼前一片白。不由得弯下腰，扶在沙发背上时，希子的手按在我的背上，问：“你没事吧？”

“没事。对不起。有点贫血，猛一站起来就这样……”

希子拿开了手，打开起居室的门，朝玄关走去。我紧跟在她后面，走廊冰冷的木地板吸附在赤脚上，发出啪唧啪唧的声音。这幼稚的声音，终于使自己意识到，刚才在外面干的事，在这个房间里让她为我做的事真是不可思议……虽说有些夸张，但至少让我意识到不是正常的，我不禁颤抖起来，因为羞耻，而非因为疼痛。

希子在放在鞋柜上的字条上写了些什么，递给了我，原来是她的名字、手机号码和邮箱地址。然后默然无语地把纸和笔递给我，所以我也写了同样的内容给她。尽管是已经写得很熟的名字，但“三隅舞”的“隅”字写得很肥大，歪歪斜斜的。

“那个，刚才……”

我一边递给她，一边打着腹稿。

“什么？”

“那个……吵了架……和老公……”

“什么？”

“我想让自己冷静一下，结果……”

我这么说是考虑到人家帮了自己，估计对方希望得到最起码的解释，但是希子的表情没有变化。我不知道下面该说些什么，就闭上了嘴。“有时候的确会这样的。”希子低声说道，垂着的眼睑更深地垂下去。

“真的非常感谢！这大半夜的……”

希子没有说话。令人窒息的沉默再度袭来。每当面对某个女人时，若遇到这样的沉默，我就不知为什么，会强烈意识到自己是个美发师。

“超短发，很漂亮啊。”

听着自己说出来的话，感觉比预想的还要假。不过，希子“啊”了一声，以今天我看到的最欣喜的表情抬起眼睛，揪着耳朵后面的头发给我看。

“太短了些……”

“不觉得短啊。很适合你呀。”

“原来剪的比这个长多了……可是他好像不喜欢。”

希子的白色发旋浮现在我眼前。

希子所说的“他”，是否从沙发上看过她的发旋呢？他是一个对她说那个白泥般的发旋“很美”，温柔地戳一戳那里的人吗？

“晚安！”我听到这个声音的时候，面前的门已经关上了。

7

第二天早晨，米思米和我像往常一样在同一张床上醒来了。

还是黎明时分。从敞开的窗户能看见外面深紫色的天空。在和那天空同一颜色的、半梦半醒之间的湿润海滨一般的场所，我们搂抱在一起。在做爱时和结束后，“会好起来的，会好起来的，会好起来的”这样在脑子里念咒语的不是我，而是米思米的声音。我们想要个孩子。这种时候的性交，我们从不避孕。

之后又进入了浅浅的睡眠，再次睁开眼睛时，我也看到了身边米思米的眼睛。

“阿舞，又张开嘴了。”

他说着，用纸巾温柔地给我擦拭已经干了的口水痕迹。我想用脚指头摸摸脚踝骨那里，却感到一阵剧痛。是那个趾甲疼呢。清晨亲热的时候完全忘在脑后了，可现在疼得要命。无论是对于贴了纱布，还用胶布缠着的脚指头，还是贴着膏药的膝盖，米思米什么也没有问，肯定是不想主动提供回忆昨晚事情的契机吧，不过我的身体变成这副样子，而米思米的身体却看不到一点伤痕，要说奇妙也够奇妙的。

我抱住米思米的头，闻着他脖子上的气味时，床头桌上的两个手机同时来了短信。

“是妈妈来的。”

从我的怀抱里抽出手，米思米看了看手机。

“她说下个星期二要来东京，一起吃个饭好吗？”

我坐起来一看手机，婆婆也给我发来了完全一样的内容。米思米把手顶到墙壁上，使劲伸了个懒腰。

“怎么着，阿舞，去吗？”

“嗯，去呀。妈妈好久没有来了。”

“不要勉强。”

“不勉强，我也想见见妈妈。你替我回复一下？”

“知道了。”

米思米拿着手机走出了卧室。剩下我一个人望着天花板，数着从上次月经开始之日到今天多少天了。正常的话，离排卵日还有三天。

有了孩子的话，我和米思米肯定会更好的吧……至少两个人的状况会大大改变。不能不改变。而且有了孩子的话，米思米也好我父母也好，米思米的父母也好，都会非常高兴的。一想到此，自己苦心经营的美发店也觉得一下子无足轻重了。刚才说的不是假话，自己真的很想见到他的妈妈，也想让她高兴。因为在这个世界上，打过他、扇过他嘴巴子的人恐怕只有他妈妈和我吧。虽然他一次也没有挨过爸爸的打，却经常吃老妈的拳头。刚和他交往不久，我们变成像现在这样的很久以前——不知是什么时候，米思米这样告诉我的。

“妈妈说，地点选的是大丸百货最上面。”

打完电话回来的米思米坐下对我说。

“阿舞，再不起来要迟到了。”

“嗯，起来。”

这时，我的手机响了。是个没有登录的号码。

“咦，给阿舞回复了？”

“不是妈妈，是别人。”

“谁呀？”

“羽村小姐……”

“羽村小姐是谁？”

“住在这个公寓二层的人……”

希子的短信里，根本没有提及昨天夜里的事。只是非常简单地写了“下周娘家的朋友会给我寄来很多樱桃，想送给你一些”。

“米思米，想吃樱桃吗？”

“什么，樱桃？”

“羽村小姐要送给我樱桃。”

“真的？为什么？”

“说是朋友寄来很多。”

“要她的合适吗？”

“不知道……”

我坐起来给希子回信。大致的意思是，真的可以接受你的樱桃吗？不到一分钟，她就回信了，只写了一句“可以的话，请星期二的三点之后来我家取吧”。

“米思米，跟妈妈吃饭，三点以前完得了吗？羽村小姐让我三点去她家。”

“是吗？我想妈妈也不会吃那么长时间的，要是时间长的话，阿舞先回去不就行了吗？”

“真的？那就这么办吧。羽村小姐难道也是周二休息？”

“大概不是固定的吧？”

“我没有告诉过她我星期二休息。”

“因为美发店一般都是星期二休息。”

米思米站起来去准备早饭了。咖啡的香气已经飘到床上来了。我改写了好几遍，回信之后，下床去洗脸了。

我们来到大丸百货的餐厅那层，看见米思米的妈妈在给人打电话。

看见我们走过来，她摆了摆手，接着将手掌冲着我们伸展开，做了个稍等的手势。米思米和我就听话地站在一边等着。看婆婆的样子好像有些生气。“你爸爸还问一字形螺丝刀在哪儿呢。”打完电话，合上手机后，她满面笑容朝我们回过身来，令人特别想扑进她的怀里。

穿着一身很漂亮的尽显身材曲线的奶油色分身套裙，戴着小粒珍珠项链的婆婆，显得比她的年龄年轻多了。虽注重打扮，却不过分张扬，给人感觉优雅而洁净，不认识的人见到她，或许会以为她是教授花道或手艺的先生。可说不定也有人会以为她是精致小酒吧的老板娘。尽管如此，如果告诉对方她是美发师的话，所有人都会恍然大悟地说，啊，难怪难怪。

“阿舞，你好吗？”

“嗯，很好。妈妈好吗？”

“精神着呢。阿孝，你现在还在家闲着吗？”

“倒也没有闲着。”

“真是的，还是靠着阿舞养活你吧？阿舞，实在对不起啊。没出息的儿子……”

“不是不是，孝君有孝君自己的安排。”

走进店里，打开菜单后，婆婆还在唠叨。米思米爱唠叨的毛病肯定来自他妈妈的遗传。不过，这母子长相和体形都不像。米思米的脸尖，他妈妈的脸圆。米思米个头高，肌肉紧实，他妈妈又矮又胖。

我很喜欢这位婆婆。天生的美发师，发自内心地享受把别人打扮漂亮的职业，很有自尊，从来没听她说过别人的坏话。而且生下、养大米思米的不是别人，正是这位母亲。如果说有人能够从现在的状态中把我们二人解救出来的话，那么不是我，也不是米思米，不是医院，不是行政部门，除了这位母亲之外不会有别人了，我一直这样以为。构成她的所有要素，可爱的樱桃小口、仿佛在和剪刀跳舞一般动作麻利的十个手指、挺拔的站姿、有点鼻音的说话声，这一切只是在心里想象一下，都会觉得大可信赖，当婆婆活生生地坐在眼前时，我简直被她的气场压倒了。望着边说话，边戴上老花眼镜，挑选要吃的菜肴时的婆婆，我恨不得合上菜谱，用整个餐厅都能听到的声音大声喊叫：“妈妈！救救我！”

“这么说，阿孝，你现在哪里还觉得不舒服吗？”

叫来服务生，给所有人点了菜之后，婆婆喝了一口水，问道。

“没有，好多了，已经不用吃药了。我觉得身体养得差不多了，考虑找点事干呢。”

“可不是吗。不能总是靠着阿舞养活你啊。”

“啊，不过妈妈，我并不想勉强他出去找工作的。孝君干家务活比我干得好。正因为他为我做了很多事，我才能全身心地投入工作……”

“讨厌，真是的，这就是现在流行的所谓‘专业主夫’吧？我说的‘主夫’不是女子边的‘妇’，是那个‘夫’字噢。就因为阿舞是个这么能干，又这么宽容的太太，阿孝才会这般逍遥自在，依赖老婆呢。”

“哪里，我就是这样的性格，不是什么宽容……”

“这跟性格有什么关系呀，嫁给这么个吃软饭的老公，谁受得了啊。阿孝，你可真是个有福之人哪，所以对阿舞要心怀感激，以后要加倍加倍加倍地工作，把休息的那些时间补回来噢。即便说是什么‘专业主夫’……”

“可是，我觉得自己适合做家务啊。”

我的视线和米思米碰在一起，立刻变冷，凝固了。从他母亲那边朝这里投来富含水润的视线。这视线松弛而温暖。就这样三个人隔着餐桌互相投以烂熟的微笑时，女服务生送来了沙拉。婆婆用叉子卷起沙拉上的生火腿塞进嘴里，接下来吃了芝麻菜叶子。

“这个调味料的口感很别致啊。”

“有橄榄油、盐、凤尾鱼，还有其他……什么？”

米思米用粉红色的舌尖舔着沾在叉子尖上的调味料说道。

“哎哟，看来‘主夫’还真像个‘主夫’，正经会做菜啊。都会做什么呀？”

“前几天做了鱼汤啊。买回鱼杂碎，自己做的。就着抹上大蒜调味酱的烤面包吃的。是吧，阿舞？”

“嗯，那个很好吃。”

“还挺像那么回事似的。可见你有多闲了。”

“不过，真的很好吃呢。”

“真的吗？那就回头来家给你老妈也做一次。对了，下个月温子要来家里呢。还带着阿博。”

“为什么？尚人君呢？”

“说是出差。你们也来玩儿吧。”

婆婆的盘子里已经空了。米思米还在吃。我一味地喝水，沙拉一点也吃不动。

一盘一盘的菜相隔很久才送上来。米思米和婆婆一直在边说边吃，我只是尽可能配合他们二人吃东西的速度，不知何时，连附和的话都不说了。简直是马拉松似的就餐。不过，我愿意就这样一直持续下去。即便到了闭店时间，大丸变得一片黑暗，没有人来添水，我也愿意这样听着婆婆和她的儿子喋喋不休地聊天，一直吃下去。等到两个人都累得睡着了的时候，我想摇醒婆婆问一句话。“我想知道，婆婆为什么要揍米思米呢？打了他之后怎么样了呢？后来怎么不打了呢？怎么做才能更正常地，以一般人的方式爱米思米呢？”

“阿舞，你差不多该去了吧？”

甜点送上来时，米思米看着手表说道。

“住在一个公寓的人，要送樱桃给她。”

米思米解释着。坐在他旁边的我慌忙把意式奶冻吃进嘴里，一边道着歉，说着感谢的话，留下二人，离开了餐桌。婆婆脸上露出很遗憾的表情。米思米在笑。“妈妈，我们两个过得很不正常，救救我们吧！”要是想叫喊，这是最后的机会。不过，她也好，他儿子也好，都只说了句“回头见”，只顾埋头用勺子去吃那白色柔软的甜点。我挥挥手，走出了餐厅。

我坐电梯下到一层后，正要进入八重洲北口的检票口时，得知因发生了人身事故，JR 线停运了。没办法只好去坐地铁。本来时间就不宽裕，看这架势，肯定会迟到的。“对不起，要晚到十五分钟。”尽管我发了短信，希子也没有回。

回到公寓的时候，晚了何止十五分钟，差不多比约定的时间晚了三十分钟。我先回 705 室，放下东西，擦去汗，补了补妆。虽说只是去楼下的女人家里拿樱桃，可是，也许因为迟到而心虚吧，不知怎么我有些紧张。虽然知道不应该再耽误时间了，还是脱去腋下和后背都汗湿的上衣，换上了无袖衬衫。于是又想换裤子，就换上了过膝的藏蓝色裙子。顺便想换一下内裤，转念一想，这样的紧贴皮肉的徒有形式的东西不穿也罢，反正都是女人，但是我总感觉现在要去见的人好像是很厌恶这类邋里邋遢行为的人，而且三十三年来，我从来没有一次不穿内裤出门过，又何必非得今天发泄似的做这样的尝试呢?

最后，我换了一条刚洗过的干净内裤，手里拿着那盒昨天让米思米买的曲奇，下到了二层。由于重新化妆和换衣服，迟到了四十分钟。怀着去挨训的心态，我摁下了 205 室的门铃，却没有听到任何动静。觉得不安又摁了一次，这回希子满脸通红地猛地打开了门。

“啊，那个，对不起，迟到了……”

“没关系的。请进吧。”

“啊，我不想打扰……”

“没关系，请进来吧。”

希子不等我回答，一个人转身朝起居室走去。没办法，我想脱去拖鞋时，忽然想起忘了穿长筒袜了。本打算穿着来的，以备万一在门口说不完话，需要进入房间之需的，却忘得一干二净。从上到下，连内裤都换了，竟然把这个给忘了！她家好像不习惯穿拖鞋。我迈着热乎乎的光脚走在地板上时，和那天一样也发出了啪唧啪唧的声音，不觉心情暗淡下来。一看站在起居室里的希子，今天也是赤脚。不过，她的脚指甲和上次不一样，今天十个趾头都修得很漂亮。于是乎仿佛什么东西被一笔勾销了似的，我稍稍松了口气。

我把那盒曲奇递给她，希子说：“让你破费了……”很抱歉似的接过来。我笑笑说：“没有没有。”她没有笑。是不是因为我迟到在生气呢？沉默中这样近距离地面对面，仿佛越来越说明这次拜访，无论是邀请一方还是被邀请一方，都不是那么渴望的。

“那个，实在很抱歉。你那么一说，我就厚着脸皮来了……”

“我去沏茶，请坐吧。”

我顺从地在雪白的沙发上坐下来，从兜里掏出了手机。想送我樱桃的短信是希子星期六早上八点五十四分发来的。尽管这样确认了，心里还是有些忐忑。

“用你送的东西招待你，不好意思。”

希子端着托盘回来了。放了红茶的杯子，紧跟着放在桌子上的白色小碟子里，整齐摆放着我带来的果酱曲奇。

“伤口，好了吗？”

希子歪着头瞅我的胳膊肘，我抬起胳膊，给她看患处。

“托你的福，快好了。只是膝盖和脚指甲还差一点……谢谢你了。”

“是吗？”

希子朝缠着创可贴的脚指甲看了一眼，微笑着吃了一口曲奇。我因为刚刚吃完饭，只喝茶。当我向前探出身子，放下茶杯时，看见桌子底下掉了一个白色的小袋子。上面有个 kiko 的蓝色刺绣。

“今天休息吗？”

“是的，希子小姐也休息吗？”

我问了之后，立刻就后悔了。应该称呼她羽村小姐才对，都怪那个罗马字刺绣。仅仅是这样称呼她，我就踏进她的生活两三步了。

“我……是的，上次是星期六上班的，所以今天下午休息。”

“啊，是这样啊。我是周二和周一，一个月休息两次。”

“你这么年轻，就自己开店了，真了不起。”

“哪里，不那么年轻了……今年，三十四岁了。”

“真的？我今年也是三十四岁。咱们年龄一样啊。”

让人吃惊的还不只是这个，咱们的生日也一样呢。我在心里对她说。不过，生日或名字都无关紧要。此时最让我在意的是，房间里根本感受不到樱桃的气息。就是说，面前这个人完全没有要给我什么东西的意思。

“你先生多大？”

“他也跟我一样大。”

“也是美发师吗？”

“是啊，以前是……可是前不久身体出了问题，现在在家里待着。”

“啊，是这样啊……”

“说不定你遇到过他。块头很大，根本不像个美发师。”

“块头大……”

“他经常穿着藏蓝色的后面写着 1 号的 T 恤。”

“1 号？”

“就是用英语 ONE 这几个字母，作为 T 恤后背号码的那种……以前，我去伦敦的时候，在足球场得到的礼品。他特别喜欢，所以一直穿着。”

“那我以后注意一下。”

说话的时候，希子用手捋了捋短头发，不停地揉搓着发梢。她会不会也有爱揪有点尖的耳朵的习惯呢？只见她的耳朵内侧红红的。

“新发型，已经习惯了？”

我的话音刚落，希子揪着太阳穴附近头发的手立刻放下来了。

“不知怎么还是觉得不习惯……”

“那天晚上，我觉得你很像年轻时的米亚·法罗。就是出演《罗斯玛丽的婴儿》电影里的那个……”

我的本意是想恭维她，但又想到希子可能没有看过那个电影，而且被人说什么像不像的，对方未必觉得是恭维话。我想补充一句什么，焦急地琢磨着，希子看了看手表，小声道“哎呀，坏了”，然后立刻站起来打开电视机，摁着电视机上的按钮，操作起来。

“对不起，四点开始，有一个想录制的节目……”

出现在电视画面上的节目表里，排列着很多我不熟悉的节目单。

希子寻找的不是无线电视，好像是有线电视的节目。

“啊，找到了。”

“那个，我得告辞了，请慢慢看吧。”

“没事没事，也不是什么必须看的东西……”

开始播放的是一个纪录片。

好像是探访位于高知县某深山里的和式点心作坊的节目，男解说员沉静地开始解说了，作坊里的人、住在附近的人、大老远来店里的人们，断断续续穿插着山野绿色和小豆或求肥[1]的画面。做出来的小豆大福虽然看着非常好吃，可我现在肚子还是饱饱的，并不是很馋。和她自己说的相反，从一开始播放，希子就一句话也不说，看得非常专注，见她如此入神，我也不好说走就走。她为什么看得那么投入呢？难道说她和这个和式点心作坊有什么交集吗？我很想问问她，可是希子仿佛完全忘记了我的存在似的，睁大眼睛，直瞪瞪地瞧着画面。

这样看一个小时的话，我实在坚持不了。好在节目不到二十分钟就完了。开始播出片尾曲，在出现制作班子之前，我趁机对她说：“那么……”

“等一下！”希子指着画面说，“你看，这个。”

以绿色群山为背景，出现了制作人员的名字。

“什么？”

“远藤道郎。”

我将视线回到电视屏幕上，“远藤道郎”四个字一闪而过，马上被别的名字代替了。

[1] 用糯米粉和白糖等原料制成的食品。——译者注

“是我那位，远藤道郎。”

我什么也没有说，希子立刻补了一句，“他是学音声专业的。”

“音声……啊，刚才的节目的？哦，原来是这样啊。”

“他告诉我今天播放，刚才想起来的。幸好没有错过，太好了。”

“他是电视里的音响师吗？太了不起了。这样的人，我周围一个也没有。”

“啊，他不是在电视台，是在专门的摄影或录音技术公司工作。说是公司，加上经理一共只有三个人……但是很难请假，非常忙……能够完全放假的只有正月那种时候了……老是到处跑。”

希子的脸一片红晕。眼睛眯着，像是在凝视，又像是含着泪似的。虽说这个年纪了，要说可爱也的确可爱，但是和那天晚上她来店里染头发时，还有帮我捡垃圾那天夜里感受到的印象差得太远了。

我正觉得困惑时，希子又站起来，开始操作按钮了，想要重播刚才录制的那个节目。我慌了神，实在不能再陪着她看一遍了。还是早点离开这个房间，回去准备晚饭为好。在米思米回来之前，快速做个咖喱什么的，让米思米吃一惊。

我正要站起来，突然听见隔壁房间哐当一声有什么东西倒了。

“什么东西倒了？那边……”

然后传来了脚步声。希子一直盯着画面，没有回头。

“那个，也许是谁……”

“不是，是对面房间的人。这个公寓的墙壁很薄的……”

我看了看起居室和隔壁之间的墙壁。和我家墙壁一样，是走近一看，松散的细小格子便凸显出来的坑坑洼洼的墙壁。尽管并不是很薄，但是一想到，住在这个公寓里几十户家庭每天的生活就是被这种东西分隔着的，就觉得真是不厚。

“……那个，我要回去做饭了，先告辞了。”

“什么？这么一会儿就回去？”

回头看我的希子的表情眼看着暗淡下去，面对她那寂寞的表情，令我感觉就仿佛把捡回来的已经驯好的小狗扔掉似的。米思米也常常露出这样的表情。因此我对别人这样的表情特别发怵，尽管内心生气，还是不由得被感动。

“对不起。先生快要回来了……所以，休息日多少得做点家务。”

“啊，也是啊……那个，不过你能来，非常感谢。等到哪天同一天休息的话……你是星期二休息吧？”

“是的。可以的话，下次请来我家做客。”

“真的可以吗？”

她的声音提高了一些。我虽然说的是客套话，但看样子她真的会来，我赶紧以道歉的口吻补了一句。

“那个，下周是我们的结婚纪念日，要出去……”

“结婚纪念日……”

希子嘟哝着，浮现出呆滞的微笑。我再一次感到让比自己弱的人依恋自己后，突然甩开对方，满不在乎地伤害了对方似的。

从朝南的大窗户里，初夏午后的阳光明晃晃地射了进来。我走了之后，希子在这间闷热的明亮屋子里再次变成了一个人，只是为了听恋人收集来的声音，在最后的几秒钟看到他的名字，一直看那个无聊的节目吧？

走到玄关的这段路上，我侧耳细听，除了我们俩之外仍然没有其他人的动静。不是人也可以，狗或是鸟或是仓鼠都可以，有那么一个温暖的东西坐在这个女人身边，陪着她看节目的话，我还能够安然离开，可是这里只有我和她两个人。

“那就回头见……”说完我正要走出门去，希子突然“啊”了一声，说：“哎呀，给忘了。”

希子跑回了厨房。回来时她把一个平平的礼品盒盖子打开，递给了我。

只见里面摆满了鲜红色的大樱桃，多得快要溢出来了。

8

“无论过几年、几十年，都绝对不能忘了结婚纪念日啊。”

米思米和我决定结婚的时候，米思米伸出小指对我说道。

我笑着说：“你要是忘了怎么办？”

“不可能忘的。”米思米认真地回答。

可是米思米，既然不可能忘记的话，还有必要这样约定吗？

我想这样说，但是一阵奇痒袭来，使我不得不用手指肚使劲摁在眼皮上。对了，现在还是花粉乱飞的季节呢。光是摁压还不行，必须隔着眼皮，揉搓眼珠才管用。每次稍微感觉好一点时，又会加倍痒痒起来，在这样反反复复的不快之中，却有着令人陶醉般的快感。我这样使劲揉搓眼球，忽然意识到，除了米思米以外，自己几乎没有和任何人做过什么约定。和米思米有很多的约定。每个星期日要吃巧克力；不能使用遥控器关掉电视，要关掉电视机的电源；买鞋的时候必须两个人一起去，帮对方确认脚尖有多少富余；枕套必须每天洗……这一类的约定常常会在某一天被突然毁掉。不过我们并不互相责备，也不感到失望。我们会把约定这件事本身都忘掉。忘掉约定的约定虽然从来没有做过，但这或许才是我们二人之间做过的唯一的约定。“阿舞，那样揉眼睛可不行噢。”一睁开眼睛，就看见了米思米那蓬松的、眉峰偏向外侧的小山形状的眉毛。仿佛春风只吹拂着那里一般。我看着那眉毛，心情就平静下来了。既然是不用遵守的约定，那么我宁愿和这对眉毛建立约定。我伸出小指，于是米思米的小指——浅黑色的滑溜溜的，会像江米条那样，从正中啪地裂开似的——便伸了过来，同时唱起了歌：“拉钩上吊，撒谎骗人，吞下细针一千根！”

就像那个时候的小指一样，现在我们的胳膊紧紧缠绕在一起。

我们的另一只胳膊不停地互相推搡，我的手好容易要抓住米思米的喉咙了。

米思米拼命地用手阻挡我的手，常常抓空了。我们一边纠缠着撞到了墙壁后，便嘟嘟囔囔地转移到地板上继续搏斗。米思米为了守住腹部，不停地扭动身体，想要翻过身去背对着我，但是，我的指甲深深掐进他腰部又薄又硬的皮肉里去，如同把水果从树枝上揪下来似的，一遍遍使劲揪扯，每次米思米都疼得发出“啊啊”的叫声，然后也不知是谁抓住谁的胳膊，更加扭曲地缠绕起来，“好疼！好疼！”也不知这喊叫是来自我还是米思米？

自由的左手一握成拳头，骨节就明显地凸出来，我就用那个凸起的骨节，照着米思米的后背、脑袋、脖子，凡是视野里的属于米思米的部分，不顾一切地打起来……与其说是打，其实就像是往大包邮件上面胡乱盖戳子似的。这样打了一阵子后，我觉得这样温柔地盖戳子不行，要找个能够给米思米的身体制造更加明显的效果的东西，就扫了房间一圈。放在那里的雪花膏瓶子怎么样？我的注意力稍一放松，米思米立刻觉察到了，试图抽出胳膊，我眼疾手快，没有让他跑掉。拳头上的骨节根本就不给力，必须换一个更加有分量的坚硬东西才行，必须高高举起它用尽全力打才行，看来还是得把那个，最最适合这种场合的那个铁锅拿来？

“阿舞，你去哪儿？”

米思米朝着向厨房走去的我的后背问道。

打开煤气灶下面的柜子，一抓住那个冰凉的铁把，就从手里开始起鸡皮疙瘩，只要稍微抓挠一下皮肤，就会从里面把全身的皮肤都揭下来似的。我回过头，看见站在卧室门口的米思米，正要晃晃悠悠站起来。他抬起头来一发现拿着铁锅的我，立刻以迅雷不及掩耳之势啪的一声关上了卧室的门。

“开开门！”

我使劲拧着门锁，隔着门叫喊。

“开门！开开门！”

里面的米思米什么话也不说。我扔掉铁锅，举起拳头捶起门来。每捶一次，刚才打米思米的骨节就剧痛一次。可是我停不下来，越是疼，我就越要见到米思米。

“米思米，开开门呀！我什么也不会做！求你了！”

“真的？”

米思米从门里面发出声音。

“喂，是真的？”

“……是真的。”

“不打了？”

“……不打了……已经打完了……”

“……今天可是结婚纪念日呀。”

“……”

“晚上，出去吃饭吧？”

我靠着房门闭上了眼睛。与刚才的叫嚷不同，米思米的声音已经变得甜腻而湿润了。再多说点吧。米思米，再对我多说点什么吧！我咬住仍然紧握着的拳头，从嘴唇间滴滴答答流下口水也不擦，两个人隔着门，身体使劲挤着对方。我真想用这只手去抚摩米思米发出甜腻声音的温暖的器官。

“……阿舞，去之前先打理一下头发吧？”

“……”

“你的头发长长了吧……前几天有纱的朋友不是说自己开店了吗……你不是说，今天想去看看吗……你对我说过吧……今天去那儿怎么样？”

“……”

“我在那个店里等你……我预约的是七点……”

“……”

“听见了吗，阿舞？”

轻轻打开的门里面，米思米宽大的肩膀黑塔似的耸立着。不知是什么时候捡起来的，我的右手里紧紧攥着刚才扔掉的那口铁锅，朝着天花板挥起来的那口铁锅，发出嗖的一声划过空气的声音。

我对羽村希子说的那句话，并非是临时想出来的借口。取樱桃的一周后的星期二，就是我和米思米的第一个结婚纪念日。

什么时候也不能忘记结婚纪念日……那个时候的约定，这样每年实行下去的话，或许会和其他约定一样，突然被忘掉的吧。

结婚一周年的今天，在家里无所事事地待到傍晚，晚上准备去“第一次见面的餐厅”庆祝。记得好像是因为案板的事情吵起来的。米思米每次都是用滚开的开水消毒案板的，可是我却没有像他那样好好洗。洗案板的时候要用洗涤灵洗过之后，用沸水消毒呢，还是只要冲掉上面的渣滓就可以了呢？一起生活的两个人，这类事情应该有个约定才对吧？按说已经同居了四年，怎么至今案板没有成为问题呢？争执以含糊地一笑收了场。然后就午睡了。两个人一起上的床，迷迷糊糊之中，我忽然睁开眼睛，看见米思米在厨房用开水冲洗案板。于是我就爆发了。一旦爆发了，就只有像以往那样等待结束了。过了好久，我才意识到自己已经放下了铁锅，于是我也不洗手，抓起手袋走出家门，去了美发店。因为今天是星期二，美发店一般都休息，所以没抱多大希望，没想到这个店居然在营业，即便我没有预约，也不会被拒绝的。

剪了头发回来的时候，米思米已经不在了。

我换上了比较漂亮的衣服，穿了一双八寸高的漆皮鞋出了家门。这双鞋是去年米思米和我一起去银座的MM店，让他给我摁鞋尖，确认松紧合适后买下来的。

预报说晚上有雨。天空阴沉，电车车窗因湿气而朦胧。山手大街上，灰色和深蓝色混杂交错，空气似乎凝固了。闻到了消毒液的气味。

进入约定的餐厅之前，我忽然不安起来，扭头通过停在附近的车窗查看自己的脸。不知是特别加工的玻璃的关系，还是此时空气湿润的缘故，昏暗车窗上映出的我的胸脯以上的图像充满水汽，模模糊糊的。不过，还勉强可以看出头发剪短了。中午，对美发师说明想染什么颜色、头发剪多长的时候，一瞬间眼前闪过了羽村希子的脸。自己或许也应该像她那样干脆剪得短短的吧？那样一来，直到头发长到那么长之前，一直在我身上作祟的晦气说不定也会一起被剪掉吧。对我的这一改变，米思米也会认可，也会相信我具有想要改变就能够毫不犹豫去改变的行动力。给我剪发的是有纱上美容学校的朋友，女助手长得很像年轻时的有纱。

此时映在车窗里的朦胧的我，大概很像羽村希子。我的发式并非她剪的那种超短发，而且大胆地改变了原来的偏分，变成左右对称的样式，而且还烫了松松的卷发。不过，如果客观地把这影像看作眉眼不清晰，只有朦朦胧胧轮廓的物体，二人似乎很相似。

我把手包夹在腋下，用两手的指尖轻轻地拢起头发。车窗上映出的影像只有上半部是蓬松的。最近我的头发越来越少了。好容易烫的发，就因为这点湿气，便立刻萎缩下来，趴在头皮上了。回想十几岁的时候，即便拔下一根头发来，把它倒立起来，都能直挺挺的，就是如此硬实。如今这种变化到底说明了什么呢？我站在车身旁边，几乎是无意识地把脚从鞋里抽出来。由于很久没有光脚穿鞋了，后跟被磨得生疼。事先贴上创可贴就好了。这么一想，立刻想起了羽村希子的脸庞和那个大号急救箱。现在给她打个电话，让她拿个创可贴过来？不只是想象一下，实际上我心里真的打算这么做。然后，我想把她拿来的创可贴贴在脚后跟上，跟希子交换服装，让她去餐厅，自己去咖啡店，一个人慢慢悠悠地吃点甜点……然而我不能这么做。因为今天是我和米思米的结婚纪念日。

“阿舞！”

一走进店内，米思米立刻看到了我，站了起来。朝我挥手的他也换上了干净漂亮的衣服。

“怎么样？是不是太短了？”

我揪着自己的头发笑道。

“不短，很适合你。那个店怎么样？”

“嗯，还不错。”

“你好久没有剪这么短了，非常好看。特别适合你呢。”

我和米思米都不太能喝酒，却要了含汽葡萄酒，干了杯。我看见举起杯的米思米的手腕骨节上有一块瘀青，米思米嘻嘻笑着。

这个餐厅距离以前两个人一起干活的发廊走路十分钟左右，是个很小的希腊餐馆。也许时间还早，客人除了我们俩外，只有一对二十多岁的情侣。看他们的打扮和发型，二人好像也都是美发师。我和米思米那个时候就常来这里吃饭。两个人第一次吃饭就是在这里。

“很好吃吧。”

米思米愉快地说。他只喝了一口葡萄酒，脸就红了。

“咱们第一次来这里的时候，坐在这张桌子前，和阿舞面对面时，想到自己能够跟这么漂亮的女孩子交往，高兴极了。”

“你都说过好多遍了。”

“可是……”

“好了，不要老说那些了。”

“可是我就是想说。”

“我都记得的，好吧，不要老说了。”

虽然嘴上这么说，但内心里听见米思米对我这样说起以前的事，还是很高兴。他知道我不习惯听别人夸赞，也知道我心里其实很愿意听这些，所以米思米才对我说的。这样面对面坐在这个昏暗的店内，互相微笑时，一起度过的六年的漫长岁月一瞬间消失不见了，那种刚刚认识不久时的，虽然还不了解，却仿佛早就认识对方似的那种不可思议的亲切感觉又回来了。不过，这样的感觉，也同样刚刚抓住就烟消云散了，感到我们仍然站在以为消失不见的漫长时间的地面上。我们一起度过的时间只有短短的六年，以后还会有更长更长的时间。

菜肴不断送上了桌。土豆泥和烤肉饼上面，摆放着一个粉红色纸叠的心形图案。米思米让我摆个姿势，和料理一起用手机拍了好几张照片。我也同样给他这样拍了照。最后，请店里的人给我们俩拍了合影。这位胖乎乎的女店员，长得就像是我和米思米生出来的孩子的前世，觉得她好可爱好可爱。

"有个事想跟你商量一下……"

等甜点的时候，米思米压低声音对我说。

"商量？什么事？"

"其实上周跟妈妈见面的时候，对我说的……就是那个，阿舞去了羽村小姐家那天，后来妈妈说的……"

"啊，那天呀，什么事？"

"妈妈的一个朋友，其实就是很早以前的顾客的女儿，据说她在涩谷经营着一个自然食品店，专门提供香料或面向素食者的食材。问我想不想去那里工作。"

"嗯，你怎么说？"

"我考虑了一下，想推掉的，但是现在还是想去试试看。"

"是吗？米思米要是想去干的话，就试试看吧。"

“我就知道你会这么说，我已经回复说，我去了。”

“什么呀，你不是已经决定了吗，这哪里是商量，是报告吧？”

“嗯，是报告。”

米思米笑了。一大盘甜点送来了。在盘子的空白处用巧克力笔写了“happy anniversary”[1]。深褐色的字母微微起伏着，已经快要干了。

“已经对店里的人说了？”

米思米笑着“嗯”了一声。我一笑，米思米笑得更厉害了。

我们从两边用叉子叉着含有碎坚果或干果的冰激凌蛋糕吃了起来。什么话也不说，只是互相微笑着这样吃着时，不由得产生了一种错觉，仿佛米思米和我度过的这六年里，一直都是这样的充满幸福的时光。不过即便是错觉，能够这样回顾过去，也令我自豪得眼泪都要流出来了。

“不过……美发师的工作，以后不干了，还是打算过一段再说呢？”

“嗯，我以后不干那个了。”

我本以为他会补上一句“跟你开个玩笑”，但是他没有再说什么。不知为什么，突然间，我发觉听从米思米的话，剪短了头发，似乎是一件令人非常不快的事。吧台对面，刚才那位女服务生很担心地看着我们这边。“这个特别好吃吧。这个嘎吱嘎吱的……”没等我说完，米思米开了口。

“我作为美发师的使命般的东西，已经全部托付给阿舞了。”

我一边大口吃着凉凉甜甜的东西，一边勉强笑了笑。我实在想

[1] 结婚纪念日快乐。——译者注

不出该怎么回答他才好。

“所以说，以后不干那个了。”

“……”

“我已经决定了。我不适合做美发师，应该早一点意识到就好了。现在即使我想重新捡起来，也晚了吧……”

米思米垂下眼睛，微微摇晃起手里拿得很低的，差一点碰到盘子的勺子。

对不起，我也没有早点意识到，早点意识到的话，就不会对米思米造成这样的伤害了。我这个可依赖的太太，是否应该这样说着伸出手去，按住他那只摇晃勺子的手呢？还是说，不晚，一点也不晚，米思米只要愿意，什么时候都可以回来的。这样说着，握住他伸在桌子上的另一只手呢？哪一种都可以做到的。可是我一直沉默着。这并非像刚才那样不知该说什么好，不得已才沉默的。

桌上的蜡烛光在微微摇曳，勉强映出了米思米表情僵硬的脸上，他在眨眼和呼吸，还像个活物有一丝生气。米思米突然停止了晃动勺子，抓住罩着蜡烛的玻璃罩使劲拉到自己跟前。

火苗大了一些。在火苗上方，米思米的脸色被染成了橘黄色。沉默仿佛将要燃烧起来。

“……那么，那边什么时候开始呢？”

尽管是我好容易挤出来的声音，听起来却很有精神、很有活力。不像我的声音，很像是刚才的女服务生的声音。米思米推开了蜡烛，再次握住勺子，吃了一口冰激凌。

“明天开始。”

“什么？明天？”

“不过，上班是从十一点开始，七点半以前就能回到家。所以家里的活儿，还是像以前那样交给我，不用担心。”

“米思米出去工作的话，家务不能都让你干呀，我也要干的。要我干什么你尽管说。”

“不行。你不用管了。暂时属于打工，所以你不用担心。说是三个月以后，有可能转正。”

“可是……”

“如果觉得忙不过来的时候，我会拜托你的，先干干看吧。”

“是吗？”

“嗯，阿舞就放心吧。”

不知何时米思米已经结完了账。两个人同居时虽然是稀里糊涂的，但是自从去年结婚以来，家计全都交给了米思米。他记家庭账本很认真，还替我每月从店里的收入里拿出固定数额存入银行。每周最多也就洗两次衣服，在外面吃饭或买现成的回来吃的单身时代已经成为遥远的过去了。我尽管很想回忆过去，却只能想起曾经和米思米一边喝茶一边看的电视纪录片里那样的生活了。

走出店门，果然下起了雨。米思米从包里拿出折叠伞，给我打上。不知他是从哪里买的，是一把可爱的小鸭子图案的雨伞。其实我带了一把伞，插在门口的伞架里了，不过回头再来取也行，就默默地进入小鸭子雨伞下面了。

两个人打一把伞，紧紧依偎着走着，感觉米思米变小了。和以前比起来，身高矮了两三厘米似的。因为和我结婚的关系吗？难道自从不干美发师，在家里待着以来，连骨骼也会缩水吗？还是单纯因为我今天穿的鞋跟高度的关系呢？

走到车站的一路上直到上了电车以后，我们一直手拉着手。由于互相戳对方的侧腹，或互相胳肢闹着玩，小雨伞根本就遮不住雨水，我们俩都成了落汤鸡。

整个街道都沉入了黑夜中的现在，无论哪个窗户都清晰地映照出了我们。电车或建筑物的黑暗窗户上并排映出的两个人的身影，我觉得非常般配。原本高大的米思米，即使身高缩小了几厘米，两人般配的印象也不会有一点改变。我穿着方领口的无袖衬衫，米思米穿着条纹衬衫。我穿着紧身长裤，米思米穿着不肥不瘦的细腿牛仔裤。两个人都像是水道清扫工似的，变成了一身灰色的，浑身都湿透了。两个人多么般配啊。多么和谐的两个人啊。我们俩是如此般配，健康而年轻，生好几个婴儿出来也不是什么难事，看上去真是幸福无比，说话也很开朗、快活，从哪方面看都没有任何问题。

雨越下越大，我们俩交替举着雨伞，一边笑一边叫着一直跑到公寓。

“明天的早饭，我来做。”

到家后我说道。米思米揉搓了几下我的头发，脱去湿漉漉的牛仔裤，去准备洗澡水。我跟着他去了浴室，看着他弯下腰用海绵刷洗浴盆的背影。湿漉漉的衬衫紧贴在他弯着的后背上，形成半圆形的弧线。他一动弹就出现细细的皱纹，阴影部分颜色就变深了。

我抬起光着的右脚，轻轻踩在他的背上。

米思米的后背变硬了。我发现我的脚后跟上磨出了一个红红的蚕豆形状的水泡。米思米没有停下刷浴盆的手。我越是踩他的后背，热乎乎的脚心就越是感受到比脚心稍热的米思米的体温。

抬起头一看，浴室的镜子里映出了和白天不一样发型的我，有种病态而唐突的可怜的感觉。那苍白的脸色被一些粉红色的颗粒勾勒着。那一定是摆在土豆泥上面的粉红色心形叠纸。意识到这个时，我的表情突然变得可爱了。

“米思米。”我没有看他回过头来的脸，只是抱着他喊，“米思米，哪儿也不要去啊！”

“你怎么了，阿舞？”

“好吗？你哪儿也不会去吧？不会去吧？”

“阿舞，说什么呢？”

“是吧，不会去吧？”

“嗯，不会的。”

“绝对不去？”

“嗯。”

“绝对绝对？”

“嗯，绝对绝对。”

“你保证？”

“我保证。”

“以生命担保？”

“可以是可以……”米思米手里满是泡沫的海绵掉在了地上，“但是阿舞的命也搭上了吧？”

9

出去工作不到两个星期，米思米就发起了高烧。

早晨，一向都是他按下闹钟，叫我起来的，今天他却躺着一动不动，我立刻觉得不对头。凑近他一看，比平时的气息难闻，一量体温，近38摄氏度。

“你今天得休息。打电话？”

“还没有开门呢。”

“那么给店长打电话？”

我递给他手机，他也不接。

“我说，你得请假吧，那就得打电话呀。”

米思米没有接电话，却坐了起来，问：“吃面包？还是米饭？”我说自己做，可他就是不听，要去厨房，我硬是把他拖回了床上。

“我照常去上班了，你不要紧吧？有什么想吃的东西？”

“没有。”

“午饭怎么办？我给你做好稀粥吧？”

“阿舞会做粥吗？”

“会呀，粥还不会。”

我说着把米和电饭煲放在面前，可是根本不知道用多少水煮粥。用手机查了一下做法，要把米煮软需要几十分钟，绝不是上班之前可以慢慢做出来的东西。

“阿舞，你在电饭煲的‘煮粥’那儿定上时就可以了。还是先去扔垃圾吧。”

“什么，垃圾？”

“收垃圾的车快来了。”

听他一说，我慌忙拎着昨晚米思米整理好放在门口的垃圾袋走出去了。扔垃圾一直是米思米的活儿，平日这个时间，我还躺在床上呢。要是自己一个人过，不会做粥也不会扔垃圾，这种时候才深切体会到平常的自己是多么依赖米思米了。真是不好意思。不过，正是这种不好意思才比什么都有力地证明了我们的幸福。我要积极地变得更加不好意思。要故意拿不住垃圾袋，或是在什么也没有的平地摔跟头试一试。

走出公寓往右一拐就是一个大犬舍那么大的垃圾站。垃圾车还没有来。我舒了口气，把垃圾放下，正要回房间时，“早上好”，听到有人对我问候。

抬头一看，是羽村希子站在我面前。

“啊，早上好。”

希子从我身边走过去，打开垃圾站的门，朝着墙壁砰的一声扔出了那袋垃圾。

“从那以后就养成了扔垃圾的毛病。”

希子难为情地笑了。我有点儿不高兴。

自从给她发出感谢赠送樱桃的短信以来，一直没有收到希子的回信。说心里话，这倒让我松了口气。每当想起那间寒酸的屋子、剥落的指甲油，还有她那张寂寞的面孔，我就觉得心里特别丧气。我总感觉希子和我之间的关系，就是这样子通过令我沮丧的，而且进出公寓时也尽可能不碰见对方的方式，与任何人的意志无关地自行发展起来了。这也让我感觉不快。简直厌恶得腋下直发痒。关键的问题是，我想要通过刚才所感觉到的那种令人怜悯的幸福的证明来加固自己的周围，以便尽可能不和哪怕有一点点不幸迹象的人发生关联。

“谢谢你的樱桃。”

由于找不到别的话可说，我再次道了谢。“不用谢。”希子抹了一把刘海儿，面朝我，好像阳光刺眼似的眯起了眼镜后面的眼睛。距离最后一次见面虽然相隔不到一个月，她那光秃秃的前额已经被长出了一点的头发勉强遮住了。

“回头见”，我要是这样说一句，马上回房间就好了，可是当希子问道“你剪发了吧？”，我却不由自主地笑着回答“是啊”。

“好可爱。”

“谢谢。希子小姐的头发长长了啊。”

“嗯，好像长得很快……”

“现在去上班？”

“是的，去上班。舞小姐呢？”

“要是平时这会儿我还在床上赖着呢，今天是因为老公发烧了，我才来扔垃圾的。”

“你先生，是得了感冒还是什么……”

“是啊，好像是感冒，他身体不怎么壮实……”

“我前几天在这里看见那个穿 ONE T 恤的人了。”

“真的？穿的那件衣服？”

“不过，我没敢打招呼……”

“打个招呼就好了。我跟他说过你。他喜欢说话，一定很高兴。”

希子浅浅一笑代替了回答。她这笑容异常开朗而优雅。我忽然意识到，还是第一次在早晨见到她。所以才会这样吧，我仿佛被穿着驼色皮鞋的希子的脚步缠绕住了似的，不知不觉迈开脚步和她并肩朝着公寓大门走去。我突然间觉得心情轻松起来，“刚才他说想要喝粥……”竟然叽里咕噜地说起来，“他突然说要喝粥，可我从来没有做过粥，上网查好像又要花费不少时间，不知如何是好，他就告诉我使用电饭煲的煮粥功能就可以。真是够难为情的。”

“煮粥用小火，在炉子上慢慢熬就行了。”

“是吗？可是没有那么多时间啊。”

我们并肩走过了那天晚上我胡乱扔垃圾、她一个个给我捡回来的地方。在希子露在衬衫外的胳膊上，朝阳如静电般噼啪作响。我不想回忆那天晚上的事，谈起了天气如何如何，用眼角偷窥了一下她的表情，只见她一边毫无差池地应和着我，一边微微蹙起眉头，似乎封闭在自己一个人的忧郁里——不知是苦恼于有关去上班的事，还是和她那位搞播音的男朋友的事？

快走到车站了。我在上星期刚刚开张的健身馆的停车场前停住了脚步，说道：

“那就回见吧……”

希子这才注意到有人走在自己身边似的，猛地扭头看着我。

“在这儿吗？”

“怎么了？”

“你现在去健身馆？”

希子看着贴在窗户上的每张纸写了一个字的“入会宣传活动”的醒目广告。

“啊，不是的。我回家。不知怎么想走一走，就跟着你走到这儿了……不过，在这儿游游泳也不错啊。有游泳池吧？”

“有啊。”

最后我几乎是自言自语道，可是希子立刻回答。

“有啊，游泳池。”

“是吗，你已经来过这儿了？”

“是的，来过一次。”

“真的？那我也应该去看看吧。最近缺乏锻炼。”

完了。意识到的时候已经晚了。希子一定会邀请我的，而我也无法拒绝的。不过我的预想落空了，希子没有邀请我，而是淡淡地说了声“回头见”，就朝着车站快步走去了。

我望着她的背影，心里很不是滋味。这种感觉好像似曾相识……啊，对了，是上小学的时候。曾经有一个没有朋友的很不起眼的同学邀请我去游泳池。就和那时候的心情很相似。那个孩子很喜欢我的学习用具、袜子、发卡，一点点地买齐了跟我一模一样的东西。对我说“我买了跟你一样的”，脸上笑开了花。虽然希子并没有邀请我，可我不知怎么想起了那个孩子。

那时候我跟她一起去了游泳池没有呢？还是找个什么借口回绝了呢？

记忆中的那个女孩子，长得和刚刚分手的希子一个模样。

10

三点多我才有空吃午饭，这时，拿着一杯冰红茶的有纱，一边说着“错了错了”，慌里慌张地走了进来。

“舞姐，这杯红茶你喝吗？我当成咖啡了。”

“啊，嗯，那就谢啦。”

有纱把杯子放在我的手边，很可笑地一边有节奏地唱着“咖啡，咖啡”，一边打开冰箱。

“今天不是自家寿司呀？”

从纸盒倒咖啡之前，有纱瞅了一眼桌子说道。

“啊，嗯。米思米发烧了，今天是在便利店买的。”

“每天做寿司，米思米，真是个模范丈夫啊。羡慕！”

曾经在以前的发廊一起干活的有纱，认识米思米。有纱进店三个月后，米思米辞了职。

“我真是一点家务也做不来。全都依赖米思米。够差劲的吧，我这样。”

“说什么呢。即便不做那些家务，这么能干，又这么漂亮、温柔，是个多么令人自豪的老婆啊。我要是个男的，就是花大价钱，也要和舞姐这样的女人结婚。不对，就是现在，我也想结婚……”

“又胡说八道了……”

“我说的是真的。”

“我可是让米思米受苦了。”

“哪里！你肯定是让他自豪的老婆，还用说吗？啊啊，我也想早日跟舞姐这样可以依靠的人结婚呢。我好想好想，使劲依靠个什么人呢，啊啊……”

有纱虽这么说，其实她和上美发学校时的那个男友已经同居很长时间了。“你和他最近怎么样了？”我正想问她，有纱突然回头问道：

“那个，舞姐。”

“嗯，什么事？”

“那个……今天晚上想占用你点时间，行吗？”

“今天晚上？出什么事了？”

“想跟你说点事……也不是什么大不了的事。”

有纱不好意思地笑了笑。从刚才聊天的内容判断，莫非是向我报告和那个男友结婚的事？她那么感叹“好想依靠”什么的，是不是因为那个男人靠不住了？我盯着她看，有纱居然脸红了。

“好吧。下班以后吧。”

听我一说，有纱立刻满脸堆笑，说了声“谢谢啦！”就走出了房间。

关门后打扫完了卫生，也许是她事先嘱咐了，助手亮太马上收拾东西准备回家，“我先走了。”他笑着低头说道。看他那怪笑的样子，就可以证实我的推测。

“找我什么事？”

我也猜测到了有纱想要说什么，嘿嘿地笑着问。可是，坐在剪发椅子上的有纱脸上白天那天真烂漫的笑容消失了。

“那个，突然找你说这事，对不起。我想跟你商量一下，就是……”

“想喝杯茶什么的吗？”

有纱的眼睛和声音里蕴含的紧张气氛，使我条件反射般地站了起来。

“啊，那就喝杯冰红茶吧。我来。”

有纱从里屋的冰箱里拿来一盒冰红茶咕嘟咕嘟倒在两个玻璃杯里。

“舞姐，你还记得从惠比寿时代就来做头发的加贺谷女士吧？”

我立刻想起来了。有纱从原来的店里带来的个子高高的眉清目秀的美女。以前听有纱说过，她在某策划公司工作，还担任着管理职务。接预约电话时，一问对方名字，她回答“我是加贺谷”的声音冷静而沙哑，容易记住。

“啊啊，那个……个子高高的漂亮女人？”

“对，就是那个加贺谷。加贺谷现在在建筑行业工作，不过，最近参与了一项杂司谷那边的旧居改建工程，说是那家的二楼可以出租……”

“嗯。”

“她跟我说，要是你喜欢的话，可以在那里开个美发店。”

“真的……”

“可是，我还没有这方面的考虑，虽说也打算将来自己开个店，不过，怎么说呢，还不是现在……可是，一开始就能找到合适的地方不是很难得吗？而且我知道，舞姐找这个地方的时候，费了很大的劲……其实上周我就去看了那个地方。房子比我想象的还要满意……然后我考虑了一下……加贺谷女士说，给我一个月的时间考虑，可是，我想，好不容易碰到这样的机会，应该尝试一下。但是现在这个店也很重要，我也不想给舞姐添麻烦，所以，在舞姐找到满意的好美发师之前，我想继续在这里干……那个，这样也可以吗？”

“请等一下。你的意思是……暂时还在这里干一段时间？”

“是的，暂时不走。”

“暂时是多长时间？”

“舞姐找到满意的美发师之前。在这期间，同时做开店的准备。”

“那么……这就是说，过一段时间，你要辞掉这里的工作，在那里开店喽？已经这么决定了？”

“是的。对不起。自作主张……”

“什么嘛，怎么是商量，是通知呀。”

我一笑，有纱也笑了。最近，同样的事，好像我也对什么人说过。用了十秒钟，我想起来是米思米。我抬起头一看，有纱的眼睛湿润了。

“讨厌，不要这副样子啦。不用担心，没问题的。有纱技术好，我也有思想准备，早晚会走的。只是没想到会这么快……”

“对不起。真的……还什么都没有决定呢，有了确切的计划，一定马上报告。”

“那么，我可以开始招募了吧？”

“是的。找到新人之前，我不会走的。”

“是吗，是吗，好啊，虽然是一件好事，可是有纱不在的话，还是很寂寞啊。这里好不容易刚刚上了轨道，亮太君现在还不能独当一面。”

“是啊。明天开始，我一定对他再严格一些。”

有纱笑了，把两个空了的玻璃杯拿到里屋去洗。

我坐在椅子上，调整自己的呼吸。黑乎乎的外面灯光闪烁。最浓黑的夜色仿佛从门缝里沿着地板渗了进来，我抬起脚，紧紧缠绕在椅子腿上。心脏扑通扑通乱跳。

有纱的离开，意味着有纱的客人们全都跟着离开，所以寻找填补这个窟窿的新美发师就行了。仅仅是这么一件事，映在镜子里的脸却格外严肃。我想要微笑，翘起嘴角，可是由于上半部仍然没有表情，显得很吓人。我想马上告诉米思米。跟米思米说了之后，想听到他对我说，你那副笑容挺好的，这是常有的事。

有纱洗完杯子回来，把放在镜台上的包挂在肩头，说道：“那就走吧。”

“有纱，不结婚吗？”

我对着她的后背问道。

“什么？结婚？”

有纱没有回头，用手疏通着纠缠在后脖颈上的深褐色头发。

“就是那个，一直住在一起的那位……”

“啊，没有的事。八字都没有一撇呢。哈哈哈。”

“我还以为是要谈这事呢……”

“讨厌，没有没有啦。因为那个家伙……”

从店里出来到车站的一路上，有纱一直叨叨男友的种种不是。和我家方向相反的电车先进了站，“我先走了”，她嫣然一笑，上了车，消失不见了。

下车之后，我一直跑回了公寓。锁骨上的小窝窝那儿就像有个蓄水池似的，水面吧唧吧唧地剧烈晃动着，浑身都被濡湿了，凉飕飕的。

终于进了门厅，摁下电梯的按钮，突然听到背后有人叫我“舞小姐”，回头一看又是羽村希子站在我身后。和早晨不一样，她穿着T恤，下身是过膝的松松垮垮的长裙，手里拿着一个椭圆形的塑料包。

我浑身汗津津的，气喘吁吁地用手抹去满脸的汗。

“刚下班回来吗？”

“哎。”

电梯门开了。我想马上进电梯去，立刻见到米思米，一秒钟也不想耽搁。但是希子走近我，怯怯地微笑着说：

“我现在去游泳池。”

“什么？游泳池？”

“就是体育馆里面的那个游泳池。那儿一直开到夜里一点呢。”

“现在去吗？”

“这个时间人特别少，游起来可舒服呢。那个，要是时间方便……我在这儿等你，咱们一起去吧？”

我再也忍不住了，一步跨进电梯，摁住“开”键说：“不好意思，下次吧。”说完就摁了“闭”键，同时挤出一堆笑容。希子受伤似的表情瞬间看不见了。

电梯一到七层，我就快步朝705室走去。虽然起居室里亮着灯，但是餐桌上没有摆好晚饭。不过，屋子里充满了轻微的酸味，让人感受到了病人的存在。

“米思米，在睡觉？”

没有人回答。我轻轻推开卧室的门，可见米思米在睡觉。我站在他身边叫他的名字，也没有一点动静。

我定定地站着，借着起居室射进来的一束灯光望着米思米的睡脸。

他睡着后比醒着的时候显得稍微苍老一些。眉宇间有几道浅浅的皱纹，右嘴角朝下咧着，好似被看不见的线拽着。宛如被某种没有尽头的苦恼纠缠着，正在闻着地狱中滚开的水蒸气般的人的表情那样。一年前刚刚结婚后，米思米无论睡觉还是醒着，全都是这样一副表情。常常哭泣着连声说“对不起，对不起”。

我和他六年前在美发店相识，从四年前开始一起生活，去年春天，他突然决定和我结婚，我以为这表明了他要从此好好工作的决心。在之前的美发店时，从身体状况不佳开始到那时为止，米思米窝在家里半年以上，每天除了家务之外什么也不干。也不知他是否参加了就职活动，老是找不到新的职场，这时，以前的朋友开了新店，米思米也作为美发师受到了邀请。可是也没有干长。有一天他突然不去了，后来也一直没有去。那时结婚还不到一个月。这样突然不去的情况，实际上已经是第三次了，所以我并没有多么惊讶。在之前的之前的店，就是他和我认识的，有纱也在的那个店，他干了一年半之后，有一天突然不去了。

要不在我的店里干？好多次话到嘴边，还是没有说出口。这并非顾虑米思米的自尊心。只是我不想和他一起工作。我不想在自己的店里雇用这样没有谱的人。抱有这样清楚的认知的我是不是太冷漠了？我这样是不是等于悄悄背叛了他这个共度整个人生的伙伴呢？

我在床边坐下，轻轻掀开盖在米思米身上的毛巾被。卷起他的T恤衫，看他的腹部。那天被我的手指甲狠狠抓过的痕迹，红黑色的细细的抓痕，犹如缠绕着的毛发一般弄脏了米思米的皮肤。每当我眨眼睛的时候，那些毛发就变得更加混乱和浓密，眼看就要爬到床单上去似的。我回想起第一次打他脸的那天发生的事。由于特别在意自己刚结婚就辞职，米思米整天哭哭啼啼，我为了激励他重新振作，起初只是轻轻地打了他一个嘴巴子。到底是从什么时候开始变成现在这样的呢？不过，我又感觉这个习惯好像早在结婚之前就已经养成了。无论米思米工作还是不工作，我似乎一直都在打他、踢他、抓他、折磨他似的。

米思米没有睁开眼睛。

我恍惚觉得随着呼吸起伏不停的那些抓痕，已是很久以前在什么地方做的梦一般，久久地看着睡眠中的米思米。

也许是我的这种态度慢慢使他变得越来越懦弱的。我这般依赖米思米，同时又丝毫也不指望他；我想要保护他，却又一味伤害他；我貌似在反省，实际上只是无计可施。然而米思米仍旧在拯救我。我感到不安的时候拥抱我，鼓励我说“不要紧的”，告诉我“我哪里也不去”。“拜托，米思米，起来呀。有纱要辞职了。怎么办啊？必须找新人才行。又得从头开始呀。”我要是现在把他叫醒，对他诉说这些，米思米会笑着对我说出我所期待的那句“说什么呢，不要紧的”吧。这句话就会让我得救的。当然，有些事情只靠这句话还是不能得救的。眼前他腹部的这些抓痕就是这样造成的。而且早晚有一天，我们的生活中充满了米思米无法拯救的东西的时候，用肮脏的满是刺的棍棒戳这个腹部，往上浇冷水，把它拽进泥泞中，毫无表情地把他打趴下的多半是我。因此至少在那之前，我不想妨碍米思米睡觉。让他独自一人做个美丽而温柔的梦吧。

我又给米思米盖上毛巾被，轻轻抚摸了一下他的头发。说是抚摸，更像是将某种肮脏的东西抹在他头发上。抚摸头发的手心里感觉刺痛起来。皮肤里面仿佛被缝进了烧红的剑山[1]一般火烧火燎地疼。我实在忍受不了，放开了手。于是米思米的鼻孔微微鼓起来又立刻瘪了下去。刚才歪斜的右边嘴角翘起，浮出无声的微笑。

米思米在笑……瞧啊，米思米在笑呢！喂，有什么可笑的吗？可笑的话也告诉我呀。我也想跟你一起笑。我想要觉得可笑，我想要笑得肚子疼，笑出眼泪，笑得喘不上气来，就是现在，我想要发笑……在表情僵硬得一筹莫展的我面前，米思米嘴角浮出的笑容忽

[1] 花道的插花底座。——译者注

隐忽现，总是不定型。时而嘴唇右边出现一个酒窝，时而轻轻翻起嘴唇，时而露出小小的虎牙，时而被口腔深处呼出的气息吹得额发飘动。

尽管我的眼睛只是一直盯着米思米看，但是同时也能看到这间昏暗的屋子里围绕两个人的所有东西。不光是东西，两个人在这里一起度过的时间、说的话、凑近对方的嘴巴嗅到的彼此的呼吸、闹钟的声音，此时这些东西全都混杂在一处，在米思米的嘴边诱惑着我。

我感觉自己一直在凝视他的左眼抽搐了一下。仿佛在等着这一刻似的，米思米的两个嘴角微微翘了起来。

我站起来走出了卧室。

关上门后，我才感到了一阵眩晕，膝盖没了力气，一点点瘫软下去。起居室的灯很刺眼。我伸手摁下正上方的开关关掉了灯，于是遮挡窗户的蕾丝窗帘在黑暗中朦胧地浮现出来。相互重叠的窗帘布光影斑驳地起伏着。窗户好像开着的，记得回来的时候是关严实的。窗户开着，病人躺在那间屋子里，可是这屋子里还是有股病人的气味。消化不良的气味，炎症的气味，还有四年来渗透在这间屋子里的我自己的气味。这些气味特别特别难闻。不过，对这些令人不快的气味，我开始感觉有些留恋了。

即便窗帘被温乎的夜风吹开，臭味还是消除不了。我仿佛身在因被麻醉而麻痹的内脏里一样。放在桌子上的什么纸被风吹下来，在地板上滑动。风越来越大。我隐约听见谁家房间里的风铃发出轻轻的响声。窗帘被风吹得圆鼓鼓的，几乎一直在飘动……

我想要站起来关上窗户，膝盖却使不上劲。没办法只好靠着臀部和手的支撑一点点靠近窗户，可是不知为什么，身体却向后退。退过了桌子旁边，退过了整体厨房旁边，来到短短的走廊，看见“煤气警报器更换通知”掉在地上。我把它团起来塞进玄关的帆布鞋最里面。脱成八字形的帆布鞋里还残留着一点点我今天一天的体温。就是说回家以后还没过多长时间……难道说，现在还有可能挽回什么吗？我不该坐着目不转睛地凝视着米思米的脸回想过去，不该看到他那样微笑，还一直后退到这儿的。不应该这样，应该回来后，脱了这双鞋，就立刻去卧室打开电灯，把米思米摇醒，问他还发烧吗？想吃东西吗？粥熬得怎么样（对了，是粥的味。屋子里的气味大概是粥的气味）？不管怎样，先听听米思米说话。有纱的事明天再想也可以。今天晚上，两个人就开两句玩笑，嘻嘻哈哈说笑一通就好了。这个房间所期待的正常的夜晚就应该是这样的。都怪我做错了。

电梯还停在七层。快到一层之前，从闪灭的楼层数字，我把目光移开往下看去，隔着电梯门的细长窗户，看见和刚才同样穿戴的羽村希子站在外面。我吃了一惊，对方也看到了我，不好意思地笑了。

“啊，那个，我本来想去游泳的，到了入口，不知怎么又突然不想游了……”

门刚刚打开，希子就开始说话，声音越来越小，最后没有了。我们俩的视线同时往下看去。希子光脚穿着深蓝色塑料凉鞋。脚指甲又变成指甲油一多半脱落的了。可见她的脚指甲也很不正常，就好像不被任何人需要似的。

不过，只有这种一伸出手就能立刻触摸到的错误，只有丑陋的色胶剥落的指甲，似乎才是现在自己在这个世上唯一可以依赖的某种东西。

“舞小姐，你没事吧？”

回过神来，看见希子的脸近在眼前。

“你又头晕了吧……”

我闻到了一股婴儿爽身粉那样的除臭剂味。我不由自主地把头靠在对方单薄的肩头时，希子轻声说：“咱们去游泳池吧。”

11

希子戴的是淡绿色的蕾丝文胸。

希子穿着衣服看着很瘦，可一脱了衣服，后背丰满得令人吃惊，肩胛骨犹如用黏土填补似的厚实，文胸勒扣上边的肉也很多。希子换衣服有些矫揉造作，慢腾腾的。脱下的衣服也都仔细叠起来，所以很花时间。我一下子就脱光了，随意穿上了希子在服务台租借的T恤和短裤。虽然她没有问我尺寸，但都特别合适。

“好了，进去吧。”

回头一看，希子脸上的妆全都没有了。不对，刚才在电梯前遇到她时，莫非就是素颜？虽说她五官端正，可要说平庸也很平庸，属于那种凭借化妆可以百变的长相……反过来说，是那种化妆特别有效果的长相，或许是这一点对我的无意识起了作用。我大概是想要改变希子的容貌。想要把她变成自己喜欢的容貌，不让自己的心起波澜的容貌，就是说与自己不相像的容貌。

“去游泳池之前，想运动一下。”希子说。在排列着健身器材的地方，一对穿得很单薄的男女无声地锻炼着。希子首先站在一个高高的器械跟前，抓住吊环一遍遍地在胸前拉拽着。然后她把吊环递给我，我也拽起来。看着容易，其实吊环很重，我只好放开了手。希子又坐在旁边一个有很多按钮的复杂装置的椅子上，把胳膊肘抵在拉杆上，像鸟的翅膀那样开合着两臂，做了几次后，她又把这个器械让给我，用眼睛催促我做做看。

就这样，我们把健身馆里的所有器械都试了一遍。馆里的墙壁四面都是镜子。无论去哪里，都能看到我和希子令人郁闷的素颜。这两张脸有时会笑一笑，这说明我也多少觉得愉快。

“好了，咱们该去游泳池了。”

在跑步机上跑了二十分钟后，希子一边擦汗一边说。也许是运动的缘故，我感觉皮肤热乎乎的，很有光泽。

回到更衣室的希子，和刚才不一样，也不用毛巾，一股脑地把衣服全都脱了，转眼间就赤身裸体了。她的白色后背上，清晰地浮现出文胸的勒痕。下身也有内裤的勒痕。从侧面能看到些许浓密起伏的阴毛。她在储物柜里找了一会儿，拿出一件灰色游泳衣。那样小的一块软塌塌的布，根本不可能装下这么硕大的身体，然而游泳衣一点点地吸附在她的身体上，最后包裹住了身体的中心部分。希子把从泳衣臀部露出来的一点肉往里一塞，对我微笑着说：“请换衣服吧。”可是我连储物柜都没有打开呢。

游泳池在健身馆的二层。没有放音乐，只有水声在高高的天井回响。游泳的人寥寥无几。

希子也不做准备活动，把泳镜往下一拉，就下了水，游起了自由泳。水面上铺了一条白线。真快啊，眨眼工夫她已经游到了对岸，朝我挥手呢。我坐在泳池边，刚把小腿浸到水里。水很凉，希子在很远的地方……我提心吊胆地站在了池底，把头沉入水中试了试。觉得憋气，从水面伸出头来一看，希子已经在身旁了。

“真舒服。”

戴着泳镜，浑身湿漉漉的希子，比刚才使用器械锻炼肌肉的时候更加有量感。我退后一看，占据视野的希子的体积大小也没有变化。她把泳镜稍稍往下拉了拉，又间不容发地朝着对面游去了。

我们各自游了半个小时左右。我游的是蛙泳，累了就换成仰泳。希子一直是自由泳。我一再被她超过去。她就像被什么追赶着似的游得飞快。

我筋疲力尽地从水里出来，坐在池边的躺椅上，希子身上滴滴答答地淌着水滴走了过来。

“你真能游啊。”

希子飞快地说了些什么，坐在了旁边的椅子上。

“你说什么？”

“我想成为能够活下来的人。”

“什么？活下来……”

“为了活下来。”

“……”

“小时候，我家住在海边。有一次我被大浪卷进了海里，要是不能自己游回来，根本没有人救得了我。”

“……当时很害怕吧？”

“最重要的只有体力，当时我懂得了这一点。”

“体力……”

“我懂得了精神根本不可信。不但不可信，假如不能忘却一切去游泳，甚至会死掉，所以精神简直就是碍事的东西。”

看我沉默不语，希子像赶走讨厌的虫子似的，从头上揪下泳帽，问道：“舞小姐也是这样想的吧，不是吗？你不认为最重要的是健康的身体吗？”

“是啊，怎么说呢……当然，我觉得精神也很重要……因为我根本没有什么体力。”

希子摇摇头，把腿盘在椅子上，脸埋在膝盖上的浴巾里。

身体……听她这样说，我眼前浮现出更衣室里看到的她的肩胛骨、阴毛、臀部露出来的肉。那样的身体，和眼前因弯曲而凸出的脊梁骨、从两侧环抱到膝盖下面的胳膊、手指交叉的姿势，等等，就是希子说的，她最看重的身体吧。不过，那身体看上去太不设防了。只是被一层薄布覆盖的暴露的身体，从脖颈到后背的细细的汗毛因被浸湿而贴在皮肤上，这种通过汗毛、黑痣、青春痘、抓痕来区分的身体，也是随处可见的，想替换多少都会有的身体……

“不要紧的。”

我吃惊地抬起头来时，希子在用毛巾擦头发。

“什么不要紧啊？”

“你又和老公吵架了吧？”

“什么？”

“因为刚才你下楼的时候，脸色很像那天晚上……”

“那天晚上？”

希子没有回答，只是微微一笑。我扭过脸去，感觉什么冰凉的东西碰到了胳膊肘。

“已经完全好了吧？”

希子的三根手指像号脉一样按在那里。我露骨地抽回了胳膊，让她的手指停留在空中。她只是露出一瞬失望的神情，然后像是独自一人品味那失望般慢慢地低下了头。

“对不起，好像还有一点点疼……”

我用手心搓着脸颊，把目光再次投向游泳池。就在这时，站在池边的一个瘦瘦的女人一跃而起，跳进了水里。白色浪花溅起了一个又长又细的椭圆形。监管员嘟地吹了一声哨子。

“你先生的……”

我用眼睛的余光，看到希子的手指一会儿团起一会儿打开，玩弄着湿淋淋的泳帽。

“情况怎么样？”

“……好像还没有退烧，在睡觉。”

“他平时都做什么……”

“在家里……不，最近又开始工作了，在涩谷的……天然食品店。”

泳帽就像气球似的从里面撑得鼓鼓的。仿佛要让我看得更清楚似的，希子把身体往前移动，挨在我的膝盖旁边玩弄它。网眼勒进了她的手指和手背。这样下去的话，皮肤或泳帽有一方很可能会破掉的。我又感觉她在等我说下去。我用指尖在左眼眼袋上轻轻摸了摸，在房间里出现的抽搐还没有好。一旦开始就得好几天时间，做什么都没有用，只能等着它自己恢复。

“……不过，不知道他能干到什么时候。”

我使劲闭了一下眼睛，再次睁开时，膝盖旁边的网眼已经收缩到了一点点。

“什么呀？”

希子小声一问，又马上咳嗽起来。不等她的呼吸变正常，我继续说道：

“到现在为止一直是这样……他一说不想去工作，我就说，那就算了，我来挣钱养活你，所以就变成这样了……”

哨声刚刚响过，又有人跳进了水里。水花更大了。哨子嘟地吹响了，监管员在喊叫。

“那可……”

希子沙哑的声音刚说到这儿，我就打断她的话，说：

“很了不起吗？虽然大家都夸赞‘真好’‘了不起’，其实没什么了不起的。只是因为这样做，我和他都觉得比较轻松罢了。只是因为觉得轻松，才变成这样的。”

大概是什么人开始飞快地潜水了，蓝色的水面上出现了小小的漩涡，又立刻不见了。仔细一看，旁边的泳道里，以及监管员坐的高椅子跟前的水里也出现了同样小小的漩涡，那个漩涡和现在被湿漉漉的头发挡住看不见的希子的白色发旋重叠在了一起。让人不由得想要把手指伸进去抓挠的那个白色旋涡……

“……不过，我很生气。”

仿佛被卷入那个旋涡里似的，我说道。

“我很生气的。”

我站起来环顾水面，在游泳池里游泳的全都是女人。肥胖的女人、干瘦的女人、年轻的女人、年老的女人……女人甚至要渗透进溅到空中的一滴水花里去似的。

我跳进了水里。哨子嘟嘟地吹响了。在入水前的一瞬间，我看见池边的希子在笑。

12

结果米思米在家里休息了三天，第四天上班之日，一大早就是一副毫无自信的面孔。

“刚开始工作就请了三天假，人家会觉得你是个弱不禁风的人。”他这样说。

“不会的。谁没有生过病啊。”

我在他身后一边给他揉背，一边安慰道，但我的表情并不愉快。

“可是，维护健康也是工作的一部分噢。啊——别人会觉得我是个没用的家伙吧？”

“不过请假也是没有办法的事。只要上班后努力工作，好好表现就行了。让别人觉得你是个顶用的人，不就得了吗？”

“阿舞，也许会这样的……”

“当然了。也只能是这样啊。因为是技术活呀。”

“橘皮果酱没有了吧？”

米思米把勺子伸进几乎空空如也的瓶子里嘎啦嘎啦搅动着。盘子里的烤面包片，他只咬了一小口。

“再吃一点吧，回头肚子会饿的。”

“嗯……”

“米思米生病这几天好像瘦了点。”

“是吗？有这事？”

米思米放下勺子，摸了摸自己的脸颊，卷起T恤捏了捏肚子。我移开目光，以免看到他肚子上的伤痕。

“瞧瞧看，不好好吃饭怎么得了啊。”

我还想问他，我变得越来越强大了，米思米该怎么办呀？但没有这样问，而是从后面搂住他的肩膀，使劲闻他脖子上的气味。

那天晚上，我离开家后和羽村希子一起去游泳池，游到次日凌晨这件事我没有告诉他。并非想要保密，只是有些犹豫要不要告诉他。说是犹豫，或许是感到不好意思吧。连有纱辞职的事情，都没有告诉他呢。这样一拖再拖下来，渐渐觉得也不是什么值得商量的事了。米思米有米思米自己的烦恼。在天然食品店工作是他眼下至关重要的烦恼，再加上出师不利之际，就更不能因为我的事情给他增添负担了。这恐怕不是为了米思米，而是为了我自己。与其说是不必告诉他，不如说是我不想让他知道。

我离开他身后，米思米仍然拿着勺子，呆呆地望着厨房。

“你怎么了？”

“煤气的……”

“怎么？”

“我记得好像是更换煤气警报器的通知送来了……”

“啊，嗯……好像送来了。”

“上面写着什么时候来更换吗？”

“嗯……什么时候来，记不清了。”

“上面没有写着让咱们自己在希望哪天来的日期上画圈后，交给管理人吗？”

“可能写了吧。”

"桌上没有那张通知吗？"

"好像有印象。"

"怎么没有了？"

"就是，怎么没有了……"

那张通知确实消失不见了。我记得塞进帆布鞋里了，可是穿鞋的时候已经没有了。不对，要不就是穿别的鞋去游泳池的？不过，通知找不到了没什么要紧的。警报器恐怕永远也更换不了。找不到就算了。倘若米思米和我睡觉的时候，煤气泄漏，两个人一起死掉的话，还真是求之不得的死法呢。

"阿舞，眼睛抽搐还没有好啊？"

我没有回答，再一次抱住了米思米的肩膀。

13

和希子去游泳池持续了一段时间。习惯之后，有时候我也主动邀请她一起去。

虽然我们常常去游泳，可是希子和我都一点也不见瘦，或是长肌肉。隔着泳镜盯着水底的蓝色憋着气的时候，两个人真的是在游泳吗？莫非是在干什么别的事情吧？

我常常追在希子身后游泳。反过来的情况没有过，希子一向是在我的前面游。游蛙泳的时候，能看见希子的大腿根。虽说并非想要看那里，但是，能够看见的时候，我总是在看。看的时候会想到希子的男友。

"想不想去看座间的向日葵田？"

她发出邀请是在池边躺椅上休息的时候。

我们两个小时休息一次。没有人游泳的池水犹如快要凝住的蓝色果冻一般。

“向日葵？”

“去年去那边摄影，说是特别美……他说的。”

我吃了一惊，瞧着希子的脸。已经好久没有听到她提起“他”了。

希子又摘下泳帽用手背撑起网眼来，任凭头发滴滴答答地滴水。我应该已经习惯了这样的沉默，却感觉此时在被对方试探，很不自在。因为对于希子究竟有没有“他”这个人，我不久前就开始怀疑了。

我们两个人之间几乎没有共同的话题。实在忍受不了沉默时，就聊起了米思米。作为打发这种时间的笑话或抱怨的对象，米思米是再合适不过的角色了。我自以为披露的是一些尽可能让人觉得傻乎乎的趣闻，但是在外人听来，或许不过是谈论隐私。为了减少自己的内疚感，我好几次试图勾出希子谈论“他”。

她几乎不谈起他。他经常出差，基本上不在东京……也就说说这些，但马上就含糊其词起来，勉强改变话题。由于每次她都是这样，起初我以为他们的关系不太好，但是就在刚才，我开始感到就连她有没有这么个恋人都值得怀疑了。去她家拿樱桃那次，电视里出现的那个名字，说不定是她曾经的同学或是某个单相思的男人，抑或是根本不认识的人，不过是为了吸引我的小道具而已。或者是单纯出于对同样年纪的女人的虚荣编造出来的。即便如此，对她的虚荣心，我自认为已经尽可能成全了……因为我很同情希子，邀请我这样的女人去游泳池的女人，想要和我这样的女人交朋友的女人，对我这样的女人也要进行表演的女人，这样的女人可怜又可悲。

我从湿漉漉的头发缝隙中目不转睛地看着忽隐忽现的希子的眼睛。她也看着我。她点了点头，所以我也点了点头。这样似乎就算我答应了。

“太好了。也许还没有完全盛开……”

监管员吹响了哨子，告知休息时间结束了，于是我们再次排成一列开始游泳了。不知何时开始，游泳池里又都是女人了。休息之前，还有穿着深蓝色泳裤慢慢游泳的老年人，现在一个也没有了。

在我伸出的手指前面，希子的腿一开一合的。在水中看到的大腿比平时看到的更加膨胀，更加白花花的。让人恨不得把它揪下来，撒上面粉，放到台子上，用手或是棍棒使劲揉搓……希子的体重是多少公斤呢？希子突然改变了游泳姿势，一开一合的腿一下子伸得笔直，上下拍打起来，我的视野被溅起的细碎水花遮蔽了。我喝了一点水。好不容易摸到了池壁，从水里抬起头来，只见希子已经抵达了对岸。我深深吸了口气，又把头埋进了水里。

希子游过来了。

每挥动一下胳膊，都发出拍打水面的水声，激起无数的水泡，在这些东西伴随下的希子变得越来越大。越来越大的希子靠近了我。

14

下一个周二，按照约定我和希子在公寓的门厅里碰头，去座间看向日葵田。

“咱们是去项根看向日葵田。”

在井之头线的车站等车的时候，希子突然开口道，一边摘下宽帽檐的帽子重新戴好。此时，我正在思考招聘新美发师替代有纱的事情。

“你说什么？”

“我事先查过了。”

“座间的向日葵？”

“不是。是项根。”

“项根，在哪里啊？”

希子呵呵呵地笑起来，说：“回去后，来我家吃卡苏莱[1]吧？”她说的卡苏莱，就是用带骨头的猪肉和香肠、扁豆一起炖煮后，放进烤箱里烤熟的料理。我根本没有仔细听，希子却滔滔不绝地讲解起了做这道菜的步骤。听起来这道菜是非常怪异的料理。在月台边上有一只鸽子，是一只雪白的鸽子。希子看见鸽子竟然使劲皱起了眉头。“我最讨厌乌鸦了……”不对吧，那不是乌鸦，是鸽子呀？我本来可以告诉她，却没有吭声。然后她又开始谈论卡苏莱这道菜。先用一大锅开水煮用盐腌过的猪肉，其间用小火慢慢炒葱头……一只鸽子不知什么时候变成了三只，又增加到了四只、五只，就在希子满脑子都集中在料理上的这会儿工夫，一部分站台已经被一群鸽子覆盖了。

希子在七人座椅的正中间坐下来。

“然后，把干香料放进锅里，用文火炖一个小时。等的时候，把堆在洗碗池里的东西洗干净准备好，回头就省事了。”

“项根是什么意思呢？”

---

[1] 法国料理。——译者注

"什么？"

"项根，是法国料理吗？"

"项根是现在要去的地方呀。"

大概因为换乘的电车是慢车，车厢里空荡荡的。车窗外的世田谷住宅街，犹如煮土豆块一样白乎乎地排列着。铁路线非常宽阔。北侧高耸着焚烧工厂的高大烟囱，看上去更像是从空中扔下来的。

"天气真好……"

希子眯起眼睛说道。看她的侧脸，耳朵上缠绕着一撮长头发。

"希子小姐的头发长长了。"

"什么？啊，是啊……"

"哪天下班后顺路来店里吧。"

两个人一起坐电车还是第一次。尽管她就坐在旁边，却感觉比在游泳池跟在她后面游泳时的距离还要远得多。不过，既然这样一起出游，就应该用脚把这种距离感使劲踩得稀烂，踢到一边，无论在哪里都显得是关系很亲密的两个女人为好。

"希子小姐，你在公司里做什么工作呢？"

自从在店里第一次和她交谈以来，我就一直回避谈到工作的事。总觉得一旦开始了解有关她的工作或是出生地等比她的生活更现实具体的侧面，那么，我的现实生活的具体的侧面也就不能不与之发生关联似的。我一直是希望和她在无法界定关系的尽可能模糊的领域里交往，而不涉及其他。

"工作……不是什么有意思的工作。"

"那是什么工作呢？你不是在旅游公司吗？就是坐在柜台里接待客人了？"

“我的工作跟那个可完全不一样。因为我负责的几乎都是企业出差或是研修旅行。什么制作估价表啦、日程表，等等，都是很枯燥的工作……”

“可是你一直在工作吧？”

“因为我没有其他本事啊……阿舞小姐的工作呢？为什么想要当美发师呢？”

“我想要掌握一门手艺。那时候我的家庭也不富裕，不知道该干什么好，父母一直要我找一个能够不依靠别人的自食其力的工作。可是我不愿意刻苦学习，又比别的孩子手巧，所以就……”

“所以就当了美发师……”

“也干过很多别的工作，但最终觉得自己适合这个。因为所谓美发师的工作，本质上就是把人打理干净的工作……不是卖东西啦，或是和对方讨价还价的工作，只是把别人打扮得比原来要潇洒漂亮，仅此而已。”

“是啊……”

“由于我很喜欢做这件事，所以能够坚持到现在吧。”

“能够做自己喜欢的工作，很幸福啊。”

我只是暧昧地点了点头，没有说话。我感觉尽管谈论了现实而具体的事情，她不但没有接近我，反而越来越远了。

一下电车，希子就从口袋里掏出一张纸来，自言自语着：“下面坐公交车……”这时一个穿着鲜黄色外衣的女人撞到了希子，希子踉跄了一下，赶紧扶住了电线杆。向她道歉的女人有点像米思米的母亲。她向“母亲”打听要乘坐的公交车从哪儿发车，“就在肯德基的前面。”于是希子和我一前一后地朝着“母亲”指的方向走去。

车站上有五个看不出性别的老年人在排队等车。

等了大约两分钟，公交车来了。

“咱们在永安寺前下车。”

回头叮嘱我的希子脸上的细密皱纹很明显。尤其是遮挡在帽檐阴影里的眼袋形成了脸上最黑的凹坑。在等候公交车的这两分钟里，她仿佛骤然变老了似的。抓着扶手上车时的动作异常迟缓。在水中那样有力地蹬水的腿，在太阳光下看上去却是那么柔软无力，似乎除了走路之外什么也做不了。

公交车里冷气开得很足。刚在座椅上坐下来，身上的汗比在外面成倍地流出来。由于多次擦额头上的汗，白底蓝点的手帕已经湿透了，沾满了粉底霜。

空座位很多，前头上车的老年人都隔开距离，东一个西一个地坐着，只有我和希子并肩挤在双人座上，胸部快要贴到膝盖上了。我装作眺望窗外风景，偷窥希子脖子上的汗。一想到这些闪闪发光的汗珠是从希子体内分泌出来的，就稍觉不快。她从来不用手帕。这条线路站点很多，慢吞吞地走走停停的，上车、下车的全都是老年人。终于感觉外面的风景起了变化，松了口气的时候，回头望去，车窗外仍然能看到电车站的外观。车站如同扫帚云一般朝上鼓着。“下一站是永安寺，下一站是永安寺。”不等报站声音停止，希子就迫不及待地用力摁下了按钮，手指都摁得发红。

一下车希子又掏出字条走起来。途中经过一条细长的河流。一个拿着塑料虫笼的男孩子，骑在自行车上靠着桥栏杆，一直瞧着往前走去的希子。一过了桥，就是住宅街。我们向左拐了两次，一直往前走，向日葵田突然出现在前面。在大约五户人家大小的地面上，密密麻麻种满了比大人腰部稍高一些的向日葵。

在写着“Welcome”的牌子前，希子蹲下来，把脸凑近向日葵。黄色的花瓣进入了她的帽檐下。

我手搭凉棚，环顾向日葵田。

在向日葵田的最里面栽种了樱花树，树下有三个穿校服的女孩子，地上铺着塑料布，都低头坐着。在田地里有两对男女，靠里面的一对，穿着阿迪达斯T恤的男子，举着高级相机，镜头前面的女子把手举到脸颊，摆出pose。靠马路这边的一对，紧紧依偎着，伸出手机在自拍。

这时，靠这边那对情侣中的男人走过来，请我们帮着拍个照。之后问了句：“我也给你们拍一张吧？”于是，为了回去后给米思米看，我掏出手机来，请他拍照。“照了啊，cheers！”就在男子让我们笑一笑的时候，我只觉眼前一黑，猛地抓住了希子的胳膊。希子的胳膊虽然汗津津、滑溜溜的，但使劲抓住时，有种冰冷的感觉。

拍完照，我转过身朝向日葵田望去，刚才坐在樱花树下的三个女孩子不见了，回头一看，只看到她们朝住宅街跑去的背影，短裙随风飘动。

“把照片发给我吧。”

希子说，于是我就用邮件发给了她。

画面上的我们俩比想象的挨得近，笑得开心。看照片，希子的头发颜色比实际上要明亮得多。二人的发型差不多，嘴角的弧度、笑时露出的牙齿也差不多。客观看来，更好看的虽然是希子，但比较可爱的是我。

“有点像啊。”

看着我发过去的照片，希子说道。

“我和希子小姐？”

“有那么点……对不起。”

“别这么说，对不起什么呀。”

两个人这样一说笑，终于感觉到周围的空气开始流动起来了。大概是由于自从坐上电车到现在，两个人一直都紧绷着神经的缘故。

我们沿着向日葵田中间的小路走着，在樱花树下没有人的塑料布上坐了下来。

“感觉有点像放暑假啊……”

希子掀起帽檐，让阳光直射到她的脸上。坐下来后，感觉比站着看的时候，向日葵要密集得多。如果现在真的在放暑假，我差不多是小学三年级，旁边的女人也是三年级，过会儿要去买汽水或是冰棍，那该有多好啊。我闭上眼睛正要沉浸于想象的时候，昨晚面试的新美发师的模样浮现在脑海里。与其说是他的面容，不如说是肩膀。那个男人壮实的肩膀上，似乎摞上多少块预制板，都会纹丝不动的……他是有纱的男友的朋友，有纱管他叫什么来着？面试之后，我对有纱说了什么？回到家后，我对米思米说了什么……

“喝这个吗？”

我一看，希子用水壶盖递给我满满一杯水。

“是麦茶。”

“哇，太谢谢了。对不起，你特意给我带来的吗？”

“是的……”

我接过来一口气喝干了。喝水的时候才发觉口渴了。凉凉的水渗入喉咙，甚至觉得有些疼。

"座间的向日葵田一定更好看吧……"

希子把帽檐拉下来，在阴影里笑了。一瞬间，流进喉咙里的麦茶的丝丝甘甜和只能看到半张脸的希子的笑容，以及昨天面试的漂亮的肩膀，仿佛在我的手触及不到的远处连接起来了似的。

灿烂的阳光，变成深不可测的不安，火辣辣地洒在我的头上。

眼前的向日葵一齐摇晃起来，正面吹来的暖洋洋的风吹掉了希子的帽子。

希子闭了下眼睛，我站起来把帽子捡起来。希子没有回头。我低头看着她头顶的白色发旋。看见不知是谁的肮脏的粗手指插进那发旋里。

"希子小姐，你那位现在在哪儿呢？"

她慢慢地回过头来，眯起眼睛仰头看我。

"他在哪儿呢？为什么不去座间的向日葵田呢？"

"座间……"

"今天来这儿，是因为练习什么吗？"

"练习？什么练习……"

我把帽子扔在自己刚才坐的地方。希子拿起了帽子，戴在头上。

"你以前不是告诉过我，他是做音声的吗？他经常出差吧？"

"啊，是啊……不过，现在他在东京呢。"

"东京？那么你们周末约会吗？"

"不约会。因为他基本上都不休息……"

我在她旁边坐下，希子张开巴掌捂住了脸颊。我明明知道她不愿意谈论这个话题。不过，为了来这里，提到"他"说的那句话的是希子。因此，我觉得自己有权利问下去。

“你们好了很长时间了？”

“是啊……”

“打算什么时候结婚呢……”

“……不太聊这个……”

“那个人，有什么特别的原因吗？”

“什么？”

希子睁大眼睛扭头看着我。我一直没有说话。沉默时间越长，她的表情就变得越可怕了。现在可以说是在瞪着我。她的视线里含着的厌恶犹如融化的雪水一般潺潺流过我的心田，我觉得分外爽快。

“就是说，他，其实……”

我刚说到这里，雪水突然间变得污浊了。希子的视线里出现了许多刺。

“其实那个人是否真的存在呢？莫非你是这么想的？”

“不是的，没有这么想啊。”

“他是八月出生的。”

“啊？”

“八月出生，狮子座的，喜欢这种向日葵田。”

“啊，是吗……”

“现在，他应该在涩谷的事务所工作呢。”

“……”

“要不要现在去看看呢？”

“什么？”

“在涩谷呢，他的事务所。因为他带我去过附近的小酒馆。”

希子把水壶收进包里，站起来，也不管我还坐着，她使劲抽拽塑料布，开始叠起来。这块塑料布难道不是刚才三个女孩子忘了带走的，也不是这个田里的东西，而是希子的东西吗？我被掀翻在土地上，趴在地上仰头望着希子。

“那个，你说的……是现在吗？”

“是的。你要是不愿意，我就一个人去一趟。”

“那个，实在对不起。那个……我不该那么说……不是那个意思……”

没有听我说完，希子就转过身去，狠狠扒拉开一棵棵向日葵，朝公路走去。

被她扔下本该心情舒畅，可是我快要哭出来了，顾不上掸掉膝盖上和手上的土，紧紧追赶希子。刚到公路上，就来了一辆公交车，和我们来的时候乘坐的那辆公交车是同一个方向。

到了终点站，下车后，希子目不斜视地在站内健步如飞，走进了车站大楼的 31 冰激凌店。我在外面心神不定地等着，她买了两个绿白相间的冰激凌上点缀着红点儿的冰玉米出来了，把其中一个递给了我。我们并肩吃起来，我暗自期待她改变主意，说一句“算了，回去吧”。可是希子以极快的速度吃完了冰激凌，连玉米豆都嘎吱嘎吱嚼了，把剩下的圆锥形纸筒团成一团后，只管瞪着我看。在她的注视下，我故意慢悠悠地舔着，试图多少缓和一下气氛，没想到起了反作用。希子的视线突然失去了焦点，松懈下来。湿润的两只眼睛从里面停止了想要捕捉什么的机能，变成了钩住从外面投来的视线的两个黑色纽扣似的东西了。我只觉得太阳穴一阵发麻。我无所顾忌地盯着希子僵硬的面部表情，更慢地舔完了冰激凌。不知是因为兴奋还是害怕，如果不用力啃得玉米粒往下掉，拿着冰激凌的手就会微微颤抖起来。

车里很拥挤。我就像外国的扒手那样紧贴着希子的后面上了车，抓住吊环。“真拥挤啊。”我想对她说，突然电车急刹车，被乘客一挤，希子往车门那边滑去。虽然觉得就这样分开也挺好，但在到达下一站时，希子又回到了我身边。

到了涩谷，下了电车后，和刚才截然不同，希子就像个快要停下来的陀螺似的，迈着晃晃悠悠的脚步在人群中往前走。一个个细腰的年轻女子包围了她，她们像要把她从圈里赶出去似的，用笑声掀起一股风。从八公犬前的出口来到地面上后，年轻女子们朝四面八方走散了。希子穿过自由穿行的十字路口，朝东急总店走去，到了总店前，又走进了它旁边的小胡同。

她莫非是要朝 NHK 方向去吗？我这么思忖的时候，在第一个十字路口前，她突然站住了。

“舞小姐的先生也是在涩谷工作吧？”

“什么？是啊……”

“在哪里啊？”

“这个……好像是在宫益坂那边……”

“那就从那边走吧。”

“什么？”

“先去看舞小姐的先生吧。”

“什么？”

“因为我，刚才很害怕。”

“……”

“刚才，舞小姐问我的时候，我感到很害怕。他真的存在吗？

即便是我不在的地方，他也真的存在吗？让我觉得很害怕。”

“那个……真的很抱歉。我不是那个意思……”

“舞小姐不是也害怕吗？”

“什么？”

“先生是不是真的存在，也害怕知道吧？”

希子站在我眼前。在冰激凌屋前好像没有了功能似的两眼，现在死死地盯着我。能看见眼白里有好几条细细的血丝。她抓住了我的手。

“是在宫益坂那边吗？”

希子抓着我的手，开始往回走。

虽然说了宫益坂，其实我并不知道米思米工作的店在哪里。连店名都不清楚。与来的时候相反，希子在我的斜后方走着。在不了解内情的人看来，好像我拉着希子走路，实际上正好相反，我是被她拉着往前走的。我装作看路过的商店橱窗，偷看映在上面的希子。她一直盯着我的后脑勺走着，就好像突然停下来就会撞上似的。

我们沿着宫益坂一直往上走，却没有看到什么天然食品店。但是我仍然不停地想象今天早晨背着背包，就像童话故事里出现的打柴老爷爷似的，两手抓着宽宽的背包带，走在这条路上的米思米的样子。今天早晨，他大概是一边想着真烦人，真不想去呀，走上这条坡道的吧。他或许一边往上走，一边想到了我吧？如果想到了我，会是什么样的我呢？想的是我的身体哪里，我的哪句话，我的哪个眼神呢？他想象中的我在干什么呢？我在注视着什么呢？

“大概是那个吧？”

希子拉着我的手，指着马路对面问道。住宅楼的一层有个白木装饰的小店。招牌上的字很小，看不清楚，但窗户里面都是枝繁叶茂的观叶植物，一看就像是园艺店。

“一定是那儿吧……”

希子和我并排了。我凝神细看，寻找窗户里的米思米的身影。可是不行，视线立刻折断了，被吸进肮脏的柏油马路里头去了。

太可怕了。

我害怕看到窗户里的米思米。

我害怕米思米看到我，看到我今天走过来的这几千步，眨了几千次眼。

“去对面看看吧。”

希子在旁边上下晃动着我的手。我恍惚觉得自己被装进了大而透明的箱子里，连箱子一起被晃动着。

“不想过去，你就仔细看……”

我战战兢兢地抬起头来。从面前走过去的行人脚步突然慢了下来。尽管如此，对面米思米的店仿佛被两边的大楼挤瘪了似的，眼看着变得越来越窄。窗户里面的植物变得越来越浓密，越来越昏暗……视野剧烈地晃动起来。希子松开了我的手。

刺耳的汽车喇叭声响个不停。只见司机从车里伸出头，大声叫骂。站在马路中央的我，不顾一切地穿过马路，几乎是撞开门一般打开了那个白色店铺的店门。

丁零零，门铃轻声响起。一片细长的观叶植物叶子掉在了地上。

“啊，阿舞。”

米思米系着马德拉斯格子围裙，站在收银台里面。台上的白色小树枝像篝火似的高高地堆成了四方形。

我推倒了那堆树枝，隔着收银台抱住了米思米。脸被他太阳穴上贴的纱布扎得痛。那是昨晚我制造的伤。我扔出去的遥控器砸破了他的皮肤，流出了好多血。

15

我和凯西是在酒吧认识的。她是调酒师。我对她一见钟情，主动提出和她约会。凯西是个非常温柔，爱开玩笑的开朗女孩子。几次约会后，我越来越喜欢她了。但她的态度，怎么说呢……比如在车里或床上只有两个人的时候，就像在酒吧里一样快乐地聊天。然而只限于这个场合，一出门就成了陌生人似的……不过，这恐怕来自我的不自信的臆测。根据就是，那天我们去看当地的篮球比赛，在回来的车里，凯西看着我的眼睛说“巴尼，我爱你”。

两天后，凯西搬到我的房间里来了。她的行李很少，只有一个旅行箱和一个镶满小珠子的手包。问她其他东西呢？她回答“全都给朋友了”。对她搬来，我特别高兴。当天就把墙壁涂成了她喜欢的草绿色，还穿着沾了油漆的衣服，驱车去旧货店买来一个古董式样的穿衣镜。顺便说一句，因为她带来的箱子里装的全是衣服。凯西身材好，就是说，穿西式服装特别有型，无论是商店街买的成衣，还是在旧货店衣架上挂着的皱皱巴巴的连衣裙什么的，凯西一穿，立马显得分外雅致潇洒。

要说对于和她一起生活没有任何担心，是假话……因为我已经有八年没有和女人一起生活了。但是，我的担心是多余的。凯西就如同配备的家具一样，从一搬进来就极其适应，仿佛比我还早就住在这里了似的。当天晚上，她便俨然以房间的主人自居了。虽说她不太擅长做菜，但酷爱干净。我很早就去工厂上班，回来时，她已经去酒吧了。但是，一打开门，整个房间就像在油漆里浸泡过似的，每个地方都擦得锃亮。尽管她下班回家已是深夜2点以后了，我也一直不睡，只是躺着打个盹，就起来准备夜宵，等着她回来。每周做爱三四次吧。刚认识她的时候，她吃避孕药，同居以后就停了。

最初令我觉得奇怪的是九宫鸟的事。我从大约三年前开始养了一只名叫巴布鲁斯的九宫鸟。它是一只特别聪明伶俐的鸟。能唱歌，也会学话。我一回来，它就叫“你回来啦”一边在笼子里雀跃，一边高唱“Hello, Dolly[1]”。那天像往常一样，我下班后一个人回了家，可是，往常立刻问候我的巴布鲁斯一声不吭。“巴布鲁斯，怎么没打招呼呀？”我一边脱上衣一边冲着鸟笼子问道，结果，它竟然发出了震天动地的嚎叫声，它说的是“kyuusai[2]”，“你说什么救济？”我大吃一惊，慌忙走近笼子。只见里面的巴布鲁斯显得非常亢奋，颤抖着嘴唇，不停地叫唤着“救济！救济！”。我小时候跟着祖母去过教会，长大以后，对这些就疏远了。“救济”这种词已经好久没有说过了，连听都没有听过。“巴布鲁斯，你在哪儿学会的这个词？”如果不是我教的，就只能是凯西教它说的了。说不定是我不在家的时候，凯西看的电视里反复出现了这个词汇吧？等凯西一回家，刚在桌子前坐下，我就迫不及待地问起了巴布鲁斯的事。她哈哈大笑着说道：“你觉得我会教给巴布鲁斯这种话吗？当然没有啦。白天不是有巡逻车在街上转悠吗，四旬节[3]的时候不就

[1] 《你好，多莉！》，美国电影。1969年上映。
[2] “救济”的日语读音。
[3] 四旬节是基督徒为了纪念耶稣的一个节日，也称预苦期。是复活节前的一段准备时期，长达四十天。

有那种车吗？”“现在不是四旬节呀。”“反正不是我。”凯西的一对绿色眼睛之间，皱起了两道眉头。这是她焦躁起来的标志。因此我也不想再问下去，暂时把这件事放下了。况且“救济”这个词也不是什么脏话，甚至觉得有点难得，尽管自己远离了信仰。

从那以后，有一段时间我们每天都生活在巴布鲁斯一连串的“救济！”的陪伴之下。巴布鲁斯是一只聪明的鸟，一旦记住一个词就不会忘掉，可是唯独那个时候，似乎把“你回来啦！”还有“Hello, Dolly!”都忘得一干二净，就像死心眼似的整天只知道说“救济！”了。小声的“救济！”，大声的“救济！”，唱歌般的“救济！”，怒气冲冲的“救济！”，温柔的“救济！”，害羞的“救济！”，恐怖的“救济！”，下流的“救济！”，除此之外当然还有乞求救济的人那样的“救济！”……而且越来越花样翻新。凯西和我都觉得特别有趣，还和巴布鲁斯一起叫嚷“救济！”呢。无论是在厨房，还是在浴室里、在床上……看起来凯西特别享受。有时候叫得太过分了，楼下的房东还来提过意见。不过，在我们这样乐此不疲的时候，情况一点点发生了变化。

那天，好容易赶上二人休息日重合，我们一起去看篮球比赛，回来后，凯西把像往常一样叫唤“救济！”的巴布鲁斯给打死了。她用的是放在玄关的防范用的棒球棒。我悲痛欲绝，抱着一动不动的巴布鲁斯大哭起来。看我这样，你猜凯西说了什么？“有什么可哭的。”我吃惊得猛然抬起头看她。凯西的嘴唇就如同做坏了的铁丝工艺似的，丑陋地扭曲着。“没有了讨厌的家伙，不就清静了吗？”和平时的凯西简直判若两人。在我眼前的并不是我爱上的那个温柔的爱说笑的她。“你给我滚出去！”我颤抖着叫喊，她“哼”了一声，立刻出去了。我真是伤心极了……那天晚上一夜没有合眼。

看到这里我合上了书，把书和夹在腋下的旅行指南一起拿到付款台去了。

在“家庭生活类”架子上的紧挨着“DV[1]、虐待”的绿色标签的这本书，只看目录，就可以知道记录了很多情侣之间存在着暴力倾向的案例，说不定也有与我和米思米相似的案例呢。而且这本书是在美国写的，也让我很感兴趣。作者是美国的DV加害者心理咨询中心的专职生活指导员，书中提到的情侣名字都是外国名字，至少说明离我和米思米很遥远。我在寻找和我们相似的人，但这么做其实是为了把他们看作与我们毫无关联的人们吧。我觉得凯瑟琳和巴纳德的案例有一点跟我们相似。特别是他赞美她的美感那一段……每看一行，胳膊就一点点起鸡皮疙瘩，直达上臂。以后，凯西会怎样殴打巴尼呢，最后是否会像对九宫鸟那样，用球棒把他打死呢？在宫益坂的店里拥抱米思米之后，我还痛打过他两次。

第一次是因为他回家的时间比他事先说的晚了近一个小时。第二次是因为他忘记了填充洗发香波。尽管是无聊的理由，但为了能够说服自己，无论什么理由都是必须的。

今后绝对不再伤害他了，那个时候，在天然食品店里的收银台前紧紧拥抱米思米的时候，我内心暗暗下了这个决心。由于太阳穴上贴的四方形白色纱布，米思米原本没有明显皱纹的小麦色明亮光滑的脸，看上去如同被退了货的残次品。不过，使他成为残次品的正是我自己。倘若对这件事多少能感受到一些满足或安心的话，我也能理

[1] DV源自英语domestic violence，意为家庭内暴力（家暴）。

直气壮地责备自己，可是，一如既往，后悔与自我厌恶打消了一切，甚至给了我勇气，总感觉两个人的未来的安泰仍旧如同许诺的奖赏一样——尽管如此，两次，从那以后竟然两次，我对他做了同样的事情。米思米虽然抵抗了，但最近就连他这抵抗，也给我感觉像是在做样子了。因为那种装模作样更可气。如果米思米不是发自内心的可怜地畏惧，不是真的发出女里女气的叫喊、哭泣，我就会难受得心神不定，身体里充满了无穷的力气，越来越狠地折磨他。

我在殴打和踢踹米思米的时候，虽然什么话也没有说，却觉得喉咙特别干。干渴转移到了全身，水分从身体的每一个毛孔流失着，仿佛每次呼吸时，干枯的器官的细胞都在纷纷脱落似的。可是，米思米专注于用身体和声音做出假象，根本意识不到我正在忍受着无声的干渴之痛。

越是折磨米思米，我越是感觉唯有自己从两个人的关系中，从相互纠缠的两个人的身体中被排除了似的。

因此，当米思米终于可怜巴巴地哭起来的时候，我立刻觉得没意思了，便转移到露台上或浴室等可以独自待着的场所去了。这个时候也可以看买来的这本书……

16

身体不好的时候，人会变得特别脆弱，但是最近米思米完全变成了一副上班人的面孔。

他紧闭着嘴，胡须也每天刮干净，皮肤和心情都比以前有了光泽。已经不再将忧郁的视线投向虚空了，就像看视力检查的 Landolt

环[1]那样，什么都看。我的脸、电视机、晾晒的衣服，进入视野的所有东西，他都准确地聚焦，认真地看。所以他以这样的眼神给我开门，对我说“你回来了”时，我的两眼，何止是两眼，整个身体都成了那个缺口的圆环，自行测量起了米思米。他说“你回来了”的最后的“了”的嘴唇张开多大，指甲的长度，前额的头发和蓬松眉毛的间隙，大脚趾和二脚趾之间的角度……站在面前的米思米会直瞪瞪地看着这样测量他的我的欠缺之处，我身上不属于我的地方。

“你回来啦！”

今天的米思米不知怎么格外高兴，系着一条没见过的蓝白条新围裙。我在玄关磨磨蹭蹭脱鞋时，他帮我脱了鞋，然后拉着我的胳膊让我坐在起居室的桌子前。之前他大概是在沙发上打盹吧，头发有些乱，早晨平展的蓝色衬衫后背和肩头附近出现了明显的褶皱。

“阿舞，累吗？”

“嗯，今天一直到最后都客人不断……”

虽说没有说瞎话，但是疲惫也是因为在书店里耽搁了半天。在桌子下面，我懒得用手，只用脚蹭来蹭去地脱下了紧绷的袜子。米思米不失时机地捡起袜子，拿到脱衣处去了。

“今天做的是牛肉汤……”

站在厨房里，一会儿打开炉火，一会儿开关冰箱，米思米不时地回过头，好像是对自己这样忙活不好意思似的对我笑。

“土豆也煮过头了。”

我站起来想要帮他，被他阻止了。米思米麻利地把肉汤盘和深绿色沙拉、麦茶端到了桌子上。

[1] 一种检查视力的方式。——译者注

“好香啊。”

“多吃点啊。”

“对不起，总是让你做饭。偶尔买现成的也行啊。米思米也工作了一天呀……”

“没关系。我七点能准时下班，做饭根本不累。倒是你吃饭之前稍微先闻一下。是不是很好闻？我放了一点我们店里卖的香料。”

“香料……”

“店长给我的，她说‘新进了货，可以拿一个旧的回去’。还有这个沙拉里的紫苏，是小川小姐在露台上养的，给了我一点。”

“是吗……大家都很热情啊。”

“嗯，她俩都很好。”

米思米工作的天然食品店基本上是三个成员，店长每天上班，米思米和叫作小川的女性分早班和晚班，负责收银台。由于店长也是女性，所以是二女一男的职场。和我的“戴安娜”一样。

“一个男人，不觉得别扭？”

“一点也不觉得。因为我这个人，比起男人来，和女人在一起比较放松。”

“……真的吗？”

“因为女人温柔。”

“可是，也有不温柔的女人呀？”

米思米把一大勺饭塞进嘴里，眼睛朝我笑了笑，然后默默地咀嚼着。我也吃了一大口煮烂的土豆。这样安静地吃饭的时候，我想起了曾经和他一起干活时的美发店副店长、女美发师。忘了她叫什么名字了，是个总把黑发高高盘在头上的矮小女子。

“……至少现在这个店的人都很温和。”

嘴里的东西吃完后，米思米喝了一口麦茶，用手抹去额头的汗。太阳穴的纱布已经摘掉了。虽然伤口已经愈合了，但皮肤的颜色只有那块比较淡。他拿起遥控器，而不是小勺，没有按一个键，又放在了桌子上。

“真好啊，都是好人。”

“阿舞的店也是啊。阿舞、有纱和一个男孩子吧？他叫什么名字来着？”

“亮太君。助手。不错的孩子。”

“能在阿舞这样的店长手下工作，真羡慕那个孩子啊。”

“可是，太惯着他也不好，有纱还说得更加严格地要求他呢……亮太君有点像那种小型犬，好像叫什么西施犬？就像那种狗那么可爱……”

“他多大了？”

“大概……二十三四岁吧……”

“打算让他干多久助手？”

“什么？”

“那孩子。你不是曾经说过，再过一段时间，他就可以出师，想让他学剪发，不记得了？”

“啊，我说过吗？”

“阿舞，最近有点心不在焉啊。”

米思米嘴巴张得老大，又把一大勺饭塞进嘴里。重新工作以后，我感觉米思米连嘴巴都变大了。

“还有，你好像瘦了点。”

“是吗？米思米的体重好像恢复了……”

“嗯，我还像以前一样。怎么，你自己不觉得吗？”

“也许因为常去游泳吧……不过，最近没怎么去……”

“我也跟你一起去吧。阿舞和羽村小姐可是好朋友啊。”

“不是好朋友。”

“是好朋友。”

米思米用眼睛示意墙上的软木板。那是和希子在项根的向日葵田拍的照片。给米思米看了以后，不知为什么他特别喜欢，让我把照片发给他，发给他之后，第二天就复印了L号的照片贴在木板上了。我把最近和她一起去游泳的事告诉他后，他更高兴了。“太好了，阿舞有朋友了。”甚至还拍了手……

“阿舞，我今天早上，看见羽村的男友了。”

“羽村小姐的？真的？你怎么知道是她的男友？”

“这个嘛，虽然不是那么黏黏糊糊的……但是在前厅，他去送她上班，让人感觉是恋人。”

“送她上班了？”

“嗯。”

“是个什么样的人？”

“嗯——戴着帽子，蓄着胡子……个头和我差不多吧。”

我至今还没有见到过希子的男友“远藤道郎”。连看照片的机会都没有。尽管向日葵田是确认他是否真实存在的难得的好机会，可是在米思米的店里单方面地解散了，而且也不清楚后来她到底去了涩谷的事务所没有。

“阿舞，和羽村小姐去游泳的时候，羽村小姐的男友也去了吗？”

“羽村小姐的男友？怎么可能去啊。别说游泳了，我连一次都没有见过羽村小姐的男友呢。我甚至猜想她是不是在瞎说的呢……不过，米思米看到他了，这么说真的有这么个人了。”

“既然是朋友，被你这样怀疑，她太可怜了。”

“说的也是……”

“下个星期二，你没事吧？”

“星期二？嗯。”

“小博，又长高了吧。”

“好像三岁了吧？”

“嗯，下个月就四岁了。”

原定下个星期二我们一起去米思米的父母家玩儿。因为米思米的妹妹温子，带着儿子博太郎回娘家住几天。温子的丈夫经常出差，上上个月，温子回来探亲时，我们也准备回去的。可是临走前，米思米得了病，听说最喜欢米思米的小博哭哭啼啼的，很难过。小博难受时的感觉和我折磨米思米时感受到的悔恨多少有些相似呢，还是完全不同的呢……

“阿舞，你买书了？”

我吃了一惊，抬起头来，只见米思米的眼睛又对准了扔在桌子底下的我的包。从没有拉上拉链的包里露出了一点点书店的蓝色塑料皮。

“是什么书？”

“……旅游指南。”

“哪里的？”

“镰仓的。你不是说想去吗？”

我把包拽过来，从塑料袋里拿出《镰仓指南》递给他。把另外一本塞进了包里面。米思米在牛肉汤盘子旁边哗啦哗啦地翻看照片。我用光脚踩着包，感觉到凯西和巴尼缠绕在一起的身体在拱着我的脚心。

“喂，米思米。”

“什么？”

“米思米养过鸟吗？”

“啊，鸟？鸟……”

米思米没有抬头，正专注地看着在小町路可以买到的巨无霸冰激凌的照片。

“就是那种鹦鹉，或是文鸟……”

“没养过鸟。上小学的时候，同学养过。怎么突然问起这个，阿舞，想养鸟吗？”

“不是。”

“那就好……不过，想要养鸟，就在我看不到的地方养啊。”

“为什么？”

“因为我讨厌有颜色的鸟。”

米思米伸出手，从笔筒里拿了一支圆珠笔，在小町路的地图上画起一个个圈来。

17

第二天，我走出家门，坐电梯下到二层时，门开了，羽村希子走了进来。

“啊，早上好！”

她微笑着，眼睛似乎有点发红，莫非那个他来了，临出门前两个人吵架了？我条件反射似的扫了一眼从她那合身的黑色套头衫里露出来的胳膊和胸口，没发现伤痕什么的。希子的头发又长了，也许是睡觉压的，好几绺发梢向外翘着。

“很抱歉，最近去不了……”

我说的是游泳的事，她却好像没有明白我的意思，贴在嘴角的浅浅笑意既没有增多也没有减少。

“就是，去游泳……”

我这么一说，她才说：“啊，没事……”摇了摇头。电梯门开了，我也没有让她，先一步走了出来。

“现在去上班？”

“是啊，今天是晚班……”

“希子仍然去游泳吗？”

“是啊。”

自从去向日葵田以来，几乎半个月没见面了。中间只有一次，她曾发信息约我去游泳，但是我没有回复。就像前些日子那样，我不自觉地想躲避她。

“什么时候还一起去游吧。”

在外面的光线下一看，希子的眼睛更红了，眼皮好像也肿了。四目对视时，希子不好意思地低下头，小声说：“每天都这么热……”

那天，在天然食品店里我看到了米思米，和他拥抱、分开的时候，她并不在店里。一直从窗户外面看着我们。当时她的表情……真的和现在我身边的羞涩的她是同一个女人吗？那天，她的白色帽檐下面的皮肤犹如被抓挠过似的红彤彤的，与脸颊的红相反，紧咬着的嘴唇却惨白得没有血色。最不可思议的是那天……她睁得大大的眼睛，不，应该说就像是不顾她的意愿，硬被撑大似的……仿佛眼看着某种特别宝贵的东西，被破坏得一塌糊涂似的……我和她一对视，她就立刻快步走开了，脸上仍旧是那副表情。总之很不寻常。不过那天我也是很不寻常。看来就不该去向日葵田。就连那向日葵，那太阳都不同寻常。两个人默默地并肩而坐，凝视着摇动的向日葵，闻着蒸发出来的泥土气味时，希子也好我也好，都渐渐变得奇怪起来。大概是我们把什么东西太当真了吧。所以，我们都想要尽快忘掉那个向日葵田。不过，此时在同样的阳光下这样并肩走着，渐渐感觉在身边晃动的身体是那些向日葵里的某一棵，或者自己是那些向日葵里的一棵也不奇怪，对这种不负责任的感觉的召唤，我无论如何也无法驱赶。我已经预感到了，即使现在两个人要去的地方不是美发店也不是公司，因为除了那块向日葵田以外根本就不存在其他地方，万一是这样的结果，自己也会平静地接受的……

"……好吗？"

"什么？"

希子的皮鞋发出的咯噔咯噔的声音突然大了起来。

"下个星期二，你方便的话，一起去游泳吧？上次本想请你吃的卡苏莱没吃成，所以游完泳后，来我家吃吧。"

"啊……很抱歉，下个星期二预定去老公家的，真是对不起了。"

"这样啊。那么平日的晚上呢……"

"对不起。平日也不行，最近特别忙……是这样，店里有个人要辞职，总是找不到接替的人，所以晚上关门后，还常常要面试……"

“那就没办法了。”

一到车站，希子先上了快要发车的快车。

我在站台上目送她离开。此时她眼睛里的红色已经褪去，细微之处虽然像素描草稿那样不够精致，但整体上已达到一个带有防御性的利索的公司职员的面孔了。上了电车，车门关上后，她立刻和其他乘客混为一体，分辨不出来了。

快车走后不久慢车就进站了。我心里不想上车，结果就真的没有上车，车门关了。车启动后，车门里面挨在一起的两三个人，就像谴责落伍者似的眯起眼睛，在我面前闪过。直到自己想上车之前，一直站在这里不上车会怎样呢……我茫然地思考起来，可是无论好事还是坏事，任何可能性也想不出来。

下一趟电车也没有上。第三趟电车的门一开，被排在后面的某个人的肩膀一碰，我才向前迈出了一步。那是个已经持续将近一个星期的闷热夜晚之后的八月的早晨。在第三站下了车，我沿着铁轨旁边的路快步走。仿佛被吹到铁轨和步道之间隔着的墙壁上似的，有几团干枯的沙色虫子尸骸。尽管听到在大约两个肩膀远的地方，左右两边都有蝉鸣，却看不到它们的影子。

终于看到马路边戴安娜的招牌时，只觉得笼罩着视野的一层薄膜突然裂开了。抬头一看，湛蓝的天空犹如热辣辣的眼药似的晃得眼疼。已经迟到几分钟了吧？我想编出个理由来，脑子却不听使唤。近在身旁的铁路上驶过一列快车。随着轰隆声远去，我意识到自己陷入了既不能避开，也不能面对的尴尬的忧郁之中。这是一旦意识到，就不是那么轻易能够摆脱的、很熟悉的忧郁。

营业时间之外使用的后门稍稍开着。我没有立刻进去，用毛巾手帕擦拭脸上的汗，仍然站在原地。我预感不在这里把汗和忧郁一起擦掉，这一天都会白过的。从门缝里听到有纱在哼歌，亮太大概不言不语地在擦地或是擦镜子吧……我深吸了口气，握住了门把手时，突然听到有纱停止了哼歌，说道：

“你不觉得，舞姐晚了点吗？”

“也是啊，够晚的。”

大概他们同时在看墙上的挂钟吧，沉默了片刻。

“可能是电车晚点了吧？”

“真是少见啊，这么晚还没来。”

“要不给她打电话？”

“好。”

我要是在电话铃响起之前，进入店内就好了，可是在脑子做出判断之前，有什么东西让我从那里跑出去了。来到隔着三家店铺的旧公寓时，包里的手机响了。

“喂喂？”

“啊，舞姐？你怎么了？”

是有纱的声音。我把胳膊倚靠在公寓的门上，把汗津津的手心往上面抹。门上的油漆早已剥落，只剩下斑驳的黑色和铜色。

“对不起，迟到了。”

“电车不走了？”

“嗯，停了一下……抱歉啊。现在刚到站，再过五分钟就到。要是到点了，你们就先开门吧。”

说完我就挂掉了电话，然后转身朝后门走去。就像宿醉似的，仿佛从头盖骨里使劲撑着疼。一到后门，我再次站在门口偷偷听他们俩说话。

“……那是不可能的。”

“可是，迟到什么的，开店以来没有过呀。”

“不过，最近确实感觉她有点瘦了。本来就有些贫血，脸色也不太好……”

“有什么事吧？”

“什么事呢，大概是家里的事吧？”

“你见过她老公吗？”

“当然见过啦。他们俩都是我第一个工作的那个店的前辈呀。舞姐和她老公那时候就好了。够可以吧。不过，我去了不久，她老公就辞职了。”

“去别的店了？”

“没有，因为被恐怖的副店长欺负，精神压力太大，就突然辞职了。在我这样的新人面前，她也露骨地欺负他。什么不接预约电话啦，或是动了剪发模型，等等，莫名其妙地训斥。这样也难怪他受不了。即便如此，女朋友舞姐仍然若无其事地干她的活。我当时就想，这个人真强啊。”

“真的……她老公现在重回美发业了吗？”

“不知道。不过，现在每天给舞姐做饭团带饭，说明每天还是在家里像个主妇似的干家务，让舞姐养着吧。”

“真是能干啊。”

“她不就是这样的性格吗？要是换了我，绝对不行。”

“在家里做饭团吗？”

“正相反。为了养活老公，拼死拼活地工作，我绝对不干。”

我握住把手，打开了门。尽管没想这样做，还是气喘吁吁的，就像真的从车站跑来的一样。

“啊，早上好。”

有纱和亮太同时从美发椅子上站起来。由于逆光，看不清楚他们的脸。

“对不起啊。迟到了。啊啊，太好了，离十一点还差一点……”

亮太打开正面的大门，在白色的阳光中伸了个大大的懒腰。有纱站在收银台里，稍微舔了一下摘下来的眼镜腿的头儿。

窗户外面的铁路上又通过了一趟快车，脚底下随之微微晃动。

我的汗珠接二连三地滴落在了地上。

18

那个星期，最终还是没有找到有纱的继任者。

自从有纱向我表明独立的意愿以后，尽管面试了好几个人，也有有纱介绍的或以前的朋友推荐的，都因为细节条件谈不拢，不是拒绝对方就是被对方拒绝，继任者迟迟定不下来。这样拖延下去的话，即便是通情达理的有纱也会焦躁起来的。说不定她已经感到焦躁了。偷听了那天早晨的对话以来——虽然没有说坏话，但从有纱的口气中确实听得出来责备的意味——我在二人面前极力装作像往常一样。可问题是，怎样的自己才是“像往常一样”的呢？怎样是自然的，怎样是不自然的，越是追究就越是说不清楚了，结果，在店里我说话越来越少了，这大概是最保险、最诚实的反应吧。

去米思米家的周二，我一反常态，变得特别饶舌起来。因为对于不经常见面的人们，不用“像往常一样”，可以随自己当时的心情想怎么做就怎么做，所以心情非常轻松。而且在明亮的时间里，很单纯地和米思米两个人出远门让我兴奋。我和米思米都穿了件新的T恤。下面穿牛仔裤，戴着遮阳帽就出门了。就像去郊游似的，在车站大楼的地下一层买了两大袋子点心和米饼。

米思米的父母家在从船桥站再坐二十分钟巴士的地方。是县公路边的一户独门独院，一层的约三分之二是米思米母亲开的叫作“广美”的美发屋。右边的邻居，同样是一层开业的牙医，左边的邻居是一家种着柿子树的木制民居。最初去他家的时候，看到美发屋的墙壁全都贴着花哨的瓷砖，美发台的椅子上放着打羽板球图案的靠垫时很吃惊，不过，一想到这是自己心爱的男人的妈妈的店，就一点也不觉得奇怪了。五年前，由于女副店长的缘故，米思米从惠比须的店辞职后，一方面为了休养回了父母家，在母亲这里帮了一阵子忙。那时候，每逢休息日，我都去他家看米思米，温子那时还没有结婚，他父亲下班后，我跟他们一家人在二楼，围着饭桌吃晚饭。

我跟在米思米后面，登上房子外面的窄窄的楼梯，打开玄关的门时，响起了爆米花般巨大的爆破音，婆婆的声音从里面传来。

“是阿孝和阿舞吧？地方小，就把鞋随便脱在空地方吧！”

在一平方米见方的地方摆着的都是孩子穿的没有鞋带的色彩鲜艳的鞋。

“米思米，今天大概只有温子他们吧？”我小声问道。米思米说：“谁知道呢？”

“啊啊，欢迎。大热的天，谢谢啦。”

站在厨房水槽跟前的婆婆，两手拿着一罐花生酱和长筷子。桌子上放着一个非常大的寿司套盒。在和厨房连通的榻榻米地面的起居室里，三个孩子围成一圈，坐在地上。其中最小的一个有着一头茶色棉花样头发的男孩子，叫了声“孝君！”马上站起来抱住了米思米。他是小博。另外两个孩子都张着嘴发呆。他们头发短短的，伸出的脚上穿着黄色的袜子，比小博看着大一些。看脸儿没有见过，名字当然不知道，就连是男孩还是女孩都不清楚。

“阿舞，好久不见了。”

在孩子们里面，在矮桌上支着下巴看电视的温子回头朝我们低头问好。

“请这边坐吧，好好歇一歇。”她这句话和“我这就沏茶！”的婆婆喊声同时发出。我正不知该怎么办的时候，通向里面走廊的门啪地打开了，又有两个孩子揪扯着跑出来。

“瞧瞧你们两个！别闹，都坐下。”

这两个孩子也是四五岁的样子，一看就是女孩子，虽然长得一点也不像，但个头一样高。直溜溜的头发垂到胸前，穿着同样的连体衣。被婆婆一呵斥，两个人都“哇”地发出欢快的叫声，哧溜一下滑进穿黄色袜子的两个孩子中间去了。

“阿舞，快坐下吧。”

“不了，我去帮忙。”

“就是沏个茶，不用了。”

“好……”

虽然如此，我还是不想去不认识的孩子们占据的有电视的房间，一直站在厨房餐桌旁边。餐桌前有三把椅子，米思米在其中一把椅子上坐下来，立刻和小博玩起来。

“今天真热闹啊。”

我对婆婆这样一说，婆婆说了句“可不是吗”，眯起眼笑了。

“刚才那两个孩子是我的侄女的孩子，所以是阿舞的……就相当于阿孝堂妹的孩子，叫什么来着，就是……”

“叶子？”米思米问，婆婆立刻回答“不对”。

“反正是阿孝堂妹的孩子，惠子和美智加。是同年出生的。那边两个很乖的孩子是双胞胎，是温子的表兄妹……不对，是温子丈夫的姐姐的孩子。所以是温子的……总之都是亲戚的孩子……”

“孝君，玩捉迷藏吧！”

特别喜欢大舅的小博，搂住坐在旁边的米思米的腰不撒手。米思米把手伸进外甥的腋下，把他拖到自己的腿上坐着。

“怎么样啊，工作？”

婆婆沏完茶后，一边把小袋包装的小炸面圈一个个打开，摆在白色的碟子上，一边问道。

“嗯，还行吧。”

“按时上班吗？”

“嗯，还在试用期呢。”

“那可是见沼女儿的店啊。不要给人家添麻烦噢。拜托，最好不要因为身体不舒服，突然不干了。阿舞也坐下喝茶吧。”

这回我很顺从地坐在椅子上，喝了一口茶。上上个月，因为发烧没有来，跟婆婆联络的就是米思米本人。听婆婆刚才说的这番话我确信，他在那个电话里，肯定没有如实说明他来不了的理由。就是说，正如婆婆所担心的那样，儿子刚开始工作两个星期，身体就不舒服了这件事，婆婆并不知道。

米思米对我的沉默并不在意，愉快地和小博两个人一起吃着小炸面圈。

“那位见村……”

“啊，不对，不是见村，是见沼。见沼女士是我店的老主顾。以前在附近住，自从她丈夫还有她父母去世后，就搬到远处去了，不过，每年来扫墓时，都顺便来我这儿一两次。所以前几天她来剪发的时候，就提起了这个事。阿孝小的时候，她也认识阿孝。”

“啊，所以就……”

“真是及时雨啊。不过，说实在的，要是没有阿舞，有及时雨对阿孝也没有用。”

“您别这么说……”

“只要阿舞在，我和他爸都特别放心呢。”

“不，不……”

“家里无论有几个傻瓜，至少要有一个清醒的人，在家庭生活中，无论什么时候，这都是最重要的。更何况阿舞还是个美女呢。阿孝，你真是有福气啊，你也得干出个样儿来呀。”

“是！是！”

没等米思米回答，小博就精神饱满地答应了，这时坐在对面的孩子们的八只眼睛一齐转向这边。其中一个站起来后，都跟着站起来，一个接一个地聚集到桌子这边来了。

“花生，吃吗？”

虽然我没有特定对象地给他们递出了一个小炸面圈，可是孩子们没有任何反应。我感到后悔时，围着我的四个孩子脸上已经弯起小眉毛，噘起小嘴，纷纷露出了生硬的轻蔑表情。情急之下，我盯着包括米思米腿上的小博在内的所有小脸看，说不定至少有一个孩子长得像我小时候呢，然而都似像非像的。无论是长相，还是能够由相貌联想到的气质，以及孩子父母的气质，都没有一点点相似之处。不过，仔细一打量，发现穿连体衣的两个女孩子之一的左脸正中央，赫然有颗极小的桃红色痘痘。我的脸上也有颗同样的痘痘。这就够了。在这光滑的孩子们的世界里，我能够打进一个桩子，抓着它不掉下去的唯一一点就是这颗痘痘，只要抓住这个点，就还有可能挽回。

“这个阿姨是谁？”

有痘痘的孩子问。一听说话口气就是女孩子。双胞胎以同样的步幅向前迈出一步，抬起各自的脑袋看我，清晰地呈现出咖啡豆般小小的喉头结。这两个孩子也肯定是女孩子。

“瞎说，不是阿姨，是姐姐呀。”

婆婆刚一纠正，小博和四个女孩子就一齐大叫起来：“阿姨！阿姨！”

“喂,你们听着,这个人不是阿姨呀,这个人是我的太太,阿舞。”

真的？他们都朝米思米望去，露出这样的表情。坐在米思米腿上的小博搂着舅舅的脖子显得很自豪的样子。

“不是太太吧？因为从来没有见过呀。”

双胞胎凑近米思米，发出撒娇的声音。

“不对，是太太。叫阿舞。”

“是的，我是阿舞，请多关照。”

看到米思米对我使眼色，我极力微笑着，可是女孩子们根本不看我。

“阿舞姐姐吧，和奶奶一样都是美发师。是给女孩子们剪头发的工作。”

婆婆也加入进来后，女孩子们好像没法子似的终于看着我，绷起了脸。到底我哪里惹她们不高兴了呢?

“咔嚓咔嚓咔嚓！”

米思米用手指假装给她们剪头发，逗她们开心。女孩子们尖叫一声，我以为她们会逃跑，谁知就像求救似的，扑到米思米身上。他腿上的小博越来越小，被她们压在下面，快要埋进米思米的腋下和两腿之间了。女孩子们一边尖叫着，一边胳肢米思米，米思米也同样尖叫着，假装剪她们的头发。我只得独自吃花生米。温子在那边安静地看电视。婆婆开始从电饭锅里把米饭移到桌子上的寿司盒里。

“阿舞，不好意思，帮我轻轻扇扇。”

在用饭勺往米饭里拌醋的婆婆对面，我用婆婆递给我的扇子扇着寿司桶。好久没吃的小炸面圈越吃越香。还想再吃一两个，往盘子里一看，刚才那么多小炸面圈已经一个都没有了。只见从胳肢米思米的女孩子们的小嘴里，挤出了好多淡黄色渣子。

“哎哟，太危险了，到那边去玩。”

婆婆这么一说，米思米把小博从腿上放下来，弯曲的胳膊上一边吊着两个女孩子，身体使劲向后仰着，往电视机房间走去，小博使劲往下拽吊在左胳膊外侧的双胞胎里的一个，可是和胡乱踹着小脚进行防御的女孩子相比，根本不是对手。小博一边哭，一边喊着“妈妈”，抱住妈妈的后背，温子扭转身子，一下子把他揪下来，挂在米思米的肩膀上，推着小博的后背。

浑身挂满孩子的米思米就这样一窝蜂去了走廊那边。

"不用扇了，阿舞，切海苔吧。"

把一盒海苔和剪子放在桌子上，婆婆就转身开始嘎吱嘎吱地开牛肉罐头。我默默地切海苔的时候，从走廊传来笑声和叫声，正纳闷时，双胞胎里的一个，头朝着电视机房间滑了进来。脚上的黄色袜子少了一只，格子上衣也乱糟糟的。温子瞅了一眼，什么话也没说，接着看电视。我正要起来，想过去帮帮她，女孩子突然像弹球似的站起来，又猛地往走廊跑去。

"孩子们真是精力旺盛啊。"

"旺盛过头了，太烦人。"

"海苔切完了。"

"是吗？那就把这个打开吧。"

婆婆递给我的金枪鱼罐头是易拉罐，很容易打开。我把罐头递给婆婆，婆婆把里面的金枪鱼倒进盆里，用手攥起来，使劲把油挤出来。这期间，从走廊里头传来愉快的说笑声。

"阿孝一直特别受孩子们欢迎呢，真是怪了。"

"是啊。很快就跟他们混熟了。"

"不过，那是受欢迎吗，是受欺负吧。"

"怎么说呢……也许吧。"

"孩子们特别会钻空子。阿孝身上净是窟窿眼。"

"是啊，确实是……"

"不过，他也很有办法呢。"

"唉……"

"很会让他们钻空子的。"

挤完了最后一团后，婆婆把罐头里的金枪鱼扔回盆里，往里面挤了好多蛋黄酱，用长筷子搅拌起来。我发觉有人拽我的胳膊，回头一看，原来是弄得满脸都是哈喇子和眼泪的小博。

“我的迷宫，去哪儿了？”

“什么？迷宫？迷宫……什么样的迷宫？”

“就是玩迷宫游戏的那个……”

“嗯，迷宫……”

我说得故意让看电视的温子能听见，可是她仍然不回头。没法子，只好回头去问正在做饭的婆婆。

“什么？迷宫？奶奶不知道啊，什么东西？”

奶奶也爱答不理地回答，小博已经哭得浑身抖起来了。我抱着他的肩膀，说着“那咱们一起去找吧”，便站了起来。这时我才发觉刚才从走廊最里面的房间传来女孩子们的欢叫声听不到了。

“迷宫，在哪里呀？”

我弯下腰，温柔地推着小博的肩头来到走廊，刚才的喧闹声已经无声无息了，仿佛从来没有过似的。右边的房门敞开着，左边的房门紧闭着。右边是脱衣处和浴室，所以米思米和女孩子们肯定在左边的房间里。

来到门前，小博害怕得钉在地上，一动也不动了。

“大家在做什么呢？”

我的嘴凑近小博的脑袋，问话的声音尖细尖细的根本听不出说的是什么。我品味到了因自己的气息而微微潮湿的蓬松头发碰到半张的嘴唇的甘甜。小博虽然抓住了门把手，却没有扭动，我把自己的手按在他的小手上，猛地打开了门。

最初看到的是纷纷掉下来的五颜六色的靠垫。

靠垫下面是手脚被捆住的米思米的后背。

靠垫并不是掉下来的，是被砸下来的，几秒钟之后我才意识到。

没有一个人说话，只有靠垫砸下来时发出的沉闷声音和女孩子们赤着脚啪唧啪唧跑动的声音在房间里循环着。谁都不看站在门口的我。全都晃动着柔软的头发，小脸上露出毫不犹豫的明确目的，朝米思米扔着靠垫。脱在地上的小袜子也偶尔被扔下来。在五颜六色的靠垫和袜子的“瓢泼大雨”下，背朝着我们的米思米的后背好像一边痉挛一边收缩着。在“大雨”中，还夹杂着明显不同的大人灰色的运动袜。运动袜就像小石碑似的准确地贴在了他的后脖子上，一瞬间，所有鲜艳的色彩都变成了同样的灰色……

我吃惊地看着自己的脚下，光着脚呢。

“不要闹了，不许欺负弱者。”

我大声说着，走近米思米，捡起运动袜穿上了。女孩子们一齐停了下来。米思米的手腕和脚、脖子被塑料跳绳胡乱捆着。在给他解开之前，我先用穿着袜子的脚尖戳了一下躺在面前的身体，米思米把脸转向了我。他眯着眼睛仰脸看我，仿佛刚刚从舒服的午睡中醒过来那样，满足地慢慢咧开嘴笑了。

“我的迷宫——哇！”

呆呆地站在门外的小博终于发出尖叫，哭了出来。

19

和孩子们一起吃了手卷寿司、甜瓜和蛋糕，喝了咖啡和茶，终于到了该告辞的时候，米思米和我都相当疲惫了。

不知因为什么，那些女孩子好像都留宿不走，一直穿着睡衣。临走时，才知道米思米的父亲和俳句同好们一同去奈良旅行了。“所以今天晚上都是女性。”婆婆笑着说道，脸上仍然一丝不苟地化着妆，和白天毫无两样。

“哎呀，吃得真饱啊。”

在电车里，旁边的米思米困倦地说。

“可不是嘛，吃得真饱。”

我也重复道，闭上了眼睛。热闹的手卷寿司宴终于结束了。尽管想要好好感受一下好不容易得来的这一纯粹的安心感，却只是感受到了取代它的暗淡的开始。

到了车站，米思米说：“买好明天的早餐吧。”

“什么，明天的？没有面包了吗……”

“有是有，卷面包。不过，你不想吃好吃的法式吐司？”

一走进站前的超市，米思米就拎起一个筐朝面包卖场走去。米思米，我们现在不是吃什么法式吐司的时候，得休息身体，整理头脑，更重要的是必须认真思考关于今后二人如何生活的问题呀。今天我在那个房间里目击的、我也参加了的事情反映出来的某种东西，两个人不是应该认真探讨吗？尽管在心里这样想，我还是拖着沉重的脚步紧跟在米思米后面。

“我做的法式吐司的秘密，就是用炼乳代替砂糖！你知道吗？”

把六片一袋的面包放进筐里后，米思米去超市最里面寻找炼乳。我紧跟在他身后，瞧着他那今天被孩子们折磨的后背时，他突然站住了，抓住我的胳膊，

“你快看那儿。”

米思米压低声音，指着站在谷物卖场前面的两个人说道。我差点叫出声来。其中一个人正是希子，另一个人是穿着灰色运动衣的男子。

“就是那个人，我前几天在垃圾站看到的人。看来真是羽村小姐的男友？”

希子就像在看药品似的，背挺得直直的，和架子保持一定的距离，认真地看着谷物盒。和她一起的男人正好背对着我们，望着收银台那边。尽管是夏天，却戴着针织帽，留到肩膀的蓬乱长发挡住了脖子。穿着牛仔裤的腿很细，鞋是茶色的高腰皮靴。皮靴上溅了不少泥点。拿着购物筐的是希子，男人两手插在裤子兜里。

“往这边看，往这边看！”

米思米在我耳边念叨。我也不出声地发出同样的意念。男人回过头来。下巴尖尖，胡须浓密，戴着一副大眼镜，看不清眼睛的形状。不过脸颊十分消瘦，左右均匀的凹陷，如同用磨得很快的菜刀，按照一定的角度，忠实地切削下来一般。希子原来是和那个男子接吻的……我觉得这就如同思春期的中学生的想象那样可笑。男人的嘴唇被胡须遮蔽，看不见。希子什么也没有拿，就往前面走了，男人和她并排走起来。

到最后他们也没有发现我们，然后什么也没有买，就离开了超市。

就连希子的背影看着都和平日不一样。虽然没有和他挽着胳膊，也没有牵着手，但时而对视的侧脸，歪头的样子或用手按住头发的动作，远看也看得出很温柔。看到她此时的表现，我吃惊地感到自己彻底放了心。“远藤道郎”是真实存在的。而她是爱着他的。这不就足够了吗？我到底在期待她什么呢？想要避开她的什么呢？

在普照超市各个角落的灯光下，我不禁有种奇妙的感动。

这感动，和第一次骑没有侧轮的自行车的时候；丢失的人偶鞋子，终于在钢琴和墙壁之间找到的时候；喜爱的猫咪生小猫的时候之类孩提时代的那种感动，有些相似，不是内容而是产生的方式。倘若她的幸福能够如此对自己的心情产生影响，那么她对他投入的那样的爱情，不，更热烈的爱情，我对身边的丈夫也同样怀有。

“明天早上，就吃法式吐司！”

我模仿米思米的语调说道。

米思米没有回答，隔着玻璃目送着他们二人远去，一边用手指戳了戳我的胳膊肘。他的手指就像在所剩无几的果酱瓶子里面游动那样，沿着骨头移动，就像盖盖子那样拧着，我正要拧他的时候，他的手已经离开了。

20

希子和我又开始一起去游泳了。

不是被她邀请，而是我邀请她的。

希子像往常一样慢腾腾地换泳衣，不过，一旦进入游泳池，便伸展开胳膊、腿，灵活而有力地在水里挺进。每划动一下水，就激起无数的白沫，遮住了我的视野。我一再被打乱换气节奏，呛了好几口水。

那天晚上，看到和男人依偎着走路的希子时，我感到自己第一次对她产生了作为朋友的正常的亲密感。归根结底她也是一个人。

即便想要找个随心所欲聊天的对象，或一起吃饭一起睡觉的朋友，也没有什么可奇怪的……然而看到那个场景之前，我总是把希子看作是与那种欲求无缘的人。尽管每次都是希子主动跟我接近，打招呼，约会，我却一次也没有感到过自己被她所需要。因此，我很害怕有朝一日自己被她当作常备药一样，成为可以随时填埋她的孤独的对象。不过，我因为自己的烦心事而自顾不暇，做不到须臾之间治愈别人的孤独。我不能把她的不幸变成自己的不幸。好在希子身边有个男人。那个男人肯定会替我接受她的一切的，所以我丝毫没有必要自作多情地害怕什么。什么有朝一日自己会被对方依赖，等等，我怎么会产生这样自以为是的念头呢？说到底，那天晚上她帮我收拾垃圾袋，还送我樱桃，我却表现得有些傲慢。我一直在可怜她。但是现在，看到她那样幸福的样子后，觉得值得可怜的说不定反而是我自己。就是说需要常备药的，莫非是我自己？

“我忘了带泳衣了。”

在更衣室的储物柜前，把手伸进包里的希子，表情就像被老师申斥的孩子似的说道。曾经令我感到困惑不安的她这种难以捉摸感，如今不知怎么倒觉得可爱起来。约她一起游泳已经是第四次了。

“要不去下边租一件来？”

“嗯，不过，也可能回家取一趟。对不起。我马上回来，请先自己游吧。”

不等我回答，希子只拿着天蓝色的钱包小跑着离开了更衣室。

已经脱得只剩下内衣的我，把脱下来的衣物塞进包里，放进储物柜，一个人去了游泳池。

游泳池里播放的舞曲声音很大。

对面占据两个泳道的空间，在进行水中浮力训练。在池边，站着一位体格健美的男教练，随着音乐，犹如组合奇妙的文字似的，用力伸展着胳膊和腿。

我独自一个人游泳还是第一次。没有了希子开合的腿，只是看着水底的瓷砖游泳。每次抬头换气时，快速的节奏沾在湿漉漉的耳朵上，比耳朵先进入水里。就仿佛音乐在水中一沉一浮似的。把胳膊往前伸，腿弯曲再伸直，抬起头，再伸出胳膊……即使不想这些要领，身体也会自己这样游的。照这个样子，万一什么时候从船上掉进海里，我感觉自己也能够游回岸边的。说起来，以前希子说过小时候被大浪卷走的事。那时候她是自己游回岸边的吗？还是途中被什么人救了才生还的呢？

我想象着小希子拼命地挥动胳膊和腿朝着远远的岸边游去时的场景。不过现在，在这里游泳的是我。所以那个少女也是我自己。这个游泳池，是她，还有我，被卷进海里去的巨大的海浪的延续。

“对不起，我还是觉得租衣服不划算。”

希子回来时，我已经游了十个来回，坐在长椅上休息呢。

“回家取来的。”

她不好意思地笑了笑，然后开始做准备活动。还没开始游泳，她就已经在喘息了。大概是急忙换衣服的缘故吧，那件灰色的泳衣有些往上吊着，使得平平的臀部露出了一部分。

“希子小姐，你说过以前，小时候，被冲到海里去过吧？”

“什么？”

希子一边做着膝盖的屈伸，一边回头问，她膝盖后面的窝窝里，就像被皮筋勒过似的皱纹忽隐忽现。

“那次是你自己游回岸边的吗？还是途中被什么人救了呢？”

“当然是自己游回岸边的呀。”

希子转过身子，蹲下来，左右两腿交替着大大伸开，一边微笑道。

“只能是这样啊。”

“……”

“因为周围没有一个人啊。”

“很害怕吧？”

“嗯。”希子又转过身去了。那群进行浮力训练的人，犹如海龟产卵似的，一齐从水里爬出来，朝淋浴室走去。

“……那个，希子小姐的娘家在哪里来着？”

“小时候在千叶的一宫。后来搬过几次家，现在在茂原。”

“啊，千叶呀？我先生的家也在千叶呢。是船桥那里。和茂原离得远吗？”

“很远。”

“常常回茂原去吗？”

“很少回去。”

“我先生的家人很和睦，他常常回船桥。前几天我和先生还回去过，他被来婆婆家玩的亲戚家的小女孩们整得可惨了。”

“被整了？”

希子两手叉腰，抻拉着小腿，扭动着上半身。她的脸上浮出和刚才一模一样的微笑。

“我稍微一不注意，米思米就被女孩子们用塑料跳绳捆住了手和脚，就是孩子们使用的那种塑料的跳绳。然后还胡乱往他身上扔靠垫、袜子什么的。起初我直发蒙，和我一起的男孩子看到这场景哭起来，女孩子们玩得可投入了……”

我越说越觉得全都真有其事似的。孩子们的恶作剧，被恶作剧的亲戚，我看到的只是这些，并没有什么其他特别的意思。那是在做法事或正月聚会时常常见到的情形，只不过是多年后，为了让老人高兴、让年轻人难为情的一个比较喜欢热闹的非常正常的家庭的趣闻之一。

“……不过，我实在是搞不懂。我先生特别喜欢孩子，所以，怎么说呢，他自己就是个孩子，所以喜欢这样疯闹吧。”

“舞小姐呢？”

希子面朝着我，脚尖对齐，一边转动着两个肩膀，一边问道。

“什么，我吗？我……”

“你喜欢孩子吗？”

“嗯，以前不太喜欢，最近，觉得还是挺可爱的。不过，前几天被那些女孩子讨厌呢……”

“为什么呢？”

“好像都喜欢我老公。”

“……真羡慕舞小姐。”

我刚一浮出做作的微笑，希子就再次转过身去了。她把右臂向前举起，左臂向后举起，两只胳膊反方向地转起来。肩胛骨与四周的肌肉和骨头复杂地聚合分离，仿佛比她脸上露出的表情更加生动地传递出了被隐藏的内心活动。不过，我一点也不知道，刚才我说的话里到底哪里值得她羡慕，值得她微笑。

“希子小姐？”

我一叫，她回过头来，直视着我。脸上已经没有微笑了。她那双什么感情也看不出来的眼睛宛如一对空杯子。每当我的视线充满那里之后，希子便微微垂下眼帘，把里面倒空。积存的眼神一滴滴掉落在蓝色的湿淋淋的地面上。不知是第几次，当她抬起头来时，我主动移开了视线。几秒钟后，再次邂逅的那一对杯子里充满了根本消除不掉的寂寞。我恨不得把她的身体连同那寂寞一起，踢进她背后的游泳池里去。

“我前几天看到希子和其男友了。”

说不上是惊讶还是难为情，多少有些活力的表情替代寂寞，回到了希子的脸上。她抖动了一下手腕和脚脖子，左右歪着脖子。

“在哪里呀？”

“在车站的超市……”

“什么时候？”

“那个……好像是上上周的星期二。”

“上上周的星期二……”

“我本想招呼你，可是看到你们很愉快的样子，就没叫你。我也和老公在一起，有点顾忌……希子的男友很温柔啊。”

这句话是假的。当时我只注意了希子的表情，实际上，对那个男人几乎没有什么印象。胡须、眼镜和细细的牛仔裤、脏兮兮的皮靴……只有勉强留在记忆中的残缺的印象。

“是啊。”

希子静静地表示同意。然后低下头沉默了片刻，比第一次更小声地又说了一遍“是啊”。与说出来的话相反，她的脸上只残留着既非肯定也非否定的僵硬表情。

希子把泳帽上的泳镜往下一拉，说了声“我去游一会儿”，就朝泳道走去。

希子少见地游着仰泳。我觉得她的眼神透过泳镜射向高高的天花板和墙壁反射过来，仍然目不转睛地盯着我。

21

米思米仍然每周去工作五天，在固定的时间离开家，晚上必定比我先回家，笑着迎接我。

虽然他有时候会抱怨逐渐习惯了的工作无聊，但基本上一如既往地饶舌而开朗。每当看到米思米的笑脸，我眼前就浮现出他被女孩子们扔靠垫时的后背。越是回想，不可思议的感觉越是稀薄了，正如对希子说的那样，平庸的滑稽味儿逐渐增加了。我好多次想着想着就独自笑出来。不过，这滑稽感是不能在米思米的面前说出来，和他一起笑的。

我们每天都友好地坐在桌前，没完没了地聊着，互相给对方揉疲劳的肩和腰。并不是为了工作一天疲惫不堪的米思米或我自己，似乎是为了在观众席里并肩坐着的另一对我们而这样做。

“阿舞，芭蕾舞环保袋，在哪儿呢？”

我泡完澡站着擦头发的时候，从卧室传来米思米的喊声。我吃了一惊，把浴巾围在腰间，去了卧室，只见步入衣橱的门敞开着，米思米站在里面，脚下是一堆大包小包。

“什么？环保袋？”

米思米没有回头，一边“是啊，是啊”，一边翻看旅行包里面。

“以前阿舞从伦敦买回来的，那个皇家芭蕾舞团的环保袋……

我找了半天，就是找不到。你没有把它扔掉吧？”

“没有扔掉啊。你有用？”

“明天店里盘货，快到期限的商品好像是可以拿走或廉价购买，所以我想拿那个袋去。”

“平时常用的不行吗？玄关的粉红色的那个……”

“那个也行，不过，太重会撑破的。而且芭蕾舞团的特别可爱，想起用一下。”

一边说，米思米伸手去拿上边架子最里面的收在几个专用保管袋里的名牌包。“等一下，”在我说话之前，米思米已经拿下来一个，翻看里面呢。

“这个也不是……”

米思米把整理袋一个个都打开寻找，确认没有要找的那个袋之后，就把整理袋一个个地扔在地板上。

被他这样扔在地上的包里面，有个印着桑木商标的茶色袋子，我一直盯着看。那个袋子里装的手提包里，放着讲述九宫鸟被调酒师恋人杀死的男人，不，是把那个男人讲的故事写出来的书。

在 1LDK 的这套住房里，我能想到的隐藏秘密的地方只有这里。米思米想共用我买来的东西，但是，裙子或高跟鞋或带着细链子的小包，他毕竟是无法使用的。裙子或皮鞋之中不可能隐藏什么东西，所以，我才把书藏在整理袋里的手袋里了。自从买了那本书以后，米思米不在家的时候，我虽然在步入衣橱里看过，但书里发生的各种事情，我总觉得毕竟和我家里发生的事情是全然不同的。凯西住院了，出院后和巴尼一起每天去心理治疗中心。我还看了书里收录的吉娜的故事和特尔地、席埃拉的故事。不过，每个人都和我、米思米完全没有关系。

我走近衣橱，伸出脚试图把那个茶色袋子藏到其他袋子下面去，这时，“啊，找到啦！”米思米喊起来。他打开皱皱巴巴的芭蕾舞团的环保袋，往里面看。

“哇，这么脏，得洗一下，熨熨才行。”

他把环保袋塞给我，开始把地上的袋子放回原位。装着书的茶色袋子仍然放回了上边架子的最里面。看到这儿我放了心，把环保袋放在桌子上，就去吹头发了。

那本书明天就扔掉吧……扔哪儿呢，我一边想着一边沐浴在吹风机的热风里时，看到镜子里拿着环保袋的米思米冲着我喋喋不休地说着什么。

“什么？抱歉，你说什么呢？”我关掉吹风机问道。他说：“咱家也盘货吧。”

“盘货？”

“衣橱里头应该再好好收拾一下。把不需要的东西扔掉，整理得利索一点。”

“好是好……现在？”

“不是现在也可以。”

“那就等咱们都休息的时候整理吧。可是，怎么突然想收拾了？”

“说不定能藏个死人呢，那么乱糟糟的。”

米思米一边笑一边抻着环保袋的褶子，我也对着镜子里的米思米笑了。

“那个袋子，你真的要拿它去？”

“嗯。对了，明天，全体都上班，盘货，所以可能回来会晚一点……”

“没事。偶尔我也早点回来，做做饭。”

“晚饭我在店里吃，你不用特意做。”

“是吗。那我就随便吃了。盘货，好好干。”

米思米用力点点头，于是我又接着吹头发。他还站在原地，对着镜子里的我微笑。我故意把吹风机对着他吹，他才离开了。

米思米晚回家的话，要不约有纱吃个饭，好好聊聊以后的事情？我心里盘算。自从她跟我说了独立的事情以来，倏忽已经过去三个月了。

继任者还是没有进展。

有纱本人虽然也介绍了几个人来，可是不知怎么，来面试的美发师们都是些不靠谱的主。这个星期，晚上关门后也面试了一个男孩子，有纱说是美容学校的后辈，可是看他带来的剪发本，给人杂乱的印象，问他什么，回答都不得要领，结果只能婉拒了。虽然觉得对不住有纱，却总觉得她是出于什么意图，故意介绍这类人来的。只是，从有纱的角度来看，正好相反，我才是出于什么意图——具体地说，是为了尽可能拖延她离开店的时间——有意使招募工作停滞不前的吧。

幸好这天不太忙，最后一个客人七点半走了，八点之前就挂出了关门的牌子。亮太收拾完就走了，今天正好轮到有纱给网上订货下单，所以她没有走，我结完账，正打算约她吃饭，有纱却比我预计的时间更早地把订货单交给了我，说了声“辛苦了”。

“啊，辛苦了……订单，就这些？”

“嗯，营业员说下个月会推出新的系列，所以这个月暂时这样。”

“这样啊。谢谢！”

我刚要接着说“有时间的话，一起吃个饭吧？”，有纱先问道：“舞姐，前几天的森崎君，怎么样了？”

“啊，嗯……抱歉啊，条件不太合适……”

“不行吗？”

“……很遗憾。”

“所谓条件，到底是哪里不行呢？那个，这方面请你再具体地说明一下，我也好介绍更符合条件的人来。”

“啊，你说得对……不过，全靠有纱一个人找也不太合适吧。我也跟朋友打招呼了……”

“可是依赖舞姐，根本没有进展啊，既然这样，还是我自己找，能快一些。”

有纱笑着飞快地说道。“是啊。”虽然我也笑了，却由于慌乱，错把收银机里还没有清点的硬币都一起装进保管袋里了。

“就是说，具体说来，什么样的人合适呢？”

我从袋子里又把硬币拿出来，重新往收银机里排列起来。这样比起什么都不做，感觉心情平稳一些。

“嗯——这个……实话说吧，像有纱这样干活利索，开朗，剪发手艺好的人是最理想的……不过，看现在的情形，我的要求有点高了吧。”

“是啊。舞姐，恐怕太理想化了。”

“嗯，说的是。”

“那个，虽然我这么说有点多管闲事，不过，三隅兄不够条件吗？”

我停下手，抬起了头。有纱站在门口的观叶植物旁边，用三根手指夹着一片大叶子揪着。

“啊，我是说，难得三隅兄也是美发师……夫妻二人一起干，不就不用费劲找人了吗……”

“啊啊……这个我也考虑过，可是，他最近开始工作了。是和美发完全不同的行业。但他本人好像很喜欢那个工作。”

“那恐怕是因为顾虑舞姐的缘故吧？”

我没有回答，有纱也觉得自己说话有些过分吧，道了声“对不起”。

“没事，我才应该说对不起呢。总觉得还早着呢，就没有太抓紧。我正打算跟亮太君也说一下，在网上正式开始招募。”

“是我说了不该说的话，对不起。”

我再次低下头，数起了硬币。好不容易能够集中精神了。1 元 22 枚、5 元 8 枚、10 元 28 枚、50 元 15 枚、100 元 28 枚、500 元 9 枚……

“舞姐，是不是觉得女性比男性合适呢？”

有纱对着镜子里的我微笑着问道。她解下在脑后高高缠住盘发的蓝色发圈，用小梳子梳通后重新盘起来，又大又好看的耳朵上的一排耳钉闪闪发光……镜子里朝着我的，和她把发型簿递给客人时的笑脸一模一样。

“……为什么这么说？”

“你看，到现在为止，我介绍的都是男孩子呀。”

“没有这回事。”

“真的吗？”

有纱将两鬓的短发拢到耳后，继续笑着说：

“可是，我来之前突然辞职的人也都是男的吧？我听亮太君说的。”

“嗯，是有这么回事，不过……”

“这可是性别歧视啊。这样做可是不对的。”

“没有性别歧视啊。都凑巧了。当然了，像有纱这样的女孩子能来的话，我也感觉更轻松些……”

“瞧瞧看，这就是偏见啊。就是歧视啊。”

“可是，这是两码事。并不是因为是男孩子就拒绝，的确是双方的条件不吻合……”

“那么，你的条件到底是什么呢？”

“这个……”

“虽说给你介绍他们，但男人比较感情用事，又自视很高，所以我完全不能信任。”

不给我一点回答的缝隙，有纱干脆说了句“我先走了”，就从后门走出去了。

锁上收银机，把钱放入保险柜里之后，我仍然怅然若失地在椅子上坐了好久。有纱甩下的那句话在我的脑子里萦绕不去。事后想想，我竟然没能当即反驳她一句“这才是偏见呢”，真是不可思议。虽说如此，有纱也有有纱的问题。既然觉得男人不可信任，为什么总是介绍那种不可信任的男人做自己的后任呢？不过，不管怎么说她谴责的不是我，而是让她焦虑的什么不着调的男人……即便自己这么想也没有用。她确实是在责备我。

打开文件夹，从头到尾看了一遍面试过的美发师们的履历。然后又仔细看了一遍其中一个人的履历，觉得可以再见一次谈谈，就给他打了电话。铃声响了半天，也没有转换成看家电话，到了两分钟后，我挂了电话。

往外面一看，夜色已经紧紧贴在整个窗户上。是最符合投下不吉利预感的影子那种光滑的黑色。我急忙收拾东西走出了店，只是低头看着脚下的柏油路走向车站。

22

第二天早上，我像往常一样，从后门进店后，只看见亮太一个人一只手拿着手机在拖地。

“有纱呢？”

“还没有来。”

“是吗？少见啊。电车晚点了吧……”

我一边说，一边想起有同样对话的上个月的一天，在后门一边擦汗一边听到过的事。说不定她也会……我打开后门看一看，没有有纱擦汗的身影。

到了开会的时间，有纱也没有来。打电话也没人接。这个店的电话线莫非感染什么病毒了？

“电车好像没有出事故的。”

亮太看着手机说道。

“怎么回事啊……来的路上出了什么事吧？”

“大概是忘了带电话，回去取吧？”

我走到收银台前，翻开预约本一看，今天指定有纱的客人罕见地只有一个。

“有纱的预约客人只有四点的岩井，也许在那之前来吧？”

“谁知道啊。”

“不会是病了吧？”

“不会……也许只是在睡懒觉吧？”

“睡懒觉的话，她那位会叫她起来的呀。”

“她和男友分手了。”

我停下了翻账本的手。抬起头来和亮太对视时，亮太露出“糟糕”的神情，没有继续往下说。

“真的吗？”

“是……我听说是……”

“就是说，和他不住在一起了？”

“听说是……”

看我紧紧闭上了嘴，为了给我鼓劲似的，亮太补了一句“我以为舞姐也知道呢”。

“这是什么时候的事？”

“这个嘛……好像是一个月前吧……她说最近要搬家，我就问，是换到大房子去吗，她说是小房子……我说怎么好好的两个人要搬到小房子去呢，她说是一个人搬去……”

我低下头看账本，昨天有纱说的话，又以不同的感觉回响在脑海里。

突然店里响起了很大声的波萨诺瓦乐曲。“啊，对不起。”亮太慌忙关小了音量。我苦笑着，合上了账本。

隔着玻璃窗沐浴着阳光的观叶植物的叶子的颜色，比平日显得浅淡了一些。我走近它伸出手一摸，手指肚沾上了灰尘。只有昨晚有纱抚摩的那片叶子像擦过一样绿油油地反射着光辉。

那天有纱直到最后也没有来，次日也没有上班。

由于打了好多次电话，也联系不上，我想干脆去她家里看看，正和亮太商量的时候，有纱在缺勤第三天，终于在开门之前打来了电话。是告知正式辞职的电话。

“有纱，辞职不辞职先不说，不打招呼就休息，有点不够成熟吧。我和亮太君都非常担心你呢。而且客人也……”

“客人的事，不是问题。”

“不是问题？”

“我已经通知他们了。”

果不其然，我心里虽这么想，还是很受刺激。最近几天，指名找有纱的客人的确是减少了。她大概就是这么计划的吧。

“因为我的店两周后就开张了。”

“等一下，当初可不是这么说的呀？不是说等这边找到新人……”

“可是我告知辞职之后，已经过了三个月了。我实在不能再等下去了。”

“确实是我没有抓紧，是我不对……可是，咱们又不是一两天的交情，何必这样说不来就不来了呢……”

店门外面站着十一点预约的客人。隔着玻璃窗往里面窥视。亮太来回看着我和客人，脸上露出“怎么办？”的表情，我用没有拿电话的右手示意他开门。为了让亮太听到电话的内容，特意选在开门之前打来，有纱的聪明，还有她那厚脸皮的洒脱态度，让我既生气又佩服。“有客人了，回头再打给你。”我说完挂断了电话。不过，估计她是不会再接我的电话了。

有纱成功告知了自己的客人，的确效果明显，那一周，预约电话骤然减少了近一半。她的客人包括惠比寿时代的追随者在内，大多是二十岁到三十多岁的，以给自己花钱为乐一类的女性，这个群体来美发店频率高，来一次店不会仅仅让她们剪发的，所以单项服务的消费也很高。她走了才三天，其影响已经明显地反映在新的预约人数以及一天的流水上了。

下班后，我才把此事第一次告诉了亮太。他只是平静地听着，并没有多么吃惊，我就问："难道你已经知道了？""不知道，刚刚听说。"他这才吃惊似的说道。亮太此时也没有拿着营业时间之外，片刻不离手的手机。虽然坐在椅子上，但一向懒散的劈成八字的腿，也一直规规矩矩地紧贴着椅子。客观地看，只能说他这种很少见的每一个规矩动作，都让人感觉不自然。越是和他对话，越是觉得他早就知道有纱的新店，也知道她有计划地无故缺勤的事似的。

"以后暂时两个人了，多关照啦。"

"好的。不能够替代有纱，很抱歉。我会努力的。"

"后任者，我会尽快找的。亮太君有合适的人也可以介绍一下。"

"好。"他点头之后对我说了句什么。我害怕听到"不能请三隅君来吗？"之类的话，转身走进了里面的房间。

在回家的电车里，我看着黑暗玻璃窗上映出的我的脸，心里想，我累了。索性，借此机会，抛掉无聊的固执或自尊之类的东西，真的和米思米两个人经营这个店恐怕也不错。虽然对不起亮太，但他对"戴安娜"似乎也不是那么执着，如果给他介绍个比现在待遇更好的美发店，应该不会有想法的。总之我现在太累了，太焦虑了，我想找个绝对不会背弃我的人、可以信赖的人一起做一点事情。只是现在米思米和以前整天在家里做家务不同了，很喜欢天然食品店的工作。前几天他还说过比起做美发师来，自己更适合做销售呢。我听了，还随口表示同意，对他说“有可能啊”。我能对现在的米思米，开口说“咱们一起干吧”？而且还有一件头疼的事，也许是因为找新美发师的事情压力太大吧，我的月经已经晚了两个星期了。

虽说晚两三天很正常，但是日子过了这么长时间还一次也没有过。冷静地回头数数天数，似乎不是没有可能性。果真是这样呢，这么一想，我全副身心都扑在了这个可能性上。如果真的怀孕了的话——以此为契机，让“戴安娜”暂时休业如何？怀孕期间和生产之后的一年或两年，可以以限定时间的形式租给同业者。用这租金和存款，再加上米思米的工资，一定能够养活三口之家的。等到孩子上幼儿园之后，再从头做起好了。内装修和“戴安娜”的名字都干脆换掉也无所谓。今后也不再雇用美发师或是助手了，全都预约制，从从容容地和每个客人一对一地服务。将来孩子放学回来后，坐在里间的桌子前做作业，我瞧着孩子给客人做头发那样的，对了，就像米思米的妈妈那样的模式，是否有可能呢……

吃饭时，我也一心在思考这件事。米思米喋喋不休地大谈着今天来涩谷店的客人的事和决定进货的新商品，等等，将我有一搭无一搭的应和都淹没了。吃完饭，他沏了壶今天盘货时降价买了好多的药茶。然后开始洗碗。我回想着刚才的计划，一个人呆呆地在桌上翻看着几个月前的笔记。

“阿舞，明天我休息，咱们收拾衣橱吧。”

流水声刚一停，米思米的声音就在身后响起来。我合上笔记本，回过头去。

“明天？”

“嗯。明天。这两年来没穿过的衣服啦，一直收藏着不穿的鞋啦、包啦都拿出来。”

“拿出来？随便扔掉吗？”

“不扔掉，先放在衣橱外边。阿舞决定是不是把它们处理掉。好吧，这样阿舞不就省事了吗？”

“嗯，不过虽然不使用，但鞋或是包，有的是为了纪念留着的……”

“那样的也都拿出来，你来决定要不要。”

米思米去泡澡后，我去了卧室，打开了衣橱。想要扔掉的那本书应该还在那个包里呢。

茶色整理袋里的巴宝莉包是我三十岁生日时买的纪念品。链子带很细，也没有内隔衬，所以平时用不上，但放进一本书大小正合适。

当我打开整理袋的开口，伸手抓住那个包的瞬间，身体一阵发冷。

包很轻。

原本团起来的链子耷拉着，手腕上感觉冰凉冰凉的。

没有。里面没有书。打开别扣，往里面看，倒过来抖落，也没有东西掉出来。

我控制着什么也不想思考的心情，尽可能冷静地回想自己当时的每个步骤。那本书的确包在那个书店的蓝色塑料袋里，放进这个包里了。不对，也许不是这个包，是别的包吧，要不就是放在旅行用的手提箱里了？

我尽可能不发出太大声响，把那里的包一个个打开来看。包多得数不清，到底是什么时候，谁买了这么多的包呢，真是气恼，仿佛寻求爱抚的小动物一样，所有的包都一个接一个滑到了我的手上。每当触摸拉链、别扣或扣子时，就增强确信了。无论这个世界被多么不负责任的敷衍支配着，我的书就放在这个包里也是确定无疑的。

从浴室里传来哗哗的水声。

米思米在唱着什么歌。

我把散落一地的包放回原处，关上了衣橱的门。就在此时，水声停了。我想去起居室看电视，装作什么也没发生一样，仿佛对这种不可思议的事情早已习以为常了似的……打开通向起居室的门之前的瞬间，些许异样感掠过眼前。我的视线被吸引到了书架上。是那本书。在我喜欢的戴安娜写真集的旁边，那本书笔直地插在那里。

从门外传来了开冰箱的声音。接着是往玻璃杯里倒盒装牛奶的声音，安静了一会儿，玻璃杯放在水槽里，哗哗地接自来水的声音……

“阿舞。”

门外米思米在喊。

“什么事？”

这么回答的时候，我的眼睛也没有从那淡粉色的书皮上离开。

“抱歉，牛奶我都喝了。”

“没关系。”

“要不我现在去买？”

“不用。”

“真的？”

突然间我感觉浑身无力，蹲在了地上。

门外米思米又唱起了我没听过的旋律欢快的歌曲。

23

过了一个星期，本店网页上打出的招募广告仍没有一点回音。

我给以前打过招呼，却一直没有回音的美容学校时代的同学打了个电话，一方面也想跟她商量一下薪酬的事，对方说，我是去不了，给你介绍个美发师朋友吧。是一位二十九岁的女性，以前在青山的发廊里干过。几天后，对方直接给我发来短信，我和她谈了来我家店里工作的待遇，等等。可是就在面试前一天，这个事又流产了，她被别的发廊正式录用了。

那天的次日，这回是亮太没有来上班，也没有事先请假。早上，在没有一个人的店里听到了他发来短信的声音时，我已经不抱什么希望了。

短信上说，他突然发烧了，很抱歉不能上班，说起来，这几天他好像常常咳嗽。他大概顾虑到店里只有两个人，所以一直忍着，直到发烧才请假，如果是这样，真是不好意思。不过，倘若他明天也不退烧，一个星期后也不退烧的话，即便在这个店里再也看不到他了，我觉得自己也不会多么吃惊的。店里的人员越少越容易发生这类的情况。该辞职的时候要是畏缩，就永远也别打算辞职了，趁着别人辞职的时候，也跟着辞职，对店里的打击虽然很大，但辞职一方比较容易下决心。回顾我自己的经历，之所以比计划的时间提前辞职，也是由于听说了前辈美发师要辞职的消息。或许是有些不负责任，但我觉得那个店以后怎么样都和自己没有关系。尽管没有像有纱那样不讲理地突然辞职，可仔细想想，自己也做了和她大同小异的事。所以这回亮太做了同样的事，我也不会吃惊的。而且等有纱的店顺利开张之后，我还会打听具体地点，就像原来的店长对我那样，给她送去一盆漂亮的观叶植物，表示祝贺吧……

“知道了，请多保重。”

我简单地回复他之后，打起精神，一个人准备开门营业。

店外面的路上洒着白色光线。九月已经过半，朝阳的光线很柔和。蒙着灰尘的观叶植物又掉了一片叶子。那片叶子上，沾着据说是虫子排泄物的透明蜡烛样颗粒。有纱和亮太曾经一个个去抠树干上的虫子，比赛谁捉得多，这仿佛已经是很久以前的事了。

可是，已经结束了……我自言自语地擦着美发座椅前的镜子时，只觉得左眼下面猛地抽搐了一下，我吃惊地照镜子时，习惯性的轻度抽搐已经开始了。

24

“舞小姐。”

回家的路上去了药店，从药店一出来，就听见背后有人叫我。

回头一看，不出所料果然是希子。我把灰色塑料袋塞进了皮包里。

“刚回来吗？”

“嗯……希子小姐呢？”

“我也是，今天加班。”

药店位于从车站回公寓的路边。于是我们很自然地并肩朝公寓走去。

店里的事情很伤脑筋，所以最近无论是和希子交往，还是去游泳都再次疏离了。根据自己的需要接近或疏远对方，本来就有些愧疚，又在这个节骨眼遇见了希子，她给我的感觉，就仿佛很早以前看的书里的很熟悉的人物一样。就是说，她已经是处于我的生活之外的人了。我对她已经失去了兴趣。

我们有一搭无一搭地说着话，不久就看到了公寓。705 亮着灯，隔着 5 层下面的希子的 205 没有亮灯。

“有时间我想去你店里剪头发……”

希子突然说道。她几个月前剪的米亚·法罗那样的超短发型，现在已经长到了耳朵下面。这说明我的头发也长了那么多。

“所以，那个……下次还可以去舞小姐的店吗？”

“好啊，当然可以。随时欢迎。”

“还有，舞小姐喜欢吃果酱吗？”

“什么？”

“前几天，他去长野了。”

“他？”

“他去长野……就是去摄影的那个。”

“啊啊，就是那个他……”

“他给我买回来很多果酱。我很喜欢吃果酱……真的很多，所以也想给舞小姐尝尝。”

“好啊。可是总是要你的东西……”

“没关系。家里放那么多也吃不了，而且是很好吃的果酱，想请你也尝一尝。只要不开封能放很长时间，所以你就拿两三瓶……”

“那怎么好意思，真是……”

我们并肩走进了公寓大门，电梯好半天也没有下来。

“有好多种类的，不过现在只有苹果的、葡萄的、桃子的、李子的……”

“那就苹果的吧。”

我懒得挑选，随口说道。“苹果的吗？”希子却很兴奋地说，“苹果的最多了。”

电梯的门终于开了，我先走了进去。我摁了7楼，希子摁了2楼。“那就回头见吧。”走出电梯之前，她对我微笑，我却只是敷衍地低了下头。

米思米系着围裙坐在沙发上看电视。我一走进起居室，他立刻说着“回来啦”，站起来去准备饭。

“抱歉啊，今天觉得特别饿，所以我先吃了。”米思米说。

我坐在椅子上，还不到一分钟，桌子上就摆出了炒腰果鸡肉、粉丝沙拉、鸡蛋汤、白米饭。最后端来了红茶，然后米思米站在我身边，看着我的脸色说：“脸色不太好啊。”我没有回答，拿起筷子，喝了一口鸡蛋汤。稠糊糊的，很烫。

“你没事吧？出什么事了？”

“没事啊。”

我仰脸一看，米思米的眼睛正盯着我的左眼呢。

“是吗？”米思米小声说着轻轻地笑了，“那我先去泡澡了。

你吃完了，把碗放在池子里就行了。”

从浴室传来了流水声后，我从包里拿出药店的塑料袋，去了厕所。

当把测试棒的包装扯破时，我几乎可以确定了。该来的，都来了。尽管只是身体里栖息了另一个生命，即自己的人生中又迎来了一个人，尽管一个庞大的什么东西加入了自己的人生，可是对我来说，却是犹如绝妙的魔术一样的减法。是将一切微不足道的谎言、失望、目标和自我厌恶都彻底消除般的、人生之中最有价值的减法！而且我从没有像现在这样迫切地需要这个减法。

在等待测试结果的时候，我想象着该怎样告诉米思米，以及他脸上会出现的几种乃至几十种表情。于是，从此开始大概会持续几十年的，我和米思米、孩子的幸福未来仿佛无法承受其自身的厚重压力，从顶上一下子坍塌下来，我怀着这样的预感，坐在便池上，弓着背抱住了头。这样慢慢镇定下来之后，我才抬起头，看到的测试棒的窗口浮现出一条粉红色的线，而不是两条。我一字不落地重新看了一遍盒子里的说明书。粉红色的线不到几分钟工夫，变得更深了，现在已经变成了接近紫色的红色。

回到起居室里，泡完澡的米思米穿着薄荷绿的睡衣，头发湿漉漉地躺在沙发上看电视。

“阿舞，不想吃饭吗？肚子疼吗？”

我无言地走过他身边，进了卧室关上了门。把装着配套用品的塑料袋扔进了书架旁边的纸篓里，把原来在纸篓里面的邮寄比萨广告揪出来，把它盖住，用脚踩瘪了。

回头一看书架，那本书还摆在那里。

什么都没有改变。什么都不可能改变。

即便在只有微弱街灯从窗户照进来的昏暗房间里，也能朦胧看到那粉红色的厚厚的封皮。我盯着它看着看着，觉得上面的字和颜色都变得越来越淡了，只剩下表示那本书的天和地的两条短短的平行线在发光，渐渐清晰起来……对了，在做加法或减法之前，我们两个人所缺少的不就是这两条平行线吗？不知何时从米思米和我之间消失不见的两条平行线，在玩藏猫猫的时候，真的消失不见了的“等号”这个符号，只要没有它，我们就只能独自堆积自己的数字，独自崩溃，独自绝望了。只能在偏颇的脚手架上一个人喝醉，也不拉对方的手，陷入各自的晕眩中，彼此越来越远离……

突然卧室的门打开了，门重重地撞到站在门跟前的我的肩膀。

“啊，对不起。”

米思米立刻跑过来，给我揉着被门撞到的左肩膀。

“对不起，阿舞。我还以为你在笑呢。碰疼了吧？对不起，对不起。”

几乎感觉不到疼痛。不过，我装得特别疼。为了拂去一步步接近的终结的预感，我恼怒起来，甚至挤出眼泪，故意装出特别疼的样子。

“对不起，对不起，很疼吧。”

米思米也配合着我的节奏，夸张地哄着我。本来只应该温柔地看我的他的眼睛，有那么一瞬间转向了书架。我抓住米思米的胳膊，让他面对我，把脸深深埋在了他的温暖的胸前。说道：“我很疼，咱们睡觉吧。”

“现在就睡觉？”

“特别疼，而且还特别累。米思米也睡觉吧。已经累了，两个人一起睡吧。对了，明天，我没有告诉你，明天，你不是说换成早班了吗？”

“啊，可是，阿舞……”

“什么？”

“我，辞职了。”

我抬起头来。

“那个店，我不干了。”

米思米笑着把手指伸进我的头发里，从下往上按摩头皮。

“……为什么？”

“因为担心。”

“担心什么？”

“那还用说吗？当然是阿舞呀。”

他在说什么，我完全搞不明白。我将自己的身体从米思米的身上移开，为支撑身体靠在了墙壁上。

“你说担心……担心我什么呢？”

“反正就是担心阿舞，阿舞的店……”

“我的店怎么了？”

“有纱辞职了吧？”

一边说一边凑近过来的米思米的脸，就像刚刚从热水里出来那样红彤彤的。

“我都知道。我去看过了。跟阿舞一样。”

“……”

“上次你不是和羽村去看我那儿了吗？我前几天也悄悄去了

‘戴安娜’。好久没有看到阿舞工作时的样子了，特别想去看看。你觉得不可以吗？不过，阿舞也做了同样的事啊，所以，不是不可以吧？今天，亮太君也不在店里，觉得很辛苦吧。”

“……”

“所以感觉这样疲惫的吧。”

“米思米，你去了几次？”

“只有今天和上周一次。”

“那么是两次了？真的？其实还要多吧？”

“没有啊，只有两次。”

“只来了两次，就知道有纱辞职了？也可能是偶尔请假呀。”

“上周不在，今天也不在，就知道是辞职了。”

米思米堆出了笑容，想要抓住我的手，我甩开了他的手。

“米思米，为什么要撒谎？”

“阿舞才不好，为什么不告诉我呢？”

“为什么随便辞职？”

“因为我的工作，和阿舞的工作不一样。再说，那样的工作好找得很……”

“可是，你不是说要在那里一直干下去吗？不是说好不容易找到了适合自己的工作了吗？”

这时，我发现自己被米思米一点点逼到里面的墙壁那边了。我越是往后退，就越是因起居室的灯光形成的逆光而看不清米思米的脸。

“也不是让我特别舍不得的工作啊。”

“我还以为米思米会在那里干下去，这回一定会，这回一定会，一直工作下去呢。还为米思米终于找到了适合自己的工作而高兴呢。”

“也不是因为讨厌那个工作而辞职的。这次是因为担心阿舞。”

“怪到我的头上了？就算辞职，为什么不事先跟我商量一下呢？”

“阿舞也是这样啊，这样发愁，为什么不告诉我呢？为什么总是一个人去面对一切难题呢？我们是夫妻呀。遇到困难，互相商量不是很正常的吗？”

“我和米思米是正常的吗？！”

我喊道，声音在房间里回响，大得连自己都感觉吃惊。头顶仿佛麻痹了，膝盖和腰部都使不上劲，好不容易才站起来。

“你说呢，咱们不是正常的吧？我不正常，米思米也不正常吧？”

我不再后退，即便我撞到他的身体，抓住他的胳膊使劲摇晃，米思米仍然嘿嘿笑着。

“为什么呀？咱们一点也没有不正常呀。”

“那么，为什么我会打米思米呢？又是踢米思米，又是扔东西呢？米思米为什么不还手呢？为什么不揍我呢？为什么老是这样嘿嘿笑呢？还有书，那本书……”

“书？”米思米只是歪着头，仍然背朝着书架。

“就是书！是米思米放在那儿的吧？我问你，为什么干这种可怕的事？这样还能说咱们是正常的吗？说呀，为什么？为什么？”我抓住他的肩膀使劲摇晃，“喂，你说句话呀。不然的话，我又要打你了。要是反驳不了我，就赶紧拼命阻止呀。”

“别打了。疼着呢，阿舞。”

米思米剧烈晃动着被我抓住了肩膀的上半身，想要甩掉我的手。我推开了他的肩膀，抓起耷拉在他身体两侧的胳膊搭在我的肩膀上，让他粗暴地推搡我。可是，米思米的两条没用的长胳膊犹如向没兴趣跳舞的舞伴央求跟自己跳舞似的，只是软绵绵地抓住我的肩膀，快要哭出来了。

“阿舞，不要闹啦。放开我呀。”

“难道米思米每次就知道这样叫唤吗？就知道像个女人似的央求‘不要打啦’‘放开我’吗？你不是个男子汉吗？既然是男的，为什么不打我呀？”

“正因为是男人才不能打你的。”

我抓住米思米湿漉漉的头发和下巴，将他的整个脑袋往墙上一撞，他短促地吸了口气。我又撞了一下。我一次又一次地撞着，嘴里一边数落着：

“米思米是在逃避吧？想要逃离真正的我吧？你这样温柔地看着我，温柔地给我宽心，其实是想要守护那个歇斯底里的我吧？可是，你这样做一点也不公平。米思米没有高出我的地方，和我生活在同一个水平线，所以我们是一点也、一点也不对等的呀。”

我松开他的下巴，揪住睡衣的领子，以此为支点，猛地将他的身体撞到墙壁上。然后蹲下来，揪起米思米的头发，让他扬起脸，贴近他泪花花的脸说：

“米思米，咱们不知什么时候开始犯下了什么大错，却一直没有纠正过来，所以才会受到这样的报应。所以，现在要彻底纠正过来。怎么样，米思米，哪怕是一次也好，狠狠地揍我一顿吧，让我以后再也不敢打你。因为米思米是强壮的男人，我是柔弱的女人，这是很容易做到的吧？”

米思米紧紧闭上了眼睛。我用手指撑开他的眼皮，从湿润的眼白边角滚出了眼泪。

“米思米，你就这么害怕和我对等吗？”

我放开了手，拿起他的手贴在我的脸颊上。米思米的手厚厚的，很温暖也很干燥。

“我最讨厌米思米这样了。厌恶得恨不得杀了你。所以求求你，让我重新喜欢你，这样一来，以后就永远是米思米喜欢的……”

啪的一声耳朵附近响起一声烟花炸裂的声音。

“这样可以吗？”

我被仰面朝天地打倒在地上。左脸像火烧一般。用手摸了摸，除了发烫之外没有别的感觉。

“……这样，可以吗？”

金星闪烁的视野全部被染成了薄荷绿的颜色，米思米的腿近在眼前。每呼吸一次，绿色就变得更深。

“这样，可以吗？”

脸上的热感一瞬间传遍了全身。我坐起来，饿虎扑食般扑到眼前的米思米的腿上。把他撞倒后，骑在他身上抡起拳头胡乱打起来，还使劲抓挠从睡衣里露出来的胸脯。米思米的脸上、脖子、胸脯眼看着出现了一道道的红色痕迹。我的右手指甲缝里残留了一些薄薄的皮屑。米思米的号叫声让人烦。我迅速脱下身上穿的 T 恤，揪着他的湿头发，把 T 恤塞进他号叫的嘴里。一边塞一边把他的脑袋往地上撞。

“喂，不接着打了吗？刚才不是也能打吗？能打就接着来呀。喂，喂，快打呀……”

说时迟那时快，我被他一下子打到了墙边。后脑撞得一阵麻木。米思米趴在地上，吐出了T恤，正在使劲地咳嗽。混浊而黏糊糊的东西从他嘴里垂到地板上。可是，这种程度的还不够过瘾。我呻吟着站了起来，从侧面狠狠地踹起趴着的米思米来。由于米思米吐出来的东西滑溜溜的，踢他的时候我自己也滑倒在了地上。米思米的身体就像朝着圣地顶礼膜拜的信徒那样缩成了一团。我骑在他背上，用软绵绵的手扇他。转眼间二人的身体又对调了方向，当我看到他的拳头举起来时，胸部下面已经受到了猛烈一击。我的呼吸停顿了。我下意识地为护住腹部，蜷缩起来，于是背部遭到了沉重的击打，疼痛难忍。我蜷缩得更紧了，他把我的身体翻过来，扇我的嘴巴子。我看不见米思米的脸。完全搞不清打我脸的是他的胳膊肘还是拳头还是其他部位，或者其他东西，而不是米思米的身体。我的腿被扭曲成奇怪的姿势，他从上面踩着，从发根使劲揪着头发，我刚刚感觉有种奇妙的悬浮感，头就被多次撞在地上，为了忍住疼痛，我用尽了浑身的力气。

渐渐远去的意识中，我看到在几十米远的门缝里，有个大大的黑眼睛般的什么东西发出刺眼的闪光。是铁锅。刚这么一想，头就挨了打，眼睛里无数的黑色铁锅炸裂了。这是怎么回事？铁锅明明洗干净，放在厨房的炉子上了，怎么会跑到这个地方来的呢？每挨一下打，就变得更加昏暗的视野里，出现了行进的士兵。米思米说中国古代军队的士兵每个人都带着这么一口锅，锅可以用于炖煮或是烧烤捕到的动物，戴在头上还可以保护头部，所以特别有用……

对了，应该把它拿来，只要手里有了它，我就比谁都强大了。只要一抓住它的把儿，我就一定能变成士兵，或是天使……

锅把儿攥在他手里。它应该在很远的地方，可是我清楚地看见那只手一个劲颤抖着。锅越来越近了。我爬着朝房间的角落逃去。腿上已经没有丝毫感觉了。半边脸火辣辣的，而贴在地上的另一半脸则是凉冰冰的。终于摸到了墙壁，回头一看，油黑锃亮的铁锅简直要刺破天花板一般被高高举了起来，我闭上了眼睛。仰着的脸上感到了一股拍下来的风。

当我醒过来时，感觉整个身体被很熟悉的沉重而温暖的东西覆盖着。

我睁开眼睛，模糊的视野里好像有个东西。就像是巨大的影子那样的东西。背朝着起居室里的灯光站在我跟前……那个影子最黑的一部分，破碎了似的落在地板上。落在地上的瞬间，它呈现出了清晰的圆形轮廓。原来是铁锅。周围散落着好几个小玻璃瓶子。米思水趴在我身上。

巨大的影子从周边崩溃般地开始融化，模糊不清的线和线流畅地相互连接起来。渐渐地出现了一个个凸起和凹坑，颜色和质感微微浮现了出来。

那里面唯一留住了刚才的黑色影子的一对眼睛，和我久久对视着。

“……这到底是怎么回事？”

下部

1

“……这到底是怎么回事？”

从房间的角落盯着我的两只眼睛睁得大大的。

舞小姐从额头到下巴全是血糊糊的，乱发贴在脸颊上，鼻子和嘴唇都不自然地歪斜而僵硬。这是一张静悄悄的毁坏着的脸，是失去了联结一个个细微组成部分的微妙均衡，正在从里面开始破裂的脸。只有望着我的两只眼睛，犹如被误换了新零件似的放着异样的光。

“希子小姐。”她的嘴唇好像这样说。

她的呼吸很急促，吊带背心一边的吊带耷拉着，胸口上有着一块用大号毛笔刷了一笔似的血迹。阿孝的身体犹如岩石一般覆盖在她的下半身上。他们旁边扔着一个黑色的铁锅。

铁锅拍下来时那硬锅把儿的感觉还活生生地留在我的手心里。

“你没事吧？”

我站着问道，就像以此为信号似的，舞小姐闭上了眼睛，头部颓然垂下来。

我慌忙蹲在她身边，把手伸到她微张着的嘴唇边。变得千疮百孔的脸的碎片并没有掉下来。我感觉到了微弱的气息。阿孝也是一样的。我站起来低头看去，他们就像是刚刚做完爱后，香甜入睡的情侣一般。

起居室的桌子上还摆着一人份的吃了一半的晚饭。在荧光灯照射下的油亮的红色木碗里，小勺柄一半浸在汤里。我走近桌子，搅动了一下碗里的汤，漂浮着的细丝蛋花缠绕着圆圆的小勺。这种非常精细地制作出来的量感和温暖的余韵，不知怎么让我无法忍受。我不只把木碗，还把桌子上的所有盘子都拿到厨房去，蒙上保鲜膜，放进了冰箱里。虽说是别人的家，但都是一个公寓里同结构的房间，放保鲜膜的地方或冰箱里的空间布局基本差不多。收拾完餐桌之后，我去了洗漱间，从架子上堆得老高的毛巾里拿出了三条。洗漱台的镜子边角上，特意贴着用树脂涂层的字条："弄湿了，必须擦干净！"我拧干了湿毛巾，又用其他毛巾擦干了洗面台上的水点之后，返回了卧室。

在房间最里面重叠在一起的二人身体跟前，扔着多个果酱瓶。两个人宛如死了一样一动不动。当然不是我杀死的。死的也不是我。我把手贴近嘴唇，还能闻到铁锅的铁味儿。

我把铁锅和果酱瓶都捡起来，摆在刚刚收拾完的起居室的桌子上。这样一摆，果酱瓶俨然已是这个房间里的一分子了。看上去它们和铁锅一样，都进入了在隔壁房间里重叠在一起的二人的生活中。进来时我注意到墙上的木板上贴着舞小姐和我在向日葵田里拍的照片，吃了一惊。这张照片也完全变成了这个房间里的一部分。那照片里面的我，可能也比现在站在这里的我更多地参与了二人的生活。

我也可以就这样离开这里回家。我给夫妻打架做了仲裁，在二人昏过去的时间里，收拾了桌上的饭食，擦干净了洗漱台，把地上的铁锅和果酱瓶都捡起来，然后离开，这不就够了吗？可是照片里的视线阻止了我。警告我，只做这些是绝对不够的。

我走近二人的身体，用湿毛巾先擦了舞小姐的脸。出血的地方好像是鼻子里面和太阳穴的割伤。擦完之后，用手掌轻轻按了按整个面部，但不知道是否有骨折。出血厉害的鼻子很可疑。为了查看她的身体情况，我想把压在舞小姐身上的阿孝的身体移到地板上，可是实在太重，根本挪不动。

“是希子小姐……”

终于把阿孝的身体从舞小姐身上挪开后，听到嘶哑的声音在叫我。

我不知该回答什么，一时间没有发出声音。犹如勉强扣上的别扣突然崩开了似的，舞小姐的嘴巴张得大大的，我只听到了微弱的喘息声。

我用两手捧着舞小姐的脸，凑近她。她那虚空的眼眸掠过了一道恐怖的影子。这神情我已经司空见惯了。自从认识她以后，这几个月她总是这样畏惧着什么似的。游泳的时候，坐电车的时候，她都是待在威胁她的某种东西的阴影里。

“你没事吧？”

舞小姐好像刚刚意识到自己有身体似的，再次睁大眼睛，望着躺在地上的自己的身体。然后在我的搀扶下，伸开两只胳膊，想要撑着地面，沿着墙壁抬起上半身时，发出低沉的呻吟，痛苦得扭曲了脸。

打了电话后，过了十分钟左右，急救车到了。直到听到鸣喇叭的声音，我始终坐在躺在地上的两个人之间。

刚有一点意识的舞小姐和还没有恢复意识的阿孝，都被赶到的急救员麻利地用担架抬走了。

“我和这位太太约好给她送果酱来。可是房间里开着灯，摁门铃却没有人开，还听到了里面有人摔倒的声音，试着拉门时，发现门没有上锁，我进去一看，两个人都倒在卧室的地上……”

留在最后的一位身材挺拔的男急救员，站在玄关里，简单记录了我的话之后，催促我下楼去，和他们同车去医院。

到达医院之前，阿孝恢复了意识。最初有些意识模糊，发现旁边躺着舞小姐时，虚弱地朝她微笑。舞小姐一直闭着眼睛。干得发白的嘴唇一直半张着。

2

我打出租车回到家时已经是深夜两点多了。虽然冲了个澡，躺在床上，脑子却非常清醒。

舞小姐的鼻骨和两根肋骨断了。阿孝接受了脑部检查，没有发现异常，也没有骨折的地方。舞小姐直接住了院，阿孝只在医院里观察了一个晚上。那时如果我没有进去的话，其中一个人很可能会没命的，一想到这儿，我觉得自己偷配的钥匙也并非没有用。舞小姐在那样的朦胧状态中，恐怕也没有余力思考我是怎么进入房间里的吧。

舞小姐被送入病房后，在另一个房间里，女护士询问我给急救中心打电话时的情况，我没有如实告诉她自己看到的场景。只是重复了对急救员说过的话。据她说，舞小姐拒绝报警。说不过是夫妻打架……“有这么个地方，发现什么问题，可以联系这里。”临走时，护士给了我一张女性心理咨询中心的宣传单，我把它卷起来放进包里。今天晚上就不说了，但是舞小姐肯定会很快跟我联系的。到时候，我会对她说真实的情况吗？还是说谎话呢……好不容易开始迷迷糊糊的时候，闹钟响了。

和往常一样的时间离开家，朝车站走去的路上，昨天的景象仍然在我脑子里盘旋。互相殴打、互相伤害的两个人的身体流出鲜红的血，夹杂着真实的呻吟，尽管如此，我却觉得那光景就像在演戏似的令人作呕。在浅浅的睡眠中，记忆的细节混杂融合在一起，犹如缠在小勺上的蛋花丝一样，只是沉甸甸地把眼前的景色给搅浑了。秋天清晨的温柔空气也好，和煦宜人的朝阳也好，都不能把这不快感冲洗掉。

在上班高峰的地铁里，我望着车窗玻璃上映出的自己的脸，在眼睛下面、鼻子和嘴巴两侧明显出现了犹如被熨斗熨过似的阴影。仔细一看，不仅是自己的脸上，左右两边站着的所有陌生人是同样的面孔。走在涌向地上出口的人流中时，我后面的人们似乎也都是同样的面容，朝着同一个出口走去。

“羽村小姐。”

等电梯时听见有人叫我，回头一看，是公司的后辈樱井站在我身后。

他那瘦长而平展的白皙脸庞上，浮现出天真的笑容。这是和地铁上看到的那些面孔全然不同的脸。每天一大早看到这个男人的笑脸时，我就会想象用去污剂刚刚洗出来的晾晒在太阳下的拖鞋。

“没睡好觉吗？”

樱井说完咧嘴一乐，跨前一步，跟我并排抬头看着电梯的数字显示。

“看着像吗？”

“脸色有点……”

听他一说，我对着银色的电梯门观察自己的脸。看见了一团轮廓扭曲的肉色。不光是我的身体，还有旁边樱井的身体，以及排在后面的人们的身体都变成难看的肉团了。

“新加坡的，今天能拿下吗？”

到了七楼一走出电梯，樱井就说道。

“嗯，我估计差不多吧。”

“羽村小姐要是说差不多，大概就差不多了，看来差不多了？”

“认真请求才行。不执着地坚持到底，也可能功亏一篑的。”

“要是拿下了，我和羽村小姐，谁会被派去呢？”

“樱井君，想去吗？”

“其实我不是那么……”

樱井和我现在一起负责的是机械系统的中小企业赴新加坡视察旅行的项目。包括当地的工厂视察、半天的简单游览、出席当地法人的宴会在内的三晚四天的日程，是飞机、住宿、当地导游全包的一揽子服务。只有最重要的飞机还没有落实，不过只要坚持不懈地向批发公司[1]请求，估计会有空位的。

如果视察能够敲定，会由樱井或者是由我陪同前去。说是陪同，有当地的导游具体陪同，其他事务性联络或办理饭店入住手续，等等，有企业方面的负责人协助。我们只是在旅程中遇到突发情况时会受到很大的依赖，所以，需要保持相应的紧张感。不过个人的自

[1] 面向投资机构或企业的金融业务。

由时间几乎没有。体力上也会消耗很大，所以，倘若不是人数很多的团体客人，一般都是年纪轻的员工担任陪同。这次也是倒数第二年轻的我，或是最年轻的樱井被派出。

我走进办公室，启动电脑后，立刻把脑子里已经组成的文章写在邮件里发了出去。给批发公司打了请求电话，确认了还没有落实的飞机。营业时间开始之后，企业负责人和批发公司的来电此起彼伏。快到中午时，来了一个新的周游美国的报价，在忙于纸制价单和预订系统的操作时，已经快三点了。最后将完成的预约确认书给上司过目盖章，再用邮件给对方发了影印之后，才终于可以午休了。

“啊，羽村小姐，请稍等一下。想请你确认一下……”

我拿着钱包，刚站起来，樱井慌慌张张地跑到打印机那儿去，打印之后递给我的是报价单的草案。

“我有些不放心，能帮我看一下吗？说好了五点发给他……”

“我知道了。我就一边吃一边看吧。把报价单给我。”

我把报价单夹在他递给我的沉重的手册里，在大厦地下的便利店里买了三明治和咖啡后，上了屋顶。虽然写字楼里也有吃午餐的地方，但只要不是下大雨，我都坐在外面的长椅上吃午饭。尽管夏天热、冬天冷，但是，至少想在吃饭的时候到外面去。不管天气多么不好，一呼吸外面的空气就感到安心。伸直一直弯曲的后背，胸部感觉特别舒服。

我常常从屋顶上眺望东京站周边的大厦群和皇宫一带的绿色。太阳已经落到了西边天空下面。我从小时候，就特别喜欢夕阳西下的这个时候，我一边吃着三明治，一边打开了报价单，但视线很自然地被吸引到了午后柔顺的日光照耀下的远处的风景。在铁丝网附近搭着一根竹竿，一层的骨科医院的白色毛巾和床单在微风中飘动着。

那天他躺过的从西头数第二张长椅上，今天没有人坐。

可是一直盯着那张长椅看时，构成他的一个个轮廓和凹凸，就会如亡灵一般淡淡地浮现出来。溅了泥点的茶色皮靴、带帽衫、大大的眼镜、细细的牛仔裤，浓密的胡须、从中露出来的苍白的皮肤……一看就知道不是在这个大楼里工作的人。被帽子和胡须几乎遮住了整个脸，只有眼睛露出来，那双眼睛里渗透着明显的敌意。

寒冬时刮着大风的日子，立起来的厚呢子大衣领子碰到冰凉的脸颊特别疼。那个时候，屋顶上除了他之外没有一个人。看来我显然打扰了他一个人的安静时间。我本想反身回去，但那时不知怎么，我觉得自己好像在被对方挑战似的。仿佛现在回去了，就不可能再回到这个屋顶上来了。非但如此，就连自己的人生也会不断地倒退回去似的。因此，我装作没有看见对方的视线，坐在离得很远的椅子上，打开了午餐。骨科医院的床单在微风中飘动着。

尽管视野里意识到男人的存在，我仍然目不转睛地瞧着那块白布在大风中扭动缠绕纠结不停。脑子思考着十五分钟后的销售会议的事，给业务部提出的签证申请资料的事，这些事情结束之后，还会继续做的没有一个是相同的、回头看看却又没有一点不同之处的业务上的事。我眨眼的时候，积存在眼角的眼泪沿着脸颊落在了大衣上。抬头一看，刮来一阵更大的风，床单两边剧烈翻卷起来。于是一边的夹子掉了下来，床单从那一边向着天空更高地鼓起来，转眼间飞到了空中。它以不安定的形态在空中起伏，被吹向了下方的皇宫一带。此时，鬼使神差地，在追逐床单的去向之前，我突然寻求证人般地回头去看他的脸。他也在看我。他的眼神好像仍然在严肃地试探着我似的。我感到自己正在被难以言说的失败感那样的感觉吞噬着。

如果，这个男人是个疯狂的杀人犯或什么人，不管是谁，想找个人杀死而来到这儿的，我也会顺从地把命交给他。这样的归宿，也不枉为此生。倘若能够因此而消除某个人的愤怒或仇恨，这个无聊的一生也算没有白白度过。所以，把我杀死吧。我决定了，顺从难以抗拒的命运之流。轻易地完全屈服于什么，令我心情愉快。他站起来慢慢朝我走过来。

过了半年多以后，现在我仍然能够一点不差地回想起那天的冷风和对方帽子的阴暗颜色，然而由于那完美无缺的回忆的厚度，一切都被远远与现实隔离了。就连两个星期前，在屋门前分别时的表情，也仿佛几十年前做的梦一般朦胧了。

我迷迷糊糊地打起盹来，报价单从腿上滑落，我一下子惊醒了，只见估价草案已经飘向了空中。

3

正在住院的舞小姐给我发来短信，是三天之后了。

短信里只写了几句道歉和感谢的话。我没有回复，次日下午请了半天假，去医院探望她。护士领着我去了病房，看见舞小姐躺在靠窗边的白色床上，静静地闭着眼睛。

在六人房间的大病房里，探视者很多。像是刚放学的两个孩子坐在中间的通道上看着有插图的书。大人们坐在各自探视的病人床边，跟胳膊或腿上打着石膏的病人谈笑风生。虽说请了半天假，但我四点多才从公司出来，到医院时天快黑了，但是病房里还洋溢着暖融融的午后氛围。

“舞小姐。”

我走近她，轻声叫道。她确认什么似的微微睁开了眼。看到我的瞬间，浮现出来的惶惑与绝望混杂的表情，犹如脏了的壁布一样被灿烂的微笑取代了。“希子小姐，你来啦。”

舞小姐打量了我的全身。也许是美发师的职业病吧，每次见面时，她为了把握我的整体，最初这几秒钟，总是让我很不自在。这大概是因为凭借她的美感直觉，会产生这样的心情——使我应有的姿态、修正后的我更像我的轮廓，被随意在实际的轮廓上进行素描——的缘故吧。

“突然跑来，不要见怪。”

“是下班回来……顺路吗？”

“是啊，从傍晚开始请了假。感觉怎么样？”

“因为没有骨折什么的，说不清怎么样。也许是因为一直这样一动不动地躺着，所以还没有什么真实的感觉吧……”

“疼吗？”

“一动弹还是有点疼……听大夫说，其实肋骨很脆弱，打个大喷嚏都有可能折断呢。我一直以为，骨头这玩意儿，就应该特别结实呢。”

我在窗边的椅子上坐下，再面对她时，她脸上的自然的笑容已经消失了。眉间愁眉深锁，颧骨显得格外高，和在健身馆里看惯的面孔相去甚远。脖子上夹着矫正器样的东西，太阳穴上贴着和白色床单一样雪白的方块纱布。

舞小姐的视线投向放在毛毯上的自己的两只手上，手指不停地抓起柔软的毛毯又松开。好像完全忘掉了坐在旁边的我似的。与此同时，我也感到或许是自己的存在使她采取了这样神经质的态度。

“果冻我带来了。有冰箱吗？”

我把带来的天蓝色盒子举到眼睛的高度，舞小姐脸上又露出了笑容。

“啊，谢谢你！冰箱好像有个公用的，在那边的房间里……还是请放在这里吧。”

她指着的床边的桌上摆着一个花瓶，插着一枝暗淡的粉红色、多重花瓣的花。

“这花真好看。”

老公拿来的？我想要这样问，但舞小姐面朝墙壁，回避看到那插花，再次朝我扭过脸来时，只说了句“感觉很怪”。

“……感觉很怪？”

“是啊。也不工作，这样整天躺着，真的感觉很怪。”

“那倒也是啊……”

“我从二十岁开始就一直在工作。”

“所以，偶尔休息休息也不错啊。”

“不习惯闲待着。”

舞小姐无力地笑了笑，把毛毯拉到了下颌上。

“希子小姐多大开始工作的？”

“大学毕业以后。所以差不多已经十二年了。”

“在公司里，已经是老资格了吧？”

“还不行呢。我是跳槽去的这个公司，年龄在现在的部门里排在倒数第二。”

“工作顺心吗？”

“不太顺心。”

“……”

“因为是为了生活而干活呀。”

“我也是，一直认为美发师的工作是为了生活而干的。当然，是因为喜欢才干的，但是一直认为是为了生活而干的。不过现在这样一天到晚什么也不干，老这么躺着，我觉得自己真的什么人也不是了。我不干美发师的工作，就不是我了，什么也不是了。就连自己到底是不是人都没有自信了。”

“舞小姐当然是人了。”

舞小姐直勾勾地看着我。她的面容苍白而呆滞，什么表情也看不出来。

“当然是人呀。”

我重复道。只见她淡淡的眉毛微微皱了一下。虽然不是多么愉快的表情，但是比刚才的无表情要好多了。

“我正考虑暂时关掉美发店呢。”

面色严峻的舞小姐仿佛把每一个字仔细折叠起来似的说道。

“因为伤到这个程度，即便出院之后，直到骨头长好为止，也不能马上走动。”

“是吗……那么养病这段时间里，还是老老实实待在家里养养身体吧。”

舞小姐垂着眼帘，没有说话。沉默持续了很久。

“虽然有些温乎，反正是果冻，想吃吗？”

我不堪沉默，把手伸向桌子，舞小姐一把抓住我的胳膊，出乎意料很有劲。

“希子小姐。”舞小姐一直板着的脸骤然一变，渐渐浮出不自然的红晕，眼珠突然湿润起来，看上去好像膨胀起来了似的。

“那个，前几天……在我家发生的事……”

她苍白而干燥的嘴唇微微颤抖着，一道道竖纹清晰可见。我感觉到她那修剪得圆圆的指甲嵌入了我的胳膊里。

“我对谁都没有说。”

“……”

“我对急救队的人说，看到两个人倒在地上，就打了电话。除此之外，还有其他什么可说的吗？不就是一般的夫妻打架吗？”

舞小姐低下头没有回答。没错，那不过是一般的夫妻打架。没有控制住情绪，两个人都迷失了自己。如果她这样回答，我们两个人就可以比现在更加平静地吃盒子里的果冻了，可是，她紧闭着嘴，一直不说话。因此我代替她说道：

“其实，那就是有点过头的打架，对吧？就是没有忍住，互相之间……”

“希子小姐是怎么进入我家的？”

舞小姐仍旧低着头问道。我稍稍舔了一下嘴唇。

“门没有锁呀。”

“……”

“我是去给舞小姐送果酱的。还记得吗，那天晚上，回家时咱们碰见的时候，不是说好的吗？所以我吃完晚饭，就拿着果酱去了七楼。按了门铃没有人回应，却听见里面有很大的动静，我一拉门，就打开了……”

“看到了？”

“什么？”

“我和米思米……”

“什么也没看见啊。”

“……”

“我进去的时候，舞小姐和丈夫都昏过去了。”

“……”

“所以，我叫了急救车，就这些。”

舞小姐终于抬起了头，盯着我，默默地点点头，松开了我的胳膊。舞小姐避开我的视线，越过我的肩头朝窗外望去。刚才老老实实坐在过道上玩的孩子们朝窗户跑过来，并排站着往外面张望。窗外是一望无际的淡紫色的天空，犹如水彩画颜料静静地流进来了一般。

“吃点果冻吧。”

这回舞小姐没有抓住我伸向桌子的手。我打开盒子，拿出两个果冻和小勺。这是在公司附近的西点店买的有着圆球形白兰瓜果肉的果冻。孩子们都围过来，眼馋地一眼都不眨地瞅着。这两个孩子都是女孩子，她们坐着的时候没看出来。“想吃吗？”舞小姐问话的同时，她们点了点头。把手里的果冻给了她们后，“这怎么行啊？”母亲模样的女人说着走了过来。“还有两个呢，没关系的。”“不用了。”“没关系，拿着吧。”……推让了几次后，她们道了谢，走了。我拿出盒子里剩下的两个果冻，揭掉果冻杯的透明胶带，从塑料小袋里拿出小勺递给舞小姐。

舞小姐等到我打开自己的果冻后，才吃第一口。我们俩同时用小勺从表面刮了一层淡淡的黄绿色果冻吃起来。温暾的果冻反倒让人感觉格外甜。只是将舌头稍稍推向口中的天井，柔软的果冻块便融化了。“好吃！”舞小姐微笑着说道。

使劲咬就会断掉的一次性塑料小勺，突然感觉变得像铁勺般沉重。那是朝着阿孝打下去的那口黑色铁锅的重量。我确实用那口铁锅打了阿孝，救了舞小姐，而舞小姐自己也一定知道这一点。不过，她好像因此而憎恨着我。我是不是多管闲事了？她变成现在这样惨不忍睹的样子，说不定得怪我吧？

“我想求你帮个忙。”

我猛然抬起头，看到舞小姐已经吃完了果冻。我的果冻还没怎么动。

此时，只觉得从牙齿的缝隙间渗出了强烈的甘甜味。那甜味犹如眼泪一般湿润了整个口腔。

4

摁下705室的门铃后，就像等着我似的，门立刻打开了。

出来的阿孝“啊”地张开嘴，浮出满面笑容。头上缠着纱布，穿着皱巴巴的格子衫，光着脚。

“你怎么来了？”

在这里见面还是第一次，但是阿孝就像理所当然似的以随意的口气问道。

“有点事找你。”

“什么事？”

“帮舞小姐带话给你。”

"阿舞让你带话？"

阿孝的表情好像瞬间僵硬了。但只是一瞬间，再度浮现出来的笑容看上去更加无所顾忌，或者说更加松弛懒散。

"是吗？什么事啊？进来吗？"

"不进去了。就几句话，站这儿说就行。"

"别这么说啊，好不容易来一趟，就进来吧。希子还没有进过我家吧？"

"来过。"

"什么时候？啊，对了，是前几天吧。"

不等我回答，阿孝就转过身往走廊里头走去。我脱了鞋，隔着丝袜踩在地板上的瞬间，强烈地意识到这里完全是别人生活的场所，我在这里是不受欢迎的入侵者。尽管是得到许可，正大光明地进来的，却比上次使用偷配的钥匙进入这里时更加不自在。感觉房间里的所有东西仿佛都在一个意志的控制下监视着我似的。要是舞小姐在家，我就不会有这种感觉。舞小姐不在家的时候进来，才清楚地知道其实这个房间里的主人不是舞小姐而是阿孝。

打开起居室的门，看到阿孝在厨房的洗碗池跟前给特福[1]电水壶灌水呢。

"请随便坐吧。"

起居室的沙发上扔着衣服，餐桌的椅子上堆放着纸箱子和杂志。我站着没动，"哇，这么乱，抱歉。"阿孝从厨房里出来，把椅子上的杂志扒拉掉，箱子放在了地上。

墙上的木贴板上仍旧贴着在向日葵田里拍的照片。看到别人家

[1] 即 T-fal，法国第一厨具品牌。——译者注

的墙上贴着自己的照片，毕竟有种怪怪的感觉。就像在窥视正在窥视别人家生活的自己的后背一样。这是令人不愉快而羞耻的。

“药茶可以吗？”

阿孝端来一杯药茶，放在我面前。

“这是前不久工作的店里卖的东西，我冷冻了的。”

“那个涩谷的店，辞职了？”

“嗯，辞了。”

“干了多长时间？”

“嗯——大概三个月？”

“还是老样子啊。”

“嗯，我不就是这样的人吗？不过，你今天怎么来了？那天的事？真是叫人吃惊啊。只是阿舞一个人，还好说，连希子也来了……阿舞说是希子的主意。”

“是的。是突发奇想。”

“想要见我？”

我没有回答，喝了一口茶。对于冷冻的茶来说，味道很冲，而且很新鲜。

“哎，那张照片还是摘下来吧。在别人家里挂着自己的照片，怎么看都不对劲。”

“为什么？照得很不错啊。”

“我可不愿意。”

阿孝笑着凑近照片，却没有摘下来的意思，只是把角度正了一下。那张照片越看越令人觉得怪异。关系并不那么亲密的两个人挨在一起，露出僵硬的笑容，更瘆人的是，看上去两个人就像双胞胎姐妹似的。

“以后还拜托你多跟她一起出去玩玩儿。”

阿孝的声音就好像跟女儿的朋友说话的父亲似的。实在无法想象，多年前认识的这个男人和那天在房间里痛打舞小姐的男人是同一个人。我进入房间的时候，看到的是舞小姐骑在他身上。不过，后来两人又突然对换了位置，这回是舞小姐挨揍了。是在闹着玩吧，我闪过这样的念头，不过看他们的叫声和不时露出的表情似乎不像是闹着玩。如果当时我没有拿铁锅打阿孝的脑袋，他把舞小姐掐死了都不奇怪……

“我说，那样子是怎么回事？那样子是在玩什么游戏吗？”

“什么那样子啊？”

“就是前几天的那个……”

“前几天的？”

“阿孝和舞小姐互相殴打，互相踢踹那次呀。不是在闹着玩吧？两个人都是动真格的吧？”

“是阿舞想要这样的。”

“什么意思啊？你是说那样打闹，舞小姐觉得兴奋吗？”

阿孝旋转着手里的杯子把，浮出不好意思的笑容。

“差不多吧。也包括这个意思。”

“那就是说，那么经常……经常这样打闹了？”

“那天的情况有点不同，不过，可以这么说吧。”

“可是，那天，要是我不阻止，阿孝就有可能把舞小姐杀死的呀。”

“有可能，不过，那是因为阿舞希望我这么做啊。”

“你们这样真让人作呕。”

“是啊。是让人作呕。”

阿孝又咧嘴一笑。

“阿孝，你为什么笑呢？舞小姐确实骨折了呀。按说，这都够去告你了的。”

“希子打我那一下也够狠的呢。”

“你脑子没毛病吧？要是打到要害，就连阿孝说不定都被我杀死了呢。”

“那样的话，阿舞会怎么做呢？以阿舞的个性，很可能把希子杀了的。”

也许我有些发呆吧，阿孝轻轻把茶杯推托过来，说“趁热，快喝茶呀”。为了不忘记来这里的目的，我喝了一口茶，立刻说道：

“舞小姐说，不希望你去看她。”

“啊？”

“舞小姐说，不要你去病房看她。”

阿孝默默地歪着脑袋思考。和我想象的反应一样。

“舞小姐说，出院之前，自己一个人没有问题。有什么事，她会给你打电话，所以，她说希望你不要给她打电话，也不要发短信。有什么事的话……通过我跟你联系。我今天来，就是要转告你这些话。”

我一站起来，阿孝也跟着站了起来。他说：“等一下，好吧。药茶还没喝完呢……”

我瞅了一眼茶杯，还飘散着浓郁的清香。我拿起茶杯，又喝了一口。清爽的香气穿过鼻腔，感觉多少缓解了一些紧张。

“为什么通过希子呢？”

“什么？”

“为什么我家的阿舞通过希子给我带话呢？”

“不知道……大概觉得我们是朋友吧？这不正是阿孝的目的吗？满意了？”

“满意是满意，还有些不够啊。”

“不过我和舞小姐并不是什么朋友。一般情况下，一定不会成为朋友的。因为我和舞小姐是完全不同的人。”

“虽说完全不同，但都是女人呀？男人不懂的，只有女人之间才可以说的话总会有吧？因为除了我之外没有别的朋友，所以，希子也是愿意帮这个忙的。”

“一次也没有谈论过那些事情。”

“希子又在摸耳朵了。”

阿孝嘿嘿地笑着。我赶忙放下了手，但刚才摸过的耳郭有些发痒。

“希子说谎的时候或是不好意思的时候，总是喜欢摸耳朵吧。真是说多少遍也改不了。”

“我刚才说的，你听明白了吧？”

“什么呀？”

“就是舞小姐说的，不要你去病房看她呀。”

“可是，这种话，让人无法相信啊。”

“我也不想对你说这些的。可是，舞小姐非要这样说，所以没法子。怎么样，听清楚了吧？”

“那我得打电话问问她。”

阿孝不顾我阻拦，从充电器上拿起手机，打了电话。

“舞小姐不可能接的。”

我这样说，他也不把手机从耳朵边放下来。也许是为了让我听到，故意打开免提了吧，能够清楚地听到呼叫声转为留言的声音，等里面的播音员说完话，嘟的一声响之后，他就语速飞快地说起来。

“啊，喂喂，是阿舞吗？今天我没去医院，对不起啊。感觉好点没有？明天我会去的，有什么想要的东西就告诉我。那就明天见。”

阿孝把手机放回充电器，仿佛什么事也没有发生似的转身面对着我，然后拿起茶杯喝了一口，说“每天都打电话”。

“不行啊。她说电话、短信都不可以的。”

“阿舞托你带这种奇怪的话，很抱歉。不过，这事和希子没有关系。”

“我也不想有什么关系，可是很担心舞小姐。因为她不久前开始，就有些……有些不正常。不久前，或者说是从第一次跟她说话的时候开始，她即便在笑，也好像总是在惧怕什么似的……也许是我多心吧，不过，舞小姐好可怕呢。”

我没好意思说出“大概阿孝觉得”。

“所以，拜托你保证不主动跟她联系。”

“为什么我要跟希子保证呢？”

“可是，舞小姐……”

“虽然我以为希子和阿舞交朋友，阿舞就会好过一些，可是，看来还是不行啊。阿舞太拼命了，在种种事情上。她是个神经敏感，什么事都自己承受的人，我以为她需要除了我之外能够吐露烦恼的朋友……可是，再继续把希子卷进来的话，很不应该，所以到此为止吧。”

“我也不愿意卷进来呀，可是舞小姐……”

“好了，好了。口口声声舞小姐舞小姐的，希子其实在很多事情上很喜欢阿舞吧。可是，阿舞是我的太太呀。你的心意很好，不过今天还是请回吧。每天还要上班吧？而且你那位不是还要来吗？”

阿孝拿起桌上的两个茶杯，去厨房把里面的茶叶倒掉。我也没有看他的表情，径直去了玄关，什么招呼也没打就走出去了。

关闭房门的瞬间我长长地吐了口气。就好像一直憋着气似的。我不想直接回家，坐电梯下到一楼。已经九点多了。肚子虽然感觉饿，却没有想吃什么的欲望。假如吃东西，还是今天在舞小姐的病房里吃的温乎乎的果冻为好。

走出公寓大门回头一看，刚才离开的705号亮着灯，怀着一线希望看向205号，依然黑乎乎的。已经盖了快三十年的这栋白色公寓，亮灯的和没亮灯的房间正好一半一半。就在我看着公寓窗户这一会儿工夫，有几个房间亮了灯，有几个房间关了灯。

搬来这里差几个月就五年了。搬家的时候，即是跳槽到现在的公司的时候。是在阿孝夫妇搬到这里的半年之后。虽然不知道他们什么时候结婚的，但至少当时两个人还没有结婚。“我要回东京去，和女友一起生活。”接到阿孝这个电话时，不知怎么想的，我把自己的住址告诉了他，还说是个很方便的地方，等等。我万没想到他真的搬来了。不过说实话，也不无欣喜。在不太习惯的生活中，有自己认识的人住在附近，觉得壮胆。特别是阿孝那样和蔼可亲的总是笑眯眯的人……他们搬来之后，有时候也会和他通个短信，但没有单独见过面。尽管不是那种必须保密的关系，但是我心里明白，阿孝不想让舞小姐知道我的存在。所以，半年前，阿孝拜托我跟舞小姐交朋友的时候，我感到十分意外。难道说，因此之故，现在我真的和舞小姐成了“朋友”了吗？在这样复杂的谎言之上建立的关系，可以叫作“朋友”吗？

刚走了几步，就听到兜里的手机响了。看到画面上的名字的瞬间，我飞快地把手机贴在了耳朵上，快得记不清是否摁了接听键。

“喂？喂？”

等了五秒钟后，听到了“啊”的一声回答。

“现在在哪儿？”

“车站。”

“车站？”

“现在过去……”

“晚饭呢？”

“还没吃。”

“我也没吃呢，我现在就做，来吃吧？”

“不了。过会儿见。”

我不给他回答的时间，挂断了电话。

已经有三个星期没有听到他的声音了。我急忙回了房间。打开冰箱，做了鸡蛋和火腿炒饭，用玉米罐头做了个汤，添加了剩的半块绢豆腐、生姜和紫苏。

他说的车站是哪个车站呢？是离这里最近的车站，还是东北地方或关西那边的某个车站呢？完全无法判断。做好了饭之后，我仍然把菜碟摆在餐桌上，没有动筷子，等他一起吃。肚子越来越饿了，可是，我总觉得自己先吃饭的话，就会一辈子独自一人在这里等着他回来似的。自从第一次在屋顶看到他开始，我就一直逃不脱这种预感。不言而喻，我绝对做不到去反抗这种预感。

的电车或公司里，或路上擦肩而过的成百上千的路人面孔之中，为什么单单这张脸对我来说会如此特别呢？这张脸的平淡无奇，与这张脸唤起的我内心过剩的喜悦，完全不成比例。由于这种喜悦过剩，我越来越感觉自己和他之间的距离，比他不在这里的时候更加遥远。

掉落在地板上的水慢慢渗透进了我坐在地上的裙子里。或许是我的体温在吸收那湿气吧，不管是哪一种，如同被拧松的水龙头里滴答滴答漏出来的那样的幸福感使我没能从地上站起来。我发现外面的雨下大了。道郎低沉地哼哼着翻了个身。我冲着自己的手指吹气，变得温暖之后，再次把手伸向了他的脸……突然，就像被小刀划了一下似的，道郎睁开了眼睛，没有给我挣扎的余地，就一下子把我脸朝下压在了地板上。

我的脸被摁在湿漉漉的地上，比刚才臀部所感受到的冰冷得多。裙子被卷了上去，长筒丝袜和内裤被脱掉了。后脖颈被用力按住，喘不上气来，身体被翻倒时，碰到沙发腿的地方也很疼，但是我没有叫出声来。我渴求着男人重重地压在我扭曲着的后背上。

一声长长的叹息把我的后脖颈吹得冰凉。我所期待的重压没有到来。

道郎翻倒在我的旁边，发出了沉重的鼻息。

我翻过身来，仰面朝天，望着天花板。此时此刻自己是怎样的心情？要是能够像显微镜那样准确无误地看清楚就好了。我把脱到膝盖下面的内裤重新穿好，脱掉了丝袜。

道郎不规则的呼吸被越下越大的雨声吞噬，渐渐地听不见了。

我在起居室隔壁的卧室被闹钟吵醒后，起了床。

道郎仍然躺在地上睡着。看来他一夜都是睡在起居室里的。我感觉脖子和后背很痛。急忙冲了个淋浴，然后炒了两人份的火腿和鸡蛋，只烤了一片面包，几乎是站着吃了早饭。换好衣服，化了妆之后，正要出门时，道郎终于坐了起来，还戴着套头衫的帽子，以看上去非常不爽的阴郁表情看着我。

“你醒了？”

“……”

“我该上班了。今天在家待着？”

道郎一点点蹭到窗边，打开了窗帘。夜间下的雨完全停了，秋天的晴空湛蓝如洗。

“面包自己烤烤吃，冰箱里的、橱柜里的东西都吃了也可以。晚上我可能得八点以后才回来，回来后我再做饭……”

“不用。”道郎没有回头，“我在外面吃。”

“那么……在哪里碰面，一起在外面吃？”

“不用。”

“可是，八点我才……”

我没有继续说下去。昨晚阻止了我说话的灰色风衣犹如融化的铁块一般扔在地板上。尽管如此，我的话依然被派克衣覆盖的他那疲惫的后背弹了回来，散落在朝阳照射的地板上。在我沉默时，道郎回头说道“晚上见”。我感觉自己脸上又被那厚颜无耻的幸福感扭曲了，无论他说出的什么话都想要听了，他并没有说，我却主动去厨房倒了杯水，递到他眼前。道郎发出和昨天晚上一样的扣子揪掉般的声音喝了半杯水。然后把派克衣的帽子往后一推，就像被淋了水的大型犬那样，使劲晃了晃脑袋。

我回来之前，不要去别的地方啊。在这个房间里，好好等我回来啊。不记得他最后一次洗头是什么时候了，我一边看着就像落在他那卷曲的蓬松头发正中的一颗球根样的白色发旋，一边在心里这样祈祷着。道郎把玻璃杯放在地板上，再次躺倒了。

“我走了。”

我抓起皮包，头也没回地走出了家门。

6

“新加坡，咱们拿下了。”

先开启了预订系统的樱井，一看到我就指着电脑屏幕说道。我一看记录，果然输入的报价自动记录全部变成了全员缔约的状态。这几天来，把我们两个搞得焦头烂额的赴新加坡出境安排，终于可以告一段落了。

“太好了。坚持不懈的请求还是有效啊。那么下面就是确认饭店和地陪人员，制作付款通知单了。”

“是，不过……”

“你很忙？”

“是的。昨天，来了两件其他的报价，还没有搞定……”

“那好吧。我来做。”

本打算上午搞出来的，因忙于紧急报价和确认空机位的事情，结果做好报价单已经三点多了。我去请领队木田盖章时，他问道：“陪同，安排谁去？”

“啊……只能是樱井君或是我吧。”

"安排樱井君去吧？"

我内心想，最好这样。虽说出发还早着呢，可是现在道郎在家里，我一天也不想离开东京。

"好啊。"

我微笑着正要回到座位上，听到他招呼樱井君，"樱井君，来一下"。"来了。"樱井精神饱满地答道。木田对他问了同样的话："陪同，安排谁去？"

"这个……"

"樱井君一个人能去吗？"

"那个……好的。"

"好像有点担心似的。没事吧？"

"那个，正好那个时候，要和D公司的人商定下次视察的事。"

D食品公司是和我们合作多年的老主顾。在亚洲各地和非洲都有农场和工厂。每年多次通过我们安排视察旅行。对方对日程安排要求复杂，即便不是干部，也必须是公务舱，而且不使用限制严格的廉价飞机票，必须是航空公司售出的正规飞机票才行，诸如此类，尽管花费时间，却是非常重要的客户。樱井君是从去年休产假的骨干职员那里接手的这个客户。

"是吗。那边去哪里呢？"

"前几天商量的时候，还没有最后确定，不过据说是哥斯达黎加或是哥伦比亚，中南美的什么地方。"

"那边，樱井君也得去吧？"

"是的。我估计会去。"

"那么这次还是羽村小姐去吧？"

原本我就有这样的预感。我很痛快地答应了。只不过三晚四天的旅行，虽说道郎现在在家里，但那个时候道郎还在不在根本就预判不了。虽然我希望他在，但是冷静地想想，不在的可能性更大。既然如此，还是天天不等待道郎来，到国外去出差或许可以排遣心情。更何况，即便是不划算的工作，如果谁都不干，只能我自己干。我早已习惯了这样的角色转换。越是被无聊的业务消费，身心被日益磨损，就会变得越轻，最后竟然摆脱引力，就像那个傍晚的床单一样不知何时会飞向远方了。

“羽村小姐，很对不起啊。”

两个人回到自己的桌子后，樱井君小声对我道歉。

“没关系。我已经估计到会让我去的。”

“我实际上是对负责人户井先生有点发怵。”

“什么，真的？”

“是啊，你不觉得那个人特别强势吗？和羽村小姐一起洽谈的时候，因为羽村小姐漂亮，他特别和蔼可亲，总是笑容满面的。可是我一个人的时候，感觉可不好了。所以，我觉得比起我去，还是羽村小姐去，户井先生一定更高兴。”

“我倒是没有这样的感觉。”

“他绝对不会那样对待羽村小姐的。可我是男的，所以可劲地欺负我。他这是把我和他自己年轻的时候重叠起来了。我可不想成为那样的成年人。比起他来，还是D公司的田岛先生……”

“樱井君也是成年人了呀。”

樱井君一瞬间露出失望的表情，但是马上说着“稍等一下”，从放在桌子下面的皮包里摩挲起什么来。

“啊，找到了。给你这个，不好意思。”

递给我的原来是一颗包在白色薄纸里的高级巧克力。

“这是怎么回事？”

“昨天。和她回去的时候买的，在百货店。”

“……”

“就算是道歉吧……”

我苦笑着把那颗巧克力塞进嘴里。有些苦涩，就像是薄荷那样的清凉的口感。

“很好吃。”

“下次，我一定去。”

“谢谢你的巧克力。”

电话铃响了。我在樱井之前拿起了电话，对方正是那位户井先生。问报价单可否在今天之内，最好在五点之前发过去？这就是一颗巧克力，被交换了的温暖的异国之旅，我将和这位神经质的尖锐声音的主人的同僚——那些分不清谁是谁的穿西服的中年男人一起度过这四天时光。

用传真把报价单发过去后，我才去楼顶上吃过了点的午餐。

7

我尽快结束加班，一走出公司，就被期待与不安交织的透明绳子牵引般快步回了家。

刚走过通向公寓大门的最后一个十字路口，就看见205号房间亮着灯。即便这样，没有看到他之前还是不能放心。电梯停在七楼。

我等不及电梯，索性跑上楼梯，用钥匙打开房门。门口的地上不像早晨走的时候摆放得那样整齐，溅了泥点的高腰皮靴底对着底躺在地上。看到它，我才感觉捆绑住身体的透明绳子一下子解开了。

“我回来了。”

起居室里虽然开着灯，却没有看到道郎。沙发前面的茶几上放着一袋面包，其中一片露出一半在外面。面包旁边，像是谁丢掉的那样随意扔着一个白色的小荷包……我轻轻地把里面的东西倒在手心里，是一个微微歪着脑袋的比格尔犬小冰箱贴。黑幽幽的两个眼珠，脸的两侧垂着伞菌般的大耳朵，很规矩地缩着短短的前腿，翻过来一看，安了两个圆圆的磁石。盯着看它时，我又感到自己的面孔被那种幸福感慢慢扭曲了。

我轻轻打开卧室的门，看到床上有个活人大小的圆鼓鼓的被团，也许是没有吹干头发就睡觉的关系，一绺绺湿漉漉的头发像海苔似的贴在枕头上。

“在睡觉吗？”

没有回答。我脱掉身上的毛衣、套裙和里面穿的丝袜，钻进了被子里。道郎穿着 T 恤和半长的运动短裤。我紧紧贴在他身上后，昨天没有感受到的他的体温传导到了我冰凉的皮肤上。我把嘴唇轻轻触到他的后脑勺时，他的手伸了过来，我也把手伸了过去。

完事之后，他还是一句话也没有说。我把散落在地上的东西一一捡起来收拾好，去冲了个澡。放在起居室茶几上的比格尔犬冰箱贴，仍然可爱地歪着脑袋，好像在等候谁回家似的。不知他是在哪里捡来的，还是特意买来的？我把它放回白色小荷包里，轻轻系紧了荷包开口上穿着的蓝色绣花线。然后用小指的指甲摸了一下小荷包中央缝着的四个字母“kiko”[1]。

然后我去走廊打开壁橱，拿出了药箱。打开两层抽屉的下面的抽屉，里面整整齐齐放着同样的白色小荷包。数了数，加上今天的已经十三个了。只有最前面的一个没有绣名字。那是他第一次来这个房间的时候做的第一个荷包。契机是一颗纽扣。就是我穿过一次后，隔了几天，又穿上身的一件淡蓝色上衣的第三颗纽扣……他问我有没有缝纫盒。我从走廊的壁橱里拿来缝纫盒给他，我也不用脱下衣服，就穿着衣服，眨眼的工夫他就把那颗扣子给钉上了。然后在我做简单的饭菜的时候，他用盒子最下面的布头——上中学的时候，家政科的课上做的很难看的围裙剩下的——给我做了个很小的荷包。用那样指甲剪得秃秃的粗糙手指，竟然做出如此小巧可爱的东西，我感到的困惑多于喜悦。说实话，觉得有些害怕。见我惶惑的样子，他无所谓似的说了句“这是我的特技”，然后用蓝色丝线系紧了袋口……

从那以后，每次道郎来我家，都给我做这么个同样的荷包。从第二个开始绣了名字。一般都是我不在家的时候做的，然后就放在桌子上。有时候里面放一块糖，也有时候放个就像小女孩玩的那种塑料花的发卡。还有画着小船的酒瓶盖儿，鸟羽毛形状的胸针，那种扔进香资箱里就会有好运的锃亮的新五元硬币，等等。荷包里总是放了这些无法说是无用之物的小玩意儿，但绝非成人互相赠送的那种东西。我去手工艺用品店，买了好多同样的花布和丝线，看到缝纫盒里快要空了，就补充一些进去。尽管不明白他的用意，觉得被他耍弄，却觉得这些东西像是与二人的奇妙关系相吻合的证物，而不无欣喜。到底做这东西有什么意义呢？像他最初说的因为“这

[1] “希子”的日语读音。——译者注

是我的特技”，所以这么做的吗？我一次也没有问过他，害怕一问他，收藏在壁橱的那些花布和丝线就会变成废物似的。这种阴暗想法的圈套在我和道郎之间布下了好多个。我只能躲避着一个个圈套靠近道郎。不过，布下这些圈套的也可能就是我自己。

我用在超市急匆匆买来的食材做晚饭时，道郎起来了。

“我在做饭，吃吗？”

道郎抱着脑袋，把手指伸进头发里，声音嘶哑地问：“吃什么？”

“油豆腐炒菜、米饭和大酱汤……”

“吃吧。”

“好，再稍微等一下。”

我准备晚饭的时候，道郎打开电视，仰靠在沙发上，呆呆地瞪着画面。我把做好的饭菜刚摆在茶几上，不等我坐下来，道郎就拿起筷子吃起来。电视里正播放热闹的猜谜节目。我用遥控器关掉了电视，他好像什么也没有意识到似的，仍然默默地吃饭。我虽然觉得吃这样复杂的饭菜时，气氛过于安静了些，却没有心情再度返回特意制造的喧闹之中。

“最近去哪儿拍摄了？”我提着心问。

“能登。”他立刻答道。

“能登……能登半岛？怎么样啊？”

“下雨。”

“拍摄什么？”

“拍设施。”

“什么设施？”

“设施……养老院。”

"去了多长时间？"

"一个星期左右。"

"那个，什么时候播放？"

"……"

"我想看，时间定了，告诉我啊。"

然后两个人于默默无言中吃光了盘子里的菜。我从冰箱里拿出还没有凉透的葡萄，盛在玻璃盘子里端过来，道郎吃了一粒，说："应该是今天播放。"

"啊，播放什么？"

"……前几天去长野的。大概已经开始了。"

"那得看看。"

我慌忙打开电视，找到那个频道，画面上出现了绿意浓郁的长野的山村。接下来出现了在苹果园里干活的人们，还有小鸟、山峦。原来这是一个追踪经营无农药的苹果农家的安静的纪录片，拍摄的是其中一户人家的日常生活。在最后出现的演职员表里，看到了"音声远藤道郎"几个字。我高兴地斜眼瞅他，然而道郎的视线已经离开了画面，漠然投向 DVD 机那边了。

"你送我的果酱很好吃。还分给朋友一些呢……"

刚说完，我的心情立刻暗淡下来。仿佛满身血污的那两个人突然闯进道郎和自己宝贵的二人独处的时间里来了似的。我一个接一个地一连吃了好几颗葡萄，也不怎么嚼就咽下去，想消除那血腥味。葡萄串的上半部已经没有一粒葡萄了。把它翻了个儿后，犹如刚充了气的气球一般密密麻麻挤满了圆鼓鼓的葡萄珠。阴郁的心情也跟着一起翻转，就像是变成了没有使用过的新品。

"我最近要去新加坡。"

尽管我很开朗地告诉他，道郎也没有应和，默默地吃着葡萄。

"是公司的工作。我只是作为陪同，随团去当地视察旅行。"

"……"

"对出国没有兴趣？"

"……"

"什么时候咱们能一起去的话……"

道郎一边快速地往嘴里塞葡萄珠，一边盯着茶几上的某个点。他的眼神里含有那个冬日第一次遇见他时所看到的近似敌意的某种东西。他究竟对什么愤恨呢？我不知道。我害怕知道。害怕知道那愤恨的源头是否包括我自己。

"不是什么时候，明天走也行，马上走也行，不管是哪儿我都去。"

"你说走，去哪儿？"

"哪儿都行。好吗？下次把护照带来吧。然后我来安排一切。"

"我没有护照，以前对你说过。"

"申请很简单的。去护照中心，一个星期就办好了。"

"……"

"你要是嫌麻烦，我可以代理申请。你是从事音声的，以后也可能有去外国工作的机会吧？"

"没有那种机会。"

"可是……"

道郎用纸巾擦了擦弄脏的手指，抓起掉在地上角落的烟，去了露台。我也追到了外面。道郎把点着的那支烟递给我，又点了一支。

好久没有吸烟了，脑袋立刻晕眩起来。

“刚才跟你说的事……”

我在道郎旁边，靠着栏杆，没有看他的脸说道。天空看不到月亮，也看不到星星，由于笼罩着一大片灰蒙蒙的云，所以虽然暗淡，也有些亮色。

“我是真的这么想。”

“……不可能的。”

道郎罕见地笑了。

我看到有个人从街灯照射的大门那边朝公寓入口走来。几秒钟不到，我就知道抬头看我们的那张脸是阿孝了。

阿孝一直望着我们。进入公寓大门之前，他从口袋里伸出手，朝我挥了两三下。

8

迄今为止我问过他多次，都得不到明确的回答，把他所有含糊其词的回答归纳起来就是：道郎工作的公司是电视节目制作公司的下属公司的下属公司，公司很小，成员只有道郎和上司经理，此外还有一个素未谋面的会计。最初毫无经验的道郎是作为临时工去该公司的，但是由于骨干职员出去单干而辞了职，他才为了填补这个空缺而不得不学习音声的。工作很不规律，有时候一个月几乎每天去不同的地方，到处出差，也有时候几个月都在同一个地方连续摄影。除了正月之外，几乎没有连续休息，然而像这次这样一个多星期都没有活干也是常有的。

每天我一下班就赶忙回家，一看到205号亮着灯就立刻感到新的一天又开始了。早晚挤车上下班、响个不停的电话、和同事谈论工作、多出预算的记录……这一切都成了为干净地迎接这新的一天而使用的一次性海绵。永远这样生活下去多好啊。你就这样哪里也不要去。除了这个房间以外，你哪里也不要回去。就连工作都辞掉也可以。只是道郎一个人，我能够养活的。每当我这么想的时候，不知怎么就会想起舞小姐的脸来。在游泳池边听到的，如今已经如同被水花稀释了一般的那些话……这样生活，无论我还是他都比较舒服。因为舒服，才这样生活的……不过，我很生气。我觉得在游泳池边这样生气的舞小姐，让人难以置信地傲慢。恨不得一脚把她踹进水里去。

自从那天带着果冻去看望舞小姐以来，一直没有再去她住的医院。给她把话带给阿孝之后，他是不是去了医院，我也不想知道。

所以，时隔好久，接到舞小姐发来的短信时，我感觉就像接到发错了缴费单一样。即便这样一心扑在一个男人身上，完全依赖这种关系生活，但其他的人际关系也未必会顾忌到另一方的关系，而自行消失的……虽说是理所当然的事，可一旦发生在自己身上，还是觉得不可思议，同时也让自己产生了些许自信。

“明天出院。”短信上这样写道。“有什么需要我帮忙的请不要顾虑。”这样回信后，回复是：“可以的话，希望你能来。”出院是星期日。我并非去不了，便回复：“好的。”

星期日下午，道郎还在家里。穿着我从高中时代开始穿的没有弹力的针织运动裤，正在看我从便利店买来的一大堆杂志。两三个小时就回来，我对他说话，他也只是低低哼了一声，头都没有回。我比平日都仔细地化了妆，还精心选择了衣着，走出了家门。

进了病房一看，舞小姐穿着孕妇穿的那种宽松的藏蓝色羊绒连衣裙，随身物品整理了大小两个旅行包，此前在病房里玩耍的两个小女孩，站在窗边目不转睛地看着她收拾东西。长得虽不太像，但应该是姐妹俩。犹如把舞小姐的连衣裙缩小了似的，两个孩子都穿着藏蓝色的连衣裙和到膝盖的白色长筒袜。

“舞小姐。”我叫道。“啊，希子小姐。”舞小姐抬起头笑着说。并非在公寓或健身中心见面的时候露出的那种自然的笑容，而是初次在美发店见到的那种接待客人时露出整齐牙齿的笑容。她的脸颊和嘴唇都涂了优雅的珊瑚色。

“对不起。占用你的休息日了。马上就可以走，请稍等一下。”

“没事，看你精神不错啊……身体已经复原了？”

“好像骨头好歹接上了，但是还不能摘掉夹板。”

一边说，舞小姐一边笑着用拳头揉着腹部。

“已经好了。”

我们收拾完东西，跟专任护士打了招呼，就坐电梯下去了。我说要帮她拿两个包，可是舞小姐很固执，只让我拿那个小的。一走到外面，也许是在意碰到夹板，她轻轻伸了个懒腰，朝着太阳光眯起眼睛，说“哇，好久不见了”。深绿色的出租车滑进了停车场。

“那个，今天……”

车开动之后，在第一个信号灯停下来时，我问道。

“什么？”

你先生怎么没来？但这话我没有说出来。不过，舞小姐立刻察觉到似的，说“他不来”。

“在家……”

“谁知道。”

“你今天出院，他知道吗？”

“我没有告诉他，大概知道……”

“那个，从那以后……我把舞小姐的传话一字不差地告诉你先生了，不过，你先生好像不太相信……”

“是啊，我知道希子小姐都告诉他了。”

“没能帮到你，对不起。”

“没关系。我才对不起你呢，让你卷进不正常的事情里来。”

“你今天直接回家吧？”

“是啊。虽说很难堪，可是除了那里之外，我也没有别的地方可回。”

“不过……你没事吧？”

在公寓前，下了出租车后，舞小姐的表情突然间暗淡下来。望着外墙上洒满了阳光、到处都晾晒着灰暗色被褥的白色四方形大建筑物，仿佛面对着的并非曾经在这里生活过——而且以后也要生活的场所，而是阻止我们前往那里的屏障。

“舞小姐？”

我这样一说，她才醒过来似的，微笑道“走吧”。上了电梯，摁了七层的键。到了七层后，为了让舞小姐先出去，我摁着“开”的按钮，可是她不动弹。

“舞小姐，到你家了。”

舞小姐默默地摁了二层的按钮，代替了回答。我从“开”键移开了手指，等了一会儿，电梯门关上了。从开始下行直到再次停止之前，舞小姐一直低着头。

“对不起。我还是，有点……”

从电梯里出来后，舞小姐才结结巴巴地说。与嘴唇和脸颊的红扑扑色泽相反，眼看就要哭出来了。

“没关系呀。”我轻轻触碰了她的胳膊说，“在我家里休息一会儿，再回家吧。”

“实在对不起。”

“没什么呀。不过我想收拾一下，请在走廊里等一小会儿……”

“好的，我等着。”

“那我先进去了，很快就收拾好，就在这儿等着啊。”

我接过大包，一个人先进去了。由于她是斜对着门站着，所以估计看不到道郎随意脱在地上的高腰靴子。我急忙把他的鞋收进鞋箱里，把洗脸间的牙刷放进壁柜里，有道郎衣服的洗衣筐也放进浴室里关好了门。道郎仍然像我出去时一样的姿势，躺在起居室的沙发上睡觉。

“起来。”

我晃动了一下他的身体，就蹲下来收拾散落在地上的杂志。道郎慢慢坐起来，挠着头问：“干吗？”

“有客人来。一个小时内肯定会回去的，你先去卧室吧。”

“来客人……谁呀？”

“以前也来过的，就是来拿樱桃的那个人……”

道郎故意哼哼着起来了，懒洋洋地去了卧室。然后听到了咚的一声躺倒在床上的声音。虽然房间里并不是特别凌乱，我还是检查了一番有没有显示道郎在这里的东西，并打开窗户换空气，结果好像把他在露台上抽的烟味放进来了似的，马上又关上了。

我急忙去玄关打开门，舞小姐比刚才还不知所措，就像离家出走的少女那样畏缩地站着。

“对不起。让你久等了。请进吧。”

我沏茶的时候，舞小姐坐在沙发上，呆然凝视着窗边的观叶植物。我回想起那个春天的夜晚，她发疯似的扔垃圾袋的时候，以及第一次来我家里时，都和现在一样瞧着那棵植物。

那盆植物是五年前，住在船桥的时候，阿孝的母亲摆放在美发店里的，后来阿孝送给了我。我以为很快就会枯死，因此没事就使劲给它浇水，谁知每年春暖花开时，它就枝繁叶茂起来，横向、纵向地伸展着。也许是由于一次也不曾端到露台上，从来没有生过虫子，也没有得过什么大病。当我看到舞小姐的店里也有一棵同样的植物时，吓了一跳。记得舞小姐只说是别人给的，虽然没有说是谁给的，一定是阿孝的礼物吧。给妻子和其他女人送同样的植物，这种缺根弦的事，也只有阿孝做得出来。

上茶之后，舞小姐说“不好意思”。两手捧住茶杯，却没有喝。脸色好像变得比刚才更难看了。

“舞小姐，愿意回家吗？”

舞小姐没有回答，只是嘴角微微笑了一下。在病房里露出的接待客人的笑容已经消失不见了。

“如果有什么不便，可以回父母家，或是朋友家……”

“不，我回家。”

“……”

“虽然害怕回去……可是他说我不回去，他就去死。”

为了阻挡积存的眼泪，她把手指伸到下眼睑，再次露出微笑等我说话。

“去死……他说去死？你老公吗？”

“是的。他说我要是不回去，他就去死。好像不是在说笑。”

那个阿孝到底是以怎样的口吻说出这句话的，我无论如何也想象不出来。就算他这样说了，也只能是开玩笑。要不然就是他太爱舞小姐了？有可能是这个原因。因为是夫妻，即便这样说也不奇怪。这恐怕不是我所知道的阿孝说的话，是我永远也不可能知道的阿孝说的话。

“很抱歉，现在感觉好些了。喝了茶之后，我就回去。”

“啊，不用着急，多坐一会儿……”

刚说了一半，门铃响了。舞小姐和我对视着。一瞬间那个黑影又回到了在午后的阳光中变得有些柔和的舞小姐脸上。

“快递吗？”

“对不起。我想我家的阿舞，是不是来打扰您了……”

他使用敬语，当然是因为他知道舞小姐在里面。

“我给医院打电话，说是已经在一个小时之前出院了，所以，我想说不定在你家里……”

“嗯，在我家。”

“果然在啊！阿舞？”

阿孝拱开我的身体，朝着里面叫道。两手提着行李的舞小姐出来了，朝他笑着说：“嗯，在这儿呢。”

“真是的，怎么不跟我说一声，好去接你呀。”

“对不起啊。不过，不至于非得你来接一趟。”

“可是，你不是请羽村小姐帮忙了吗？”

“哪里，没有帮什么忙，只是陪着……”

“是吗？只是让羽村小姐陪着呀。抱歉啊。还是不要在别处耽搁，直接回家的好。羽村小姐，谢谢你的茶了。我们也该走了。”

舞小姐把大包递给阿孝伸过来的手里。阿孝还想把小的也接过来，舞小姐默默地摇摇头。两个人朝我点了下头，走出了房间。关门之前，仿佛看见等电梯的阿孝后背上贴着在光线下闪闪发光的银色小纸片样的东西。

“对不起啊，可以出来了。”

打开卧室的门，看见道郎正从窗户探出头吸烟。

“吸烟，怎么不去露台呀？”

“一去露台，你朋友就看见我了。”

他说到“朋友”这个词时，我感觉强调得有些不自然。道郎伸出手，将烟蒂扔在室外机上的烟灰缸里，从站在门口的我身边走过，去了起居室。茶几上还放着舞小姐一口也没有喝的红茶。我把茶杯收拾了，问道郎：

“有点淡了……想喝茶吗？”

“好。”

往茶壶里倒入开水，道郎喝了一口红茶后，嘀咕道：“我以为还得待会儿呢。”

“啊，嗯……她老公来接她了。”

道郎没有再问什么。什么事都是这样。对于我平时和什么人交往，过的是怎样的生活，他似乎都漠不关心。所以他没有问我也主动说起来。

“舞小姐前些日子一直住院呢。骨折了。今天刚刚出院。她给我打电话，我就去接她了，所以和她老公走岔了，所以……”

简单地说大致就是这么点事，可事实要复杂得多。不过，我无法再详细说明了。

“上次舞小姐来取樱桃的时候，咱们刚刚吵完架，还记得吗？不过，道郎在卧室里的时候，我在看道郎去摄影的片子。四国的和果子屋的……”

“嗯。”道郎只是哼了一声。为什么他不愿意对我多谈谈他自己的事呢？我气得哭哭啼啼的那天的事，他好像已经忘掉了。

道郎不但不谈他自己的事，连我的事也不听。因为刚才来接老婆的男人是我五年前就认识的人，那个男人和妻子之间发生的不可思议的事件，也都是和道郎毫无关系的事情。连今天是什么日子，道郎也不知道……

“还要茶吗？”

道郎摇摇头，于是我把空了的茶杯拿到水槽去，洗起了那里堆着的盘子。

第一次见到阿孝，恰好是五年前的今天。那天在船桥站前的变成茶褐色的汽车站上，和交往很久的男友分手……对方是当时任职公司的上司。我没有上车，逃跑般地分了手，为了虚荣而穿来的高跟鞋磨得脚生疼，一边忍受着脚疼，一边往家走的时候，脑子里一直萦绕着刚刚分手的男人。六年来他是怎样夸赞我的，怎样触摸我的那个部分的，所有我能回忆起来的往事都一一浮现在脑海里。“你不必辞职。”最后男人说道。就连听到这个男人声音的耳朵，凝视他的眼睛，以及最后被男人恋恋不舍地抚摩的头发，都令我觉得肮脏得无法忍受。所以，当我看到那个美发店的招牌的瞬间，我什么也没有想就打开了门……完全没有意识到那是个格调极其怪异的店。不只是怪异，坦率地说是庸俗不堪。墙壁上贴了一片花里胡哨的瓷砖，到处摆放着羽毛装饰的霓虹灯色彩的靠垫。不过，我感觉这种俗气的房间，才是最适合现在的自己的场所。当然没有一个客人。倘若这样的店流行起来，这个城市就无人可以拯救了。“欢迎光临”，我刚想退出去，坐在里面剪发台前的座椅上的男美发师从杂志中抬起头来，冲我微笑着说。

他站在色彩艳丽的美发椅后面，一边毫不犹豫地咔嚓咔嚓剪掉我的头发，一边滔滔不绝地说着有关天气啦，文艺界或政治家的八卦，他为什么在这里干活，等等，也不管我听没听。我没有觉得奇怪或是讨厌。当对话停顿时，我拿起放在台子上的杂志，他居然伸手翻到占卜那页，自信满满地说：“客人是什么星座，我猜猜看。”我还真让他猜了两次，他又问“是几日呀”，我就告诉他，今天是我 29 岁的生日。

“和我的女友一样！”

他笑嘻嘻地说。还说今天下班后，要去东京见女友。难怪刚才就觉得这个人给人感觉很好，热情而开朗。其实自己也曾经同样是一个给人感觉很好，热情而开朗的人。我的视线落在杂志上，并不是写着字的页，而是凝视着一次也不曾想过的高级包包和皮鞋广告，热泪盈眶。

“哇——好可爱！就像米亚·法罗一样！”

十几分钟后，留到肚脐那么长的头发彻底消失不见了。与对着镜子夸赞个不停的美发师愉快的声音相反，被剪掉的那束长发犹如不吉利的诅咒道具似的掉在地板上。我用高跟鞋头使劲地踩它。

“这个，你要不要带回去？”

付了费之后，我正要出门，他把放在收银台旁边的一盆很小的观叶植物递给我说：

“算是送你的生日礼物吧。这是妈妈从那个上面插活的植物。”

只见面前的收银台里面，有一盆同样种类的高大植物。

“对呀，这个请一定要拿回去。因为非常适合新的希子。好吗，虽然有点重，请拿着吧，好吗？”

虽说应该婉言谢绝，可是那小盆植物的椭圆形叶子，看上去的确很像自己刚刚剪短头发的脑袋。我正犹豫着，他拿来一个花格纸袋子，把花盆放了进去，转眼间就在提手上拴了一条带金丝线的粉红色绸带。然后把它递给我，满面笑容地说道：“祝您生日快乐！”

门铃响了。躺在沙发上的道郎抬起头，露出“又来了？”的神色。我关上水龙头，一边擦着湿漉漉的手，一边走向玄关。

把脸贴近猫眼一看，阿孝站在外面。是不是落了什么东西？我伸出胳膊打开一条缝，没等我说话，阿孝就说了句“这是给你的”，把松松地覆盖着保鲜膜的一盘东西举到我眼前。

“希子，今天也过生日吧。”

他露出和五年前一模一样的笑容说道。然后把门打开，大步走进来，把盘子塞到我手里。

盘子上装的是一块用柔和色调的奶油和粉红色巧克力笔装饰的花蛋糕。用杏仁膏做的小狗微微歪着脑袋，嘴里叼着一朵红花。

“祝你生日快乐！”

当我明白过来时，阿孝已经不在了。

低头一看，和那天穿的高跟鞋一样，在脚尖的皮革已经剥落的高跟鞋旁边，掉了一张银色的正方形纸片。

9

第二天，道郎不见了。

我下班回家一看，玄关里的高腰靴子不见了。一下子变得宽敞的地上只剩下了灰色的干泥块。

一只手里提着的超市塑料袋猛然变得沉重了，勒进了手心里。我走进屋里，道郎扔在卧室里的皱皱巴巴的双肩背包也不见了。“现在在哪儿？在吃饭？”虽然发了短信，我也知道收不到回复。我把满满一大袋子食材装进冰箱里，沏了杯红茶喝起来。

算了一下，道郎来家里已经十天了。

他一离开这里，时间骤然失去了弹力，就像做失败的果冻那样黏黏糊糊地融化在整个房间里。我一会儿晃晃茶壶，一会儿盯着茶锈发呆，就连这些毫无意义的每一个动作都是等候他的一部分。

即便是冲澡的时候，一想到道郎还有五分钟就要到了，赶紧抹完洗发液或浴液就匆匆冲掉。夜里常常失眠，根本不饿，却拿出冰箱里的食材，做一顿应该和他一起吃的晚饭。然后一口也没吃，又蒙上保鲜膜放进了冰箱里。经常把水槽擦得锃亮，除掉浴室的霉斑，拂去房间里的灰尘，用湿布一片片地擦亮观叶植物的叶子。自从配了钥匙以来，道郎有时候事先不打招呼就来了，所以我要保持房间的清洁，让他看不到脏乱的样子。来这里的道郎很疲惫、身体不健康，也很孤独，希望有个不唠叨的女人照顾他，而这样的女人眼下就是我。

我想要成为道郎的家。如果现在道郎打开门，直瞪瞪地看着我，紧紧抱住我说："和我在一起吧，给我生个孩子吧。"我会不顾一切地非常欢喜地照他说的做。

早上，因睡眠不足导致的紫色眼圈特别明显，我胡乱化了妆，便去上班，刚走出公寓入口，远远看见正朝车站方向拐去的阿孝的背影。

我不想超过他，便放慢脚步，跟在后面，可不知怎么的，走到了阿孝的身后。干脆超过去吧，刚迈出一大步，阿孝恰好转过身来。

"啊，希子，早上好！"

他露出一脸灿烂的笑容，轻飘飘地对我挥手。"早上好。"我只回应了一句，打算继续超过他，谁知他也加快了脚步，和我并排走起来。还上下打量我的全身。他和舞小姐的目光有所不同，堂而皇之，肆无忌惮。

"去上班吗？怎么像参加葬礼似的。"

我懒得琢磨衣服的搭配，上身穿了件黑色薄毛衣，里面是一身深灰色套装，首饰之类一样也没戴。

"希子适合穿更鲜亮的衣服。还有你这张脸。以前不是挺漂亮的吗。"

"……今天没有时间。"

"你这个眼镜显得老气。怎么样，前几天的蛋糕，好吃吗？"

"……"

"那可是我做的哟。"

阿孝穿的派克衣的细细的横条纹图案在我的视野一角晃动。那横条纹一直延伸到他的脖子和肩头。

“别这么瞪着我呀。蛋糕，好吃吗？”

他送我的生日蛋糕，是我一个人吃掉的。问道郎吃不吃，他说不吃，一直坐在沙发上低头摆弄手机。

“……后来舞小姐还好吧？”

“阿舞？”阿孝咧嘴一笑，“嗯，挺好的。打开我送她的庆祝出院的绣球，可高兴了。每年我都亲手制作绣球呢。这么大个的，从天花板吊下来。”

阿孝在肚子前面比画着大球的形状。如果他说的是真的，确实是很棒的绣球。我眼前仿佛看到了使劲拍手，笑逐颜开的舞小姐的模样。

“阿舞和希子小姐既然成了朋友，明年就一起过生日吧。”

“舞小姐现在做什么呢？”

“在家呢。”

“阿孝要去哪儿？”

“阿舞的店。”

“……去干什么？”

“要干的可多了。打扫店里卫生什么的。从下周开始重新开店呀。我和阿舞两个人。”

阿孝突然转起肩膀来。在他这一连串流畅的动作中，突然散发出黑暗暴力的气息。当我试图从他的身体里寻找什么痕迹之前，他的派克衣的黑白横条纹又变成了结实的铁窗，阻挡我打量他身体的视线。

“舞小姐说想要你去的？”

“当然啦。其实应该说是阿舞求我的。”

“……”

“她说想和我一起干。当然了，只要阿舞求我，就拒绝不了啊。”

“是阿孝……是阿孝让她这么说的吧？”

“这话是什么意思？”

我沉默着，阿孝伸手要揪我耳朵下面起伏的鬓发。“别碰我。”我躲开了他，故意夸张地皱起眉头。

“希子，回头来剪头发吧。头发，可不能不管它，任其疯长噢。”

走到车站对面的十字路口时，信号灯变成了红色。我条件反射般地逐一审视着站在人行横道对面等红灯的男人们的面孔。没有看到道郎的面孔。我随时随地都会在和他身材相仿的人的脸上、女人的脸上、老人的脸上、孩子的脸上寻找他的面孔。无论是什么样的面孔，只要定睛细看，都可以找到一点点和他相像的地方……

“你不觉得这个人很像你那位吗？”

我回头看去，阿孝指着的是贴在十字路口的全国通缉犯的告示之一。是一个叫作“米山大地”的年轻男人的脸。

“那个人要是刮了胡须，剃了头发，不就是这副样子吗？”

我没有理睬他，等着信号灯变绿。

“希子，对不起啊，生气了？”

“……”

“别生气啊。我就是担心希子呀。那个家伙和希子根本不相配。”

穿过检票口，走上楼梯到了站台上。阿孝还在我旁边走着。此时正好快车已经进站，车门一齐打开了。要是去阿舞的店，阿孝应该乘坐慢车。我小跑着踏进了每次都乘坐的三号车厢时，阿孝使劲抓住我的胳膊问：

“希子，钥匙是怎么回事？”

我站住了。由于正值上班高峰，后面的人流无情地涌过来。但是那人流并没能将被阿孝死死抓着的我冲走。

“我家的钥匙呀。”

从面带笑容的阿孝身后，不停地涌出一张张铁青色的面庞——仿佛从此刻开始直到不得不熬过去的今天的最后一秒钟全都让人不顺心而忧郁至极似的表情——从我的两侧流淌过去。

“钥匙，你有吧？前几天，就是阿舞和我……那个晚上，应该是锁了门的。前天，我也和阿舞说了。她也说真是奇怪。”

我沉默的时候，发车铃声响了。我被人从车里挤了出来。等下趟车的人群犹如被磁铁吸过来一般在站台上开始排出灰色的队列。

“……你说的什么呀？”

“希子，又揉耳朵了。”

我慌忙放下了手。感觉到刚才揉搓的地方在发热。

“不承认也没有用啊。我心里有数。虽然阿舞说不知道这么回事，但是，钥匙，其实是阿舞给你的吧？”

我摇摇头说：“不是。”

“不是？那是怎么回事？”

“是我自己配的。”

“自己配的？怎么配的？”

“去健身中心的时候，自己偷出钥匙配的。”

阿孝皱起眉头，然后就像驾驭狂野的动物一般浮出极其虚假的笑容说道：

“……为什么这么做呢？”

“不知道。”

在阿孝想要说什么之前，我甩掉他的手，上了刚进站的列车。车里转眼间就被比刚才那趟车的乘客们更加不愉快的人们的身体填满了，把我从阿孝的视野里遮挡住了。

虽然我明知坦白这一天早晚会来到，但是没有想到发生在这样的早晨。这一回合是阿孝胜利。在杂沓的早高峰站台上，能够在突如其来被质问时完美撒谎的人，这个世上能有多少呢？我的确有他们住的房间的钥匙。并不是她给我的，是我从舞小姐的储物柜里偷出钥匙，编了个理由去站前的钥匙店配的。不管是舞小姐还是阿孝，我都不想再进一步接近了。想在发展到无法挽救之前，尽可能疏远他们，这种不安稳的厌恶心态变成了一瞬间的冲动，等我清醒过来后，钥匙已经在我手里了。我不打算使用它。即便使用它，也不是为了进入他们的生活。只要有了这把钥匙，我觉得自己就随时可以把他们关闭在自己的生活之外……但是这个理由在早高峰的站台上，是绝对通不过的。

到了换车站，再到公司那站，我都觉得一打开车门就会看到阿孝似的，低着头走出了车厢。

10

为了三个星期后的新加坡项目，我下午要去户井田先生的办公室。

离开公司之前，从百叶窗里看到天空阴沉沉的。远处的高楼群犹如黏在那里的一块块木炭一般。天气预报说傍晚有雨。我把资料塞进皮包里，走到外面时，才发现忘了带雨伞。

地铁入口也贴着和今天早晨看到的一样的全国通缉犯的告示。“米山大地”。平成3年，杀死了交往的二十六岁女友，在逃……我停住脚步，稍稍回想了一下自己二十六岁的时候。那是跟船桥的上司交往的时期。两个人常常一起悄悄出去吃饭，去酒吧，休息日就在我的房间里缠绵度过。还曾经约定一起去海外旅行。连每天去公司上班，我都觉得非常愉快，那时的我年轻而乐天，根本想不到会是那样的结局……大概被“米山大地”杀死的女性也跟我一样吧。她万万想不到自己会那样死去吧。

通缉照片上的那张脸，眼睛细长，微微上吊，鼻子宽大，嘴唇很薄。只有右脸颊有些稀疏的青春痘疤痕。左脸颊中央好像有一块很小的菱形色斑。没有蓄胡子。相貌似乎很冷酷，除此之外没有什么特别的印象。眼睛很小，跟道郎一样。所以，如果这个男人的脸蓄上连面胡子的话，的确很像道郎。

对于道郎，我所知道的有限的信息都是听他告诉我的。如同他不知道我的出生日期一样，我也不知道他的出生日期和出生地。就连“远藤道郎”这个名字是真是假都不清楚。不过，他这个人近在眼前的时候，触摸到他的身体的时候，他到底是什么人就变得无足轻重了。我总是害怕对这些一刨根问底，亡灵般的他的真实面目就会杀死眼前的真实的他似的。

“羽村小姐。”

听到有人喊我，吓了一跳，回头一看，是樱井。

“是去吃午餐吗？”

“不是，去见户井田先生。”

“啊，是这样啊。我刚吃完午餐。”

在樱井身后站着国内事业部的金子小姐。她和樱井同期进公司，是樱井的女朋友。

“这些人的面相都不好看啊。”

金子小姐娃娃脸，个头不高，就像面对着点心货柜的孩子似的，瞪大眼睛仰望着告示。

“真是的啊。怎么就逮不着呢？”

樱井从兜里掏出手机，一边飞快地按键一边说道。

“不过，这种长相的人不是很常见吗？即便住在隔壁，不仔细看也发现不了呀。”

“没错。”对我说的话，金子只是点点头。

“因为对别人的面孔一般不会盯着看的。我就从来没有好好注意过公寓里的邻居们的相貌。”

“这个人，你不觉得很像木田吗？”

收起手机的樱井开玩笑地指着“米山大地”的照片。

“这种有些冷漠阴暗的面孔，是最难辨认的了。”

我再一次仔细观察起了那张脸。男人的薄嘴唇和笔直的发际，的确好像在哪里见到过。木田的眼睛和额头是这样子吗？几乎每天都和他照面，但分解成一部分一部分后，却不那么清晰了。

“喂，木田要是杀人犯的话，樱井举报吗？”

樱井“啊”了一声笑了：“木田吗？瞎说什么呀，开玩笑呢。”

“要是他让你替他保密，你帮他吗？”

“什么，木田吗？不会，对木田倒是没觉得有什么值得那样报恩的。”

“那么，金子小姐呢，樱井君要是杀人犯的话，你会帮他吗？”

“啊，我吗？不帮……”

“帮我吧。帮帮我吧。”

“不嘛……”

留下说笑的两个人，我走下了地铁的楼梯。

我去的是西新宿的大厦，一走进大厅，就是一个直通顶层的宏伟的砂色大厅。正对面挂着一个足有三层楼高的巨大钟表的文字盘，表盘上面像是抻得老长的蝌蚪似的钟摆缓慢地摆动着。

也许是看习惯了吧，进入大厅的人们对那个钟摆都熟视无睹地在它四周往来穿梭。只有我一个人站住，看着那个钟表。从还有五分钟就到的见面时间，直到以往的时间，钟表就这样不被人们关注地空虚地摇摆着。短信上的会面时间、打在卡上的下班时间、闹钟上显示的时间、车站月台上的橘黄色显示屏的电车到站时间，我恍惚觉得显示在这里的时间是和这些时间不同的其他时间似的。它的时间是绝对抓不住、看不透的，好不容易意识到它的时候，也会让意识到的任何人都瞬间窒息般的时间。这样的时间，今后我将要一个人活下去，现在不知逃亡在何处的“米山大地”也是如此吧……想到这里，我忽然发现自己已经对那个素不相识的逃犯产生了近似亲密的感情。倘若现在回头看到和那张照片同样面孔的男人站在那里，我觉得自己会请他去咖啡店，和杀死女友的男人对面而坐，花几个小时的时间，详细询问他是怎样爱过或是恨过那个女人的……

“羽村小姐。”

听到有人叫我，回头一看，是一张熟悉的面孔。认识的男人面孔犹如一大群蜻蜓般在脑海里回旋起来。

“你没事吧？脸色很不好啊。”

他的右脸颊上有块很小的菱形色斑。户井田先生把手按在我的手腕上。

结果，那一天“米山大地”的面孔一直没有从我的脑子里离开。

将近深夜回到家后，我立刻打开笔记本电脑，在搜索框里输入了“米山大地”。按了进入键，又摁了画面上出现的多个画像中的一个，将白天看到的通缉告示上的画像放大到整个画面。和在路上看到的不同，在没有其他人的房间里盯着看的时候，莫名地紧张起来，便立刻关闭了画面。我感觉不是在看对方，而是在被对方看。然后，又在搜索框里输入“远藤道郎”，但始终没有摁下按在进入键上的手指。

我站起来从走廊壁橱里拿出药箱，把收在下层抽屉里的荷包全都摆在了地上。它们看起来就像阴暗的犯罪证物似的。虽然觉得这是不可能的，但是如果，如果道郎就是“米山大地”那样的杀人犯，我该怎么办呢？凝视着这十三个白色荷包，我渐渐冷静下来，想要倾听内心的声音……是他又怎么样？不是什么问题也没有吗？我所执着的只是我认识的道郎。我只要了解和我一起时的道郎就足够了。那个男人怎样看着我，怎样叫我的名字，怎样拥抱我，我只想知道这些。除此之外道郎是否是杀人犯，对我来说，只需要不完整的碎片的道郎。可能的话，我想用那个碎片道郎把我所知道的整个道郎都掩埋起来。并且把道郎关闭在这间屋子里，让他只属于我一个人，只依靠我一个人……

犹如煮干的锅从脑子里散发出焦煳味一般，苦涩的烟雾遮蔽了视野。我心里暗想，深夜时分趴在地板上，沉思这些事情的三十四岁的女人很危险。男人一定是渐渐察觉到了危险，逃跑了吧，而且再也不会回来了吧……

起居室里的手机响了。是道郎，这样预感着，我迈着麻木的腿跑到起居室去，拿起了手机，画面上出现的是一个“舞”字。

“希子小姐吗？”

摁下通话键后，立刻听到了舞小姐的声音。我打开起居室的窗户，俯瞰露台下面。总觉得她就站在街灯投在柏油路上的白色光圈里似的。

“这么晚打电话，对不起。”

“没关系。现在你在哪儿？”

“我在家里……希子小姐呢？”

“我也在家里……”

沉默了片刻。电话那边好像没有了动静。是关于配钥匙的事吗？还是又和阿孝发生什么不快了？我从窗户使劲探出身子，仰望五层上面的舞小姐的房间。当然从那里看不到她。

“发生什么事了吗？”

我忍受不了沉默，问道。“没有……”舞小姐嘶哑地笑了。然后继续沉默。我感到在这沉默之中，隐含着微乎其微的责备。并非钥匙的事，谴责的矛头或许是我对于一个男人的强烈的执着吧。

“那么……”我正要挂断电话的时候，“那个，”舞小姐突然提高了声调，“我打算重新开店。”

这件事今天早上，已经听阿孝告诉我了。一瞬间我做出抉择，装作初次听到这件事。

“太好了。你身体没有问题吗？”

“像以前那样干活还不行，不过，有米思米帮着。”

“啊，你老公吗……什么时候开业？”

“下个星期。不过……”

“什么？”

“不过……我还有点害怕。”

“害怕？害怕什么？”

舞小姐没有回答。我抓住露台栏杆，把头伸向空中，然后垂下头来，闭上了眼睛。眼皮里的黑暗之中，浮现出白天看到的那个巨大的钟摆在静静地摇摆着。

“希子小姐，来剪发吧。”

“……”

“啊，当然了，不勉强啊。不过，前些天听你说过想剪头发，就是那个，给我果酱的晚上……只是削薄，或是只修剪刘海儿也可以，要是还有什么想打理的……”

听到话筒里传来拉窗帘的声音。我睁开了眼睛。

“啊，希子小姐。”

抬头一看，看到七层的露台上出现了舞小姐的脸。就像今天早晨阿孝那样朝我轻飘飘地挥手。

“好啊。”我也朝着她挥手，一边揪着自己的头发给她看，“已经差不多半年了，长长了……”

“太好了。”

舞小姐在电话里笑了。也说不定是直接听到的笑声。

“下周，哪天下午请半天假，我就去。再联系啊。”

“好的。晚安。”

挂断电话之后，我们还隔着几层楼互相对望了一会儿。就像站在桥上的人和从桥下通过的船上的人那样……然后再次挥挥手，才回到了房间里。

我回到走廊上的荷包跟前，觉得这些东西在几分钟的工夫里仿佛缩小了一圈。应该从那里产生出来的某种东西似乎快要死了。我用手心一个个地温暖它们，温柔地对它们吹气。

11

由于出差之前很忙，总是请不出半天假来。直到出差前一天的傍晚，才终于如约去了“戴安娜”。

虽然不去也没关系，但我还是有些担心舞小姐。而且也想看一看那对奇妙的夫妻一起工作的地方。还想瞧瞧阿孝在舞小姐的面前是怎样表现的……从公司出来就直奔“戴安娜”去了，到那儿一看，原来的白色立式招牌换成了一个蓝色字母“M”。入口上面也挂着用蓝色笔写着同一个字母的招牌。

隔着大玻璃窗，和坐在前台里的舞小姐对视了。过了一瞬间，她好像才露出了一点笑容。我正要朝她回报一个微笑时，“欢迎光临！”门突然打开了，露出了阿孝的脑袋，里面没有其他客人。

“改名字了？”

我对着舞小姐说的，回答的人却是阿孝。

“是啊。换个心情。三隅的M和阿舞的M[1]。”

原来摆在收银台旁边的戴安娜王妃的照片也没有了。

“啊，有道理……舞小姐，我现在才来，对不起呀。最近比

[1] 这两个词的日语发音都是M打头。

较忙……”

“哪里哪里。你能来，真是谢谢了。希子小姐，头发长了不少啊。”

舞小姐从收银台里面出来，浮出沉静的微笑说道。她穿着质地硬挺挺的花格裙子和生成色[1]绳纹毛衣，脚上穿着后跟上下一般粗的鞋子。给人感觉不像是美发师，倒像是要去写生的美术学校的学生。

“是啊，剪短之后，一直没有修剪过，乱糟糟的。”

“还打算剪短吗？想不想染发呀？”

问话的是阿孝。

“不用了。今天只想稍微修得齐一点。”

“那么先洗头吧。”

阿孝把我引领到洗发台边。坐下之前，我扭头一看，舞小姐倚靠着前台，支着脸呆呆地望着窗外。旁边的那盆榕树，树叶几乎掉了一半，剩下叶子也都变成了浅黄色的。

椅子放倒后，正对着阿孝的眼睛。即便处于舞小姐看不到的死角，阿孝也没有对我挤眼睛调情什么的。上次阿孝给我洗头还是在五年前。上次也有这种感觉，阿孝洗头的技术非常好。手指的力度不强不弱，没有多余的动作，恰如其分地刺激头皮，让人简直舍不得冲洗掉泡沫。看着自己的丈夫给别的女人洗头，舞小姐是怎样的心情呢？不过，舞小姐此时一定仍然支着脸，独自茫然望着窗外吧……

第一次见到舞小姐的时候，她也是支着脸发呆。

“这是去迪士尼的时候拍的。”

在船桥的咖啡店里，阿孝给我看了折叠式手机的小画面里的舞小姐。在放满果汁杯和空盘子的露天餐厅里的桌子上，她支着脸歪

---

[1] 指无染色无漂白的布色，淡灰色的黄褐色。

着头愉快地笑着。当时我觉得这个女人好漂亮。

船桥时代，阿孝常常夸赞舞小姐，说自己配不上她，给我看了很多她的照片。那个时候，我徒然消耗着存款，不断地跳槽。阿孝在母亲的美发店每天干好几个小时。自从心血来潮地剪了短发之后，我们又在超市或汽车站或图书馆遇见过几次。尽管双方都是成年人了，但我们还是有着大把的时间。

两个人或是去河边散步，或是去市民泳池游泳，或是在我家看外国电视剧的DVD。和他在一起的时候，阿孝好像是通过在我面前自豪地大谈自己有多么爱舞小姐，舞小姐是个多么优秀的女人，来感觉自己是正确而强有力似的。我的存在，不过是他为了将对她的爱，放大到比他所听到的声音要响亮的扩音器一般。我们就像乡下的高中生没有什么事情可干那样，单纯而自暴自弃，只进行了一次没等结束就不得不反省的性交。虽说我不打算责备他，但主动的是阿孝。他说不这样的话，双方就不算是真正了解。了解不了解我都无所谓。我一边被他摇晃着疲惫的身体，一边通过自己的感受茫然想象着那个被如此强烈地爱着的支着脸的女人……

“我已经好久没有使用剪子了。啊，其实也不是好久没有使用。在家里也练习了。因为很长时间不用剪子的话，手感还是会忘记的。”

和阿孝移动到剪发台前时，舞小姐不在收银台里了。也许没有意识到她不在了，阿孝一边剪发，一边唠唠叨叨地说个不停。他说话的口气不是只有我们两个人的时候那样，而是三个人都在的时候那样的。

“不过，这样正式地给客人剪发时，我就会想，自己的天职，真的就是美发师吧。不当美发师，我就会觉得自己什么都不是。店里的人都辞职了，我也一度想过以后该怎么办，幸好阿舞的客人非常担心这个店关门。就是为了客人们，也不能关店，即便只有我们两个人，能够重新开张，我还是觉得很幸运。不过，我在这里是个新手，经常挨骂呢。”

阿孝笑了，通过镜子朝收银台那边看。舞小姐不在那里。像什么事也没有似的，他的视线转回我的后脑勺，继续说着。

“这个店，里里外外全都是她一个人设计装修的。照明或是瓷砖都是。墙壁是她自己刷的。虽然是白色，但仔细看，应该是暗绿色，或者说是掺杂着一点点绿色呢。”

我看了看墙壁，只看到了白色。

“希子小姐，索性还是剪短了吧。”

我赶紧把视线移回了镜子，看见站在身边的阿孝拿着闪闪发亮的银色剪子冲我笑着。

“一定很适合你的。”

没等我回答，阿孝已经剪了起来。一大把头发掉在了地上。对着镜子里的阿孝瞪眼睛也无济于事了。阿孝全神贯注地咔嚓咔嚓剪着，头发被快速地剪掉了。我没有办法，只好一直交替地看着挥动剪子的阿孝和收银台。

“哇，太可爱了！”

十几分钟后，阿孝发出了和五年前那样一模一样的声音。就像米亚·法罗吧，我在心里刚刚这样嘀咕，只听见：“哇，希子小姐，果然很像米亚·法罗啊！”

这是舞小姐发出的叫声。不知她什么时候回来的，发现她站在我身后面对着镜子微笑呢。她旁边的阿孝也在微笑。

在镜子里，我们三个人的视线就像被缝起来般地交织着。他们腰间挂着的卷起来的工具袋里，有好几把剪子在发光。

“要不我也剪个短发吧。”

舞小姐轻轻抚弄了一下到肩头的头发，自语道。

散落在他们夫妻脚下的头发，看上去宛如白色皮肤上的无数道伤痕。

12

回家之后，我给道郎打了电话。

要是说我剪了发，又会惹他不高兴吧。我上次剪短发，是因为那个人说喜欢长头发的女人。第二天我就很冲动地把一直留的长发毫不留恋地给剪掉了。虽说没什么道理，但是我总是感觉这也是那个人和我之间巧妙地设下一个圈套。

没人接，也没有转换到留言，铃声就一直响着。

“我明天出差。去新加坡。一直到周五都不在家。想来的时候尽管来住。”

发了这个短信之后，我拉出行李箱，往里装行李时，手机响了，是道郎打来的。

“喂？喂？”

我急忙接了电话。话筒那边传来汽车门开关似的响声，然后听到了什么人低低的说话声。

“喂？喂？”

“……今天，可以过去吗？”

好像是信号不好，声音断断续续的。我不由得提高了声音。

“可以是可以……但是明天要早走，行吗？”

“行。”

“想吃东西吗？”

“有的话。”

“有什么想吃的？”

“无所谓……”

“什么时候到？”

“大概两个小时以后吧。”

“我等着你。”

他没有回答，我挂了电话。

我站起来立刻去了洗漱间，重新化妆。一时间忘记了剪发的事，看见镜子里自己的头发时吓了一跳。于是对不由分说就剪短我的头发的阿孝涌起了一股怨气。但现在不是生气的时候，还有两个小时道郎就要回到这里来了。化妆也是很简单的，忽然发现已经把冰箱里给他预备的生鲜食品处理掉了，便抓起钱包，慌忙出去买东西。我打算做前几天看的料理节目，鸡肉汉堡包、蘑菇米饭和速腌茄子。

当我急匆匆地从超市回来走进公寓时，看见今天在美发店见到过的仍然是美术学院学生打扮的舞小姐在电梯前面站着。我正犹豫着要不要打招呼，也许听到动静了吧，她慢慢回过头来。

“啊，希子小姐……”

她那柔弱的笑容仿佛贴在微微出汗的皮肤上似的，我后悔刚才没有在她发现自己之前赶紧走楼梯。

“今天打扰了。刚刚回来吗？”

犹豫了一下之后，舞小姐点点头。

“这个发型果然很适合你啊。很漂亮。”

我伸手摸了摸变轻的头发微笑了一下，代替了回答。舞小姐好像想对我说什么，可是我想赶紧回去做晚饭。电梯下来了，我正要进电梯，舞小姐突然说道：

“那个，希子小姐，要是有时间，现在去游泳好吗？”

“……”

“如果有时间的话……”

结果谁也没有乘坐的电梯又关上门，开始上升了。几个月前，我就是在这里，同样邀请舞小姐一起去游泳的。那时候，舞小姐上去之后，又下来了。如此推论，即便现在我上去之后，也得回来吧。舞小姐会在这里等着我吧？

“对不起。”尽管回答早已想好了，我还是停顿了一下说道，“明天去出差。早上走得早，所以，今天晚上不行。”

“出差……去哪里呀？”

“新加坡。”

“新加坡。我去过。有个很大的蝴蝶园。那里有数不清的蝴蝶呢。”

“是去出差的。大概去不了那些地方。”

“真的？太可惜了。没有自己的时间吗？”

“有是有，很少……”

“有两个小时就来得及。还是去看看吧。”

“好，有时间的话。”

从再度开门的电梯里，两个穿着校服的女孩子一边打闹着一边走出来。这个时间出去玩，太晚了点。两个人赛跑似的跑了出去。消失在街灯照不到的夜幕中。上了电梯后，舞小姐突然说道：

“我想和希子去外国旅行。”

我吃了一惊，看着舞小姐的脸。她的脸近在眼前，想咬一口，都够得到。

“……和我？为什么呢？”

“我和女性朋友一次也没有出去旅行过。总是一个人去，或是和米思米一起去。不过，米思米不喜欢旅行。只是新婚旅行时去了巴厘岛。而且，希子小姐好像很习惯旅行似的。”

“也不是啊。只是因为工作才去的，几乎没有时间观光。”

到了二层，电梯门开了。“回头见，”我走出电梯后回头一看，舞小姐摁着“开”键，迈出一步说道：

“那个，现在，要不要去我家喝杯茶？有很多喝不完的药茶……”

“对不起。明天要早起，现在还得做晚饭。”

这时舞小姐才注意到我两手拎着的超市塑料袋似的。一个袋子里是茄子和肉馅，另一个袋子从外面能看见是四罐啤酒。

“现在做……”

“因为他要来。”

“他？”

舞小姐仿佛突然来了精神，说了声“对不起”，不知怎么走出了电梯。电梯留下她，又开始上升了。

“对不起，我现在去做饭，而且明天要出差，正是特别忙的时候。对不起。”

“没事，下次吧……”

我替舞小姐摁了电梯。在沉默还没有特别难堪之前，电梯回来了，门开了。走进去后回过身来的她，脸上和嘴角都扭曲着，显得非常不安。半夜里扔垃圾袋那天，第一次一起游泳那天，还有今天，隔着美发店的玻璃窗初次对视的时候，她都是这样的表情。

门关上之前，舞小姐直瞪瞪地看着我的眼睛说道：

“那个人和希子是般配的吗？”

舞小姐一直摁着“开”键。这样过了几秒钟。

“那个人和希子是般配的吗？”

哔哔哔，电梯发出了轻轻的警告音。尽管在电梯里的是舞小姐，可是如果我不说点什么，仿佛她就永远也不会从那个狭小的铁箱子里被放出来似的。

我转身朝房间走去。虽然听到身后传来质问般、恳求般的声音，我却什么也没有回答。

一回到房间，我就立刻着手做饭。出去买东西，已经用去了近三十分钟。准备好了焖米饭和速腌茄子之后，又赶紧揉做汉堡包的面团。我想多做一些，让道郎以后可以烤着吃。面团揉成圆形的之后，我洗了手，给他发了短信“到了车站告诉我一声”。

然后换上了比较好看的家居服，稍微用吸尘器吸了吸地面。不久电饭锅响起了告知饭熟了的电子音。距离道郎的电话已经过去两个小时了，没有来短信。我打开冰箱，把腌着茄子的即食腌菜调料翻了个个儿。

行李箱已经装完了，明天穿的外衣也熨过了。然后剪指甲，涂上粉驼色的指甲油。又过去了一个小时。已经过十二点了，我感到困意，在沙发上打盹。再次睁开眼睛时已经四点多了。打电话，道郎也不接。到了五点多，我想还是先冲个淋浴，正要脱衣服的时候，终于来了电话。

“喂？喂？”

贴在耳朵上的手机就像个冰凉的石板似的，什么声音也听不到。

“怎么了，在哪儿呢？”

“……睡着了。”

“睡着了？”

“……”

“……那么，今天……不过来了？”

“啊。”

“……那么……那么……”

道郎什么话也不说。我大口地吸着气说道：

“那么，下次吧。刚才给你发了短信，我不在的时候，你想什么时候来都行。星期五回来。”

“……”

“……回头见。”

“回头见。”

电话挂了。从窗帘的缝隙间看到的天空已呈现出微明的淡蓝色，打开窗户似乎都能闻到消毒液的气味。

我走到厨房，看着网子上揉得圆圆的汉堡包。表面已经干了。我抓起其中一个，朝着墙壁狠狠掷去。随着一声闷响，面团砸在白色的墙壁上，破裂了。留在墙上的肉色印迹，与其说是印迹，更像是白色涂料下面的本色露出来了一样。

“那个人和希子是般配的吗？那个人和希子是般配的吗？”

舞小姐的质问此时重新在耳边回响起来。我又扔了一个汉堡包面团。一直扔到一个也不剩为止。肉馅被砸烂时发出的一连串声音，被洒在地板上的白色朝阳埋没了，渐渐听不到声音了。

13

落在穿着短背心的小肩膀上的天蓝色蝴蝶，朝着高高的圆拱形天井飞上去了。

天蓝色只投下微弱的影子，立刻消失了，仿佛融化进了从玻璃天井上射进来的充足阳光里。不知说的是马来话还是中国话，少女指着天井语速飞快地叫喊着，胀鼓鼓的肚皮上长出硕大绿色翅膀的蝴蝶群，从少女眼前静静地飞了过去。蝴蝶群如蛇腹般伸缩着，隐藏到伫立在蝴蝶园中央的大树的银色树干后面了。于是，从那棵树的茂密根部又喷发般飞出了一群很小的沙色蝴蝶。少女高举双手，就像高呼万岁似的，冲入了蝴蝶群。

“巴塔夫拉！”“巴塔夫拉！”对呀，是 butterfly（蝴蝶）。原来她叫嚷的是有口音的英语的 butterfly。给蝴蝶群带来小风暴的她，肩膀是小麦色的，滑溜溜的，但是还完全看不到成熟女人的丰满。她好像只有七八岁的样子，每次挥动胳膊的时候，都能清晰地看到会发出咯吱咯吱响声似的小骨头在移动。她的肩膀虽然轻盈而精密，但是猛然一抓就会破碎似的，对于这样娇嫩的小肩膀来说，似乎还是一只蝴蝶的分量比较相称。一只天蓝色蝴蝶又从什么地方飞下来，落在她的另一个肩头上。

蝴蝶园里的游人很少。带着少女来的是一对肤色浅黑的老年夫妇，他们并肩坐在温室角落的长椅上，无言地守护着在园内乱跑的小女孩。在拱形温室中央，有位一只手拿着沉甸甸照相机追逐蝴蝶的年轻白人女子。从她那仰起的脖子到耳朵的线条纯净而笔直，长长的黑色鬈发和大大的黑眼珠，有种西班牙风情。每当她挺直腰身拍照的时候，便能隐约看到从紧身裤腰部露出的布满心形的刺青。

我在老夫妇旁边的长椅上坐了下来。正想用手帕擦汗时，一只可以成为点心材料般的浑身是粉的小蝴蝶飞过来落在我的裙子上。少女在唱歌。好像在唱“祝你生日快乐”，却不像是英语。也可能是我不知道的什么歌曲。一想到过生日，我的心情又暗淡下来。

在新加坡期间，我没有跟道郎联络。除了给公司发邮件汇报情况之外，没有跟任何人联系。

从在饭店的大厅里商量日程开始，安排一行人的出行巴士、就餐的餐厅，以及调解小纠纷或照料几个身体不适的人，等等，两天时间在这样的忙碌中转眼间就过去了。今天是第三天，用巴士把他们送到当地法人的工厂去之后，直到晚餐的这段时间，我意外地获得了四个半小时的自由活动时间。在饭店里休息也可以，但我还是询问了导游，去蝴蝶园怎么走。舞小姐推荐给我的蝴蝶园，有很多蝴蝶的地方……它在观光地的岛屿最北头，从市内乘坐单轨列车可以抵达。

大概是观光手册里没有详细介绍的缘故吧，进入拱顶玻璃房里，到现在已经快一个小时了，除了老夫妇、小女孩和那个西班牙情调的洋妞之外，还没有见到其他人。我坐在长椅上，脑子里仍然想的是道郎。无论在哪里，我想的事情几乎都是一样的。如果此刻道郎在我身边该有多么幸福啊。停在裙子上的这只蝴蝶，轻飘飘地飞起来落在道郎肩膀上的话，他会多高兴啊……也不一定非得是这里，在日本的什么地方都可以。只有我和道郎、蝴蝶的地方，难道我们两个人不能生活在这样的地方吗？道郎也好我也好，都能一直安心地生活，不用逃到任何地方去的地方……可是，我到底想要逃离什么呢？我在追逐道郎的同时，又在设法逃离他。即便我在离他这么远的地方，不，正是因为离得远，我才更加为道郎所缚，哪里也去不了……

突然天空暗了下来。如同细密鼓声般的雨点打在拱顶上。外面的树木在摇动。

少女快要哭出来似的跑回祖父母身边。西班牙情调的洋妞仍然仰着头，对着聚集在拱顶附近的蝴蝶群拍照。也许是突然袭来的湿气或是雨点声，一直躲藏在什么地方的大模大样的霓虹色蝴蝶，成大大的 Z 字形，朝着拱顶飞去。裙子上的蝴蝶不知何时不见了，代之以小时候经常看到的菜粉蝶那样的白蝴蝶。我伸出手指，我以为它不是蜻蜓，不会停留的，谁知那蝴蝶被一下子吸引过来，停在了指尖上。我不知道蝴蝶的眼睛在哪里，以为不会和它对视，可是，我觉得园里的所有蝴蝶都在盯着那只蝴蝶停在我指尖上。不知怎么，这一瞬间，我深切感受到了自己此时此刻远离了东京。

大概是厌倦玩弄动作迟缓的祖父母的手指吧，少女再一次一个人跑进了浓郁的绿色之中。于是，从刚才那棵树的茂密根部又飞出了一群同样的沙色蝴蝶，跟在她后面。

我站起来走近大树一看，枝头的硕大椭圆形树叶似曾相识。白色的叶脉，叶面有些卷起的椭圆形叶子……这是榕树。在东京的家里，我一直和这种树一起生活。我家里的榕树只到腰间，而这里的树却高大得必须仰视才行。这一定是这种树本来的样子。

雨很快就停了。射进拱顶玻璃房来的阳光闪烁着金光。

到达羽田机场是周五的傍晚，在到达出口解散后，我哪儿也没去，直接回了家。

在开往涩谷的机场大巴里，我给道郎发了告知回国的短信，当然没有期待得到回复。看着逐渐接近的东京夜景，渐渐迷糊起来，眼里闪过天蓝色蝴蝶停留的少女肩头。每当此时，就像把冰糖轻轻含进嘴里那样，令人熟悉的甘甜感情复苏了。这宛如幸福的回忆，又像是幸福的预兆。道郎一定在那个家里等着我呢。他会把房间温暖得恰到好处，又做个新的荷包，迎接我回家吧？我要趁着微弱的预兆之火没有熄灭之前，尽早回到家。

在井之头站下了车，我拉着旅行箱快步往公寓走去，远远看见205号果然亮着灯。真是托了那个蓝蝴蝶女孩子的福了。我高兴得没有等电梯，一口气跑上了二楼，打开了房门。

“你回来啦。”

我一下子呆住了。

“吓一跳？”

站在走廊里的并不是道郎。

阿孝从呆若木鸡的我的手里夺过旅行箱拉手，拉进了起居室里。

“你怎么在这儿啊？”

我清醒过来，这才跑进起居室，房间很温暖。可是我却哆嗦了一下，赶紧拉紧了羊绒外衣的领口。

“给你沏杯茶吧？”

阿孝去了厨房，哗哗地往水壶里灌水。我立刻关上水龙头，瞪着他。

“你是怎么进来的？”

阿孝默默歪着头。

“配的钥匙？”

“……”

“什么时候配的？”

“我说，那个，是我给你的那盆吧？”

虽然一直没有剪过枝的枝丫在狭窄的空间里自由伸展，但是和在新加坡的蝴蝶园里悠然耸立的那棵树比起来，似乎缺少了作为一棵像样的树木的什么东西。岂止如此，那个植物真的是树木吗？莫非是当作树木养的别的什么植物吧？

“厉害啊。给你的时候还是那么个小不点，已经长这么大了。我妈那棵大概已经枯死了。”

阿孝装模作样地瞪大眼睛，走到起居室的沙发上坐下。

“阿孝，你干什么来了？”

我站在他旁边，阿孝一点点靠在沙发上，把腿伸到茶几上。牛仔裤腿卷了上去，隔着白横格袜子，能清楚地看见他的脚踝。

“你出差了，对吧？听说去的新加坡？”

“听舞小姐说的？”

“嗯。”

“舞小姐现在干什么呢？”

“去游泳了，大概。”

“去游泳？一个人？”

“当然是一个人了。还有其他人吗？”

“……你什么时候进来的？”

“嗯……大概三十分钟前吧。”

我沉默着。

“啊，有什么人要来吗？”阿孝嬉皮笑脸地仰脸瞧着我。

“这么说，他有可能来喽？”

“那倒不是。”

“不知怎么，现在咱们两个人这样说话，让我想起以前啊。那时候很愉快啊。我和希子都无所事事的……”

“……”

“希子那时候也很愉快吧？还想再见到那时候的希子啊。”

“那个时候的我吗？”

“因为希子变了。”

“我还是那样呀。”

“不，希子变了。现在的希子很疲惫。以前的希子更轻松快乐，更随心所欲。不过跟你在一起很快乐。”

“阿孝，你到底想干什么？”

我目不转睛地低头看着他。这个人让我非常非常不愉快，然而我却没有抓住他的胳膊，把他拉到玄关，大声叫嚷“你给我出去”，只是这样木然站在他身边。怒火燃烧不起来。我就是如此地消沉颓唐、疲惫不堪了。实在没有心情再继续不愉快的对话了。

“到了这个地步，咱们就是孽缘了。”

“你不要胡说。”

“要是咱们和阿舞三个人交往，多好啊。不过这是不可能的。我和希子，希子和阿舞，我和阿舞，都是不一样的关系呀。要是勉强搞在一起，三个人都可能分离的。”

“我累了。你走吧。这种不合理的事，我现在不想琢磨。”

“什么不合理啊？”

阿孝在沙发上伸了个懒腰，两手放在脑袋底下，躺在了沙发上。

“全都不合理。现在阿孝在这里就不合理，我和阿舞也不自然。就连阿孝和阿舞也不正常吧？”

“那么请问，正常的关系是什么样的呢？”阿孝歪着头微笑着。“正常的关系根本就没有。这个世上的任何伴侣都是扭曲而不公平的，即便如此，他们仍然沿着适合两个人的勉勉强强可以过下去的路线拉着手往前走，不过如此而已，难道不是吗？”

“我不知道。够了，你走吧。”

“那么，希子和他的关系是正常的吗？怎么样是正常的，说说看哪。”

“……”

“怎么样，说不出来吧。”

“我们和你们不一样。”

“下次给我介绍一下呗？”

“为什么给你介绍？”

“原来是个不能大大方方给人介绍的人吗？他果然是有问题的了？”

我无法回答他的质问，去厨房接了一杯水。我本打算泼在阿孝的脸上，可是回到沙发跟前，一看到阿孝的微笑，就把水杯拿到嘴边，咕嘟咕嘟一口气喝干了。

“我很担心你啊。”

看到杯子空了之后，阿孝说道。

“你该出去了。把钥匙留下。我的那把也还给你。”

“你那把，已经还给我了。”

阿孝把手伸进牛仔裤兜里掏出一把钥匙，对着空中做了一个插钥匙的动作。

“这个，就放在玄关的抽屉里，所以……”

“不是那把，是我家的钥匙。”

我伸出手，阿孝从另一个兜里掏出一串带双层巴士钥匙链的钥匙，从里头取下一把放在我的手心里。

“喂，下次咱们仨一起去哪儿玩玩？迪士尼或是高尾山……”

我沉默着，阿孝耸耸肩站了起来，自己走出了房间。

玄关的门一关上，我立刻从里面锁上了。从还穿着的大衣兜里拿出手机给道郎打电话。空调开得太高，玄关和走廊都很热，我出了好多汗。

只有呼叫音在响，一直听不到道郎的声音。

我关掉了空调，打开窗户走到了露台上。接近满月的泛着青色的明月高高挂在空中。

空气很清冷。明月照不到的沉沉黑夜的幽暗处，仿佛把小勺伸进去就能够削出一片来似的。

14

回国之后过去快一个月了，道郎也没有跟我联系。

无论我给他打电话还是发短信，都没有回音。莫非他去了某个没有信号的山沟或离岛了？在哪里找到了新的栖身之家，再也不打算回到这个房间来了吗？

每天我都品着有所不同的失望滋味，躺在床上一闭上眼睛，不熟悉的鲜艳色彩便渗透进来，这些色彩逐渐增加了质感，变成了那个蝴蝶园的景色。追逐蝴蝶的小女孩、老夫妇、西班牙情调的洋妞、玻璃房外面的天空、突然下起了雨……不知何时，我以道郎的眼睛在看这一切。原来道郎远远逃离了我，一个人坐在这个蝴蝶园的长椅上呢。虽然很孤独，却是幸福的。巨大的榕树将银色树枝相互交错，遮挡住道郎，谁也看不见他。人们从玻璃房里走出去了，躲藏在叶子后面的蝴蝶们充斥了玻璃房，他也不离开那里。因为他是逃亡者。尽管他也可以逃进我的怀抱里，可是他为什么选择了那里呢？我可以给他提供同样安全的藏身之所，就像在自己身体的鳍的缝隙间，藏起其他鱼的那种鱼那样……这时一直在飞翔的蝴蝶们变得有分量了，开始在玻璃房里游泳了。它们用增厚的翅膀缓慢地划水，从金色的触角冒出的细细的气泡一直升上了昏暗的穹顶。

一睁开眼睛，只剩下色彩的余像如网眼一般朦胧地漂浮着。

这个房间犹如深海般寂静。

我想象着我们两个人搬到特别特别安静的地方，就像鱼儿那样静悄悄地度日。我感到了片刻的幸福。

自从随同观察旅行之后，由于临近年末，近期没有什么大的预约项目。

来咨询的也不过是过年之后的出差估价，和由于寒假的紧急预约而忙得不亦乐乎的国内事业部相比，业务出国考察部很悠闲。

“羽村小姐，年底打算去哪儿呀？”

下班时间过后，我正在给客户企业负责人写贺年片的时候，邻桌的樱井探头问道。

“哪儿也不去。樱井君呢？”

“我也是。只是回一趟福井老家。”

“和金子小姐？”

“不是，我自己。羽村小姐，老家是哪儿？”

“千叶的茂原。但是不回去。”

“贺年片，我也得写。”

樱井拿起还一个字也没写的贺年片，啪嗒啪嗒扇着。

“跟总务申请贺年片数量了吗？要是不尽快申请，就得自己掏腰包了。”

“写这个，有什么意义吗？”

我听任樱井嘀嘀咕咕地发牢骚，专心写了一会儿贺年片。终于拿起最后一张的时候，电话铃响了。在邻桌制作出发说明书的樱井迅速抓起了话筒。

“羽村小姐，是户井田先生，是一号线。”

“户井田先生？有什么事呢……”

本以为是紧急估价的事，谁知是邀请我参加忘年会。说是同时庆祝一下前几天的出国视察圆满结束。

“有个家伙早退了……”户井田先生比以往说话要快，好像很急似的，“现在已经不能改变人数了。所以，部里的人说，邀请羽村小姐吧，怎么样啊？”

“是今天吗？现在？”

“是啊，这么突然，不好意思。”

星期五，除了在家里等候道郎外也没有其他要紧的事。虽然可以随便找个理由拒绝，但是考虑到公司之间的友好交往。视察旅行期间，户井田先生很帮忙，带头安抚对餐厅有怨言的职员，按理说我应该陪同所有行程的，也是他决定给了我四个半小时的自由时间。

“那个，家里有事，可能会中途退席……”

“这都没有关系啊。羽村小姐要是能来，大家一定都很高兴。”

挂断电话后，旁边的樱井嘻嘻怪笑。

“赴宴吗？”

“嗯，不过中途我就撤。”

“辛苦了。”

我把写完的贺年片用橡皮筋捆起来，放进总务部的邮寄箱里之后，打了卡。

让我去的是新宿区某大厦最高层的一个店面安静的博多料理店。一走进去，就听到最里面有人叫我“羽村小姐！”。我低了一下头，走近一看，最里面的包间里，在新加坡见到过的人都到齐了。

“对不起，百忙之中，这么突然请你来……”

坐在最前面的户井田先生站起来。大概是喝了不少酒，脸红得像蒸过桑拿似的。在新加坡一次也没有喝酒的只有他和我两个人。

在给我空出来的户井田先生的旁边一坐下，坐在他另一边的一个年轻男人就给我斟了满满一杯扎啤，用擦手巾擦去溢出来的液体，递给了我。这个人就是在智利俱乐部的餐厅里把桌布弄脏的人。然而他却是多次更换洗手钵，神经质地用牙签剔除指甲缝里的污垢。现在他的手也是很干净的。

立刻发出了干杯声，我一口气喝了一半。冰凉的啤酒在喉咙深处留下了麻酥酥的舒服的刺激。好久没有喝酒了。坐在对面的戴银边眼镜的男人一只手扯下了领带。男人们开始谈论旅行中的事。一个接一个地给我敬酒，说着给你添麻烦了，让你费心了，平安回国也是托了羽村小姐的福，从准备阶段开始我们就很任性……我没能像样地敷衍他们，咕嘟咕嘟地把这些话和已经变温了的扎啤一起喝了下去。菜肴一个接一个地上了桌，我心里想着要矜持一些，但由于没什么话可说，为了掩饰尴尬索性吃了起来。

“羽村小姐，很能喝嘛。”

不知什么时候，日本酒代替了啤酒。我一边喝着日本酒，忽然被坐在我身边的户井田先生的牙齿吸引了。他的微微突出的虎牙很像道郎的牙齿。户井田先生和道郎都是轻易不笑的人，所以一直不曾注意到。说起来他的右脸上的那块菱形黑斑也很像通缉犯啊。名字叫什么来着？杀死年轻的女友仍然在逃的那个男人……

“下次视察也要请羽村小姐陪同啊。”

户井田先生意味深长地歪着头，瞅着我的眼睛，又给我的酒盅里斟满了酒。

“好啊……要是我可以的话，就拜托了。”

“这话我只是跟你说，那个年轻的，好像叫樱井吧？那个小伙子还不太让人放心。”

“对不起。樱井刚来不久，不过……”

“我们以后都要拜托羽村小姐。”

在桌子底下，户井田先生的手碰到了我的手。我条件反射般地要躲开身子的瞬间，这回户井田先生非常露骨地一把抓住了我的手。

围着桌子的男人们都咧嘴笑着。火锅送上来，服务生用点火器把小煤气炉点着了。穿着和服式样工作装的服务生动作生硬地把肉和菜放进火锅里的时候，户井田先生的手一直握着我的手。非常有力。从锅里冒出来热气，使得眼镜上一片白雾。大家一起大笑起来。

“羽村小姐！”

我没有回头，跑向电梯，挤进了快要关闭的电梯门里。里面的穿灰色裙子的女孩子们露出了不高兴的表情。

透过电梯玻璃，展现在眼前的是一片犹如布景般的新宿夜景。

我感到一阵热滚滚的晕眩。仿佛只有我一个人从电梯掉下去，下降到那夜景更深的地下去了似的。

15

205 号房间今天也没有亮灯。

我迈着晃晃悠悠的步子一回到公寓，就一下子泄了气，颓然坐在门前的花坛边上。途中在自动贩卖机买的一瓶矿泉水，也不能好好喝进嘴里，从嘴角流下来，濡湿了大衣袖子。

也许是因为喝醉了，心情坏到了极点吧，此时竟然能够平静地望着没有亮灯的房间，实在不可思议。只有那冰冷黑暗的房间，才是自己的栖身之所。在五层上面，舞小姐和阿孝的 705 号亮着灯。在这冰冷而平静之中，我才得以对他们产生些微同情。

有一阵子没有见到他们两个人了。回国那天虽然见到了阿孝，但和舞小姐是出差前日之后到现在一直没有见面。邀约游泳的短信也多日没有收到。以我现在的状态，一定会毫不犹豫地接受邀请的吧……桌子底下被湿手抓住的感触，我说我该走了的时候，男人们失望的目光，我想要用那个游泳池的湛蓝而冰凉的水把这些统统洗掉。

舞小姐，不要待在家里，出来好不好？我在这里等着你呢！我在心里这样呼唤，结果造成了麻烦。突然705号的灯灭了。坏了。后悔也来不及了。就在我收回目光的瞬间，入口对面的电梯门开了，舞小姐走了出来。

“舞小姐？”

抬起头来的舞小姐，不知怎么特别不好意思似的微笑了。在白色街灯下，眼圈浓重的红紫色清晰地浮现出来。大概出来得太急，黑色羽绒大衣的扣子都没有扣上，里面穿着臃肿的橘黄色的运动衫。脚上穿着没有后跟的拖鞋式样的鞋子。

“你要去哪儿？”

一声响亮的喝问把我吓了一跳。抬头一看，原本面对我的舞小姐，背过身去了。仿佛从羽绒大衣里一点点渗透出来似的，从舞小姐的肩膀上出现了阿孝的脸。阿孝站在公寓门厅处。在街灯下，他的脸红肿着。

“你要去哪儿？”

阿孝走过来。他的视线不知是在看舞小姐还是在看我，无法判定。我本应转身走开的，可是我站在原地没有动。

阿孝在舞小姐面前站住，慢慢地拉起她的手。舞小姐摇晃着身体，想要甩开他的手。阿孝再次抓住她。舞小姐晃动起了身体。由于摇晃得过于剧烈，她的身体朝我倒了过来。在这一刹那，舞小姐突然变成了被抻开的平面，变成了和脸上露出的恐怖一起被复印下来的一块光滑的布，那块布从我的头上盖下来，紧紧贴在我露出的脸颊和下颚上，使我无法呼吸了。我感到憋气、难受，不由得用手捂住喉咙时，那块布突然被掀开了，由于惯性，我向后倒去。再次站直了的舞小姐，又被阿孝抓住了手腕。

“咱们回家吧！”

阿孝刚一露出笑容，舞小姐使劲抓住了我的手。

三个人以怪异的形态连接着，谁也没有说话。

每个人都从各自的角度，战战兢兢地等待着能够把自己从这种状况之中解脱出来的什么东西。

身后是被四周的光亮逐渐照亮的、比白天仿佛更高大的我们的住宅，与其说是建筑物，更像是被抛弃的巨大精密仪器的我们的住宅，在等着我们回去。胳膊虽然被拉拽着，但是这到底是谁在拉拽已经分辨不出来了。支撑不了上半身的不自然的力量均衡，我突然膝盖一软，蹲了下来，手支在地上。抬头一看，舞小姐满脸悲伤地俯瞰着我。她的脸又被缓慢地拉平了，从那平面后面再次一点点渗透出来似的出现了阿孝的脸……

“咱们回家吧。”

这次阿孝用力抓紧了舞小姐的手。

我弹起来似的站起身来，抓住舞小姐的另一只手，朝着车站跑去。阿孝的手被一下子甩开了，但是他立刻追上来抓住了舞小姐的手。我用自己的女士包当作盾牌使劲拍打阿孝，没想到很轻易地就把阿孝打倒在地上。意想不到地容易，我想他是故意装出来的。不过，我们到底是从哪里，从什么时候，谁“故意装的”，已经完全搞不清楚了。

跑起来以后，我只感到舞小姐的手是可以依靠的。我就像被她的手牵引着似的，拼命地朝车站跑去。舞小姐的指甲嵌入手心，皮肤翻了起来，越是往前跑，皮肤越是被一片片掀起来，我仿佛是通过裸露的神经在接触夜晚的气息似的。

16

直到在终点站涩谷下电车后，我们都没有说一句话。

随着人流我们走过了自由通行的十字路口，很自然地走上了通向东急本店的路。

以前我们两个也曾经这样走在涩谷街头。记得是个盛夏的午后，汗流浃背的。是去向日葵田的那天。那天我们也有些怪异，我在向日葵田很露骨地怀疑道郎的存在。这怀疑与被太阳暴晒的干草味儿一起渗入了我的内心。成了对我自身的怀疑。尽管我无论如何要去道郎工作的地方，然而在最后一刻还是退缩了。我害怕知道我所不知道的道郎的样子，害怕用我所不知道的道郎的碎片覆盖了我知道的道郎。现在走在我斜后方的舞小姐，或许正是当时逃跑的我自身。既然两个人来了这里，这次我们一定要找到道郎。

我知道去哪里找他。他曾经打电话约我去涩谷的一个站着喝酒的酒馆接过他。道郎喝得醉醺醺的，我是打出租车带他回我家的。他说，公司就在那个小酒馆附近，是一个七层旧楼的最高层。今天晚上我一定要找到那里，而且道郎也必须在那里。我有着没有根据的自信。半个小时前坐在花坛上的酩酊感觉已然消失不见，或许我仍然醉着，只是自己意识不到。

到了东急之后，走进了小酒馆排列的小胡同，舞小姐默然无语地跟我并肩走起来。似乎明白我要去哪里，要去干什么似的，她翘着下巴，表情毅然，以至于有些厚脸皮。

“刚才，发生什么事了？”

在她问我之前，我想先发制人。舞小姐只是瞥了我一眼，没有回答。

“又打架了吗？”

“……”

“我已经帮不了你们了。”

“……”

“即使对我抱有什么指望也没有用。我无法保护舞小姐，因为……”

“应该保护的，是米思米。”

突然舞小姐站住了。从侧面看时石膏般僵硬的表情，一旦正面相对，顿时脆弱地崩溃了，变成了被驱赶的人的表情。

“是我在伤害米思米。一开了头就停不下来了。要是不痛快淋漓地打他一顿，就出不了这口气。刚才也是……”

“可是舞小姐心里是不是希望保持这种紧张状态呢？”

“希望？”

“因为舞小姐根本没有打算要逃离这种局面呀，不是吗？”

“所以现在在逃跑呀。”

我再次打量着站在我面前的穿着起居服，外套羽绒大衣的舞小姐。周五的夜晚，在穿着漂亮的青年男女往来交错的街头，舞小姐看上去十分不健康而寒酸。这绝不是本来的舞小姐。和阿孝这样的男人一起生活到底是怎样的情况，我无从知晓。从一个多月以前阿孝给我剪短的发梢开始，有什么冰凉的东西缓慢地侵入了我的皮肤里。

“是米思米求我这么做的。”

舞小姐突然说道。

“米思米这样求我，没有办法……”

“求你什么？”

“是钥匙的事……”

“去剪发的时候吧？”

舞小姐点点头。她这样对我告白，说明她是知道我偷了钥匙去配了一把的事。一想到此事，我的头脑混乱起来。互相偷钥匙，而且这样一起走在夜晚的街上的奇妙关系怎么会成立的呢？我加快脚步往前走，小酒馆和行人越来越少了，路也越来越窄了。舞小姐很不自然地紧挨着走在我旁边，很符合我们这种不自然的关系。她的手指、肩膀以及长裙的下摆，以固定的间隔碰到我身体的某个地方。

虽然记得不是很清楚，但我知道已经到了以前来过的那个小酒馆附近了。周围看到的都是三层左右的低层建筑或十层以上的高楼。拐了好几个街角后，看到了一座外表光溜溜的红茶色和黑色壁砖交错粘贴的建筑物。三层往上，每层的每个露台上都养着茂盛的小叶植物。数了一下，一共有七层。倘若是道郎工作的地方，这样的建筑倒是很适合的。在入口旁边的邮箱上有七层住户的名字，分别是“（股份）国田”“工作室·新”“太阳有限公司”“橘商会”“染谷企划”等。

“你是要去找那个人吗？”

我没有回答。“哪个好呢？”我指着五个名字问。

“什么哪个？”

“请决定去哪一家？”

我的目光更强烈地表现出请不要再多问什么了，于是舞小姐用什么指甲油也没有涂染的食指指尖，指了一下最左边的“染谷企划”。

走进没有电子锁的入口，电梯正好停在一层。我上去后，舞小姐也无言地进来了。

在七层打开的电梯门对面，荧光灯照射下的走廊一直通向里面。“染谷企划”是最近的705室，这是和舞小姐、阿孝住的房间同样的号码。我不给自己犹豫的时间，立刻按了门铃。听见舞小姐在身后吃惊得屏住呼吸的声音。门里面有声音，从打开的门缝里出现了一个戴眼镜的中年女人的脸。

“远藤道郎在吗？”

“不在。”

女人用小得勉强可以听到的声音回答。

“不在，是现在不在的意思，还是这个人就不在这个公司的意思呢？”

“不在这个公司的意思。”

“真的吗？”

“请问您是哪位？”

对方使劲关上了门，我回头一看，舞小姐露出了有些歉意的表情。这副表情到底是想要对什么道歉呢？想要得到谁的原谅呢？我没有理睬，又站在了隔壁的门前，想要做同样的事，映在门上的一块毛玻璃上的舞小姐的影子，阻止了我继续下去。

从七层的外廊上，繁华街和反方向的萧索的涩谷街道一览无余。

的。我偶然去剪头发的时候。”

“……”

“那个公寓也是我给他介绍的。不过请放心。我们不是那种关系。舞小姐好像很苦恼，所以他拜托我跟你交朋友的。去剪头发，还有邀请你去游泳池也是这个原因。”

我以为她会愤怒或是慌乱，然而舞小姐只是目不转睛地看着我。既然这样我觉得自己也必须采取同样的态度，也目不转睛地盯着她。然而我的视线立刻萎靡了，被抛到了地上。

我不禁焦躁起来。感觉自己说出的话里含有某种深刻的意思。

那么做真的不是我的意思吗？无论截取和舞小姐在一起的任何瞬间，任何场所，我都能够断言不是为了自己和她在一起的吗……在不过几秒钟的逡巡之中，再次对视时，舞小姐的眼神里充满了某种被投向不特定多数的存在的，至少是这种场合不合时宜的慈爱般的东西。

“原来是这样啊。”

舞小姐静静地微笑了。

“原来是这么回事啊。”

我不知该怎么回答。舞小姐的视线从眼睛不断地渗透进来。那视线如同酸酸的橘子汁那样穿过鼻子沁入喉咙里。

“那天，没有见到希子的男朋友吧。”

舞小姐突然仰头望天，轻轻拢了一下额头上的头发，好像已经没有汗了。

“那个时候，咱们不是半路返回，去看米思米了吗？希子小姐在店外看着我们，满脸通红，脸色很可怕呢。”

舞小姐拉起了我的手。她的手有些潮湿而冰凉，犹如刚从冰箱里拿出来的鸡肉一样。

“不过，今天一定要去找他。我会奉陪到底的。”

舞小姐松开了我的手，再次朝着刚才那条胡同迈开了脚步。

“有什么具体目标吗？经常去的店之类的。”

舞小姐回头问我，我不再多虑了，把脑子里想的什么直接说了出来。

“有……这附近的小酒馆，他经常和同事一起去的……我曾经去那里接过他一次。”

“不是他带你去的？”

“是的，只是去接他。”

舞小姐从大路走进了一条比刚才更黑的小胡同。

香草味的香气和水沟的恶臭混合在一起，变成了一种预感。我来过这里。这样一想，渐渐看到了和记忆中一样的啤酒箱堆到了路上的小酒馆。酒馆里面的嘈杂声就像即将调好的收音机的杂音那样越来越大了。入口挂着发黄的厚厚的塑料布代替了门帘，隔着塑料布可以看到靠墙摆放的电视机、站着喝酒的男人们黑乎乎的身影。

“是这样的地方吧？”

舞小姐在我耳边低语。是的，那个歪斜着的黑乎乎的东西中的一部分就是道郎。黑影膨胀起来，从里面顶起了塑料布。我仿佛听到了地鸣一般低沉的声音。

后背被她推着，我一个人从塑料布的缝隙进入里面。

一股热气扑面而来，我的视野被香烟和铁板烧的白烟包裹了。眼镜变得模糊了。在白蒙蒙的视野里，看到喝酒的男人们的目光都集中到了我一个人身上。黑色的一团被清楚地区分成了一个个的个体，虽然每个人的模样都不一样，却分不出谁是谁，而且每副面孔都很像道郎。这些面孔全都歪斜着，张开一样的口型哈哈笑起来。就像特别鼓的花骨朵绽开时那样，每张脸都红红的，盛开着。厚厚的塑料布紧紧贴在我的后背上。

我踉踉跄跄地走到店外，眼镜滑下来，掉在了柏油马路上。

塑料布里面仍旧回响着笑声。

当我用没戴眼镜的眼睛仰望没有月亮也没有星星的暗淡天空时，又感到一阵热浪般的眩晕。夜晚仿佛长得没有尽头。我被应该到来的清晨远远分隔了，恍惚觉得自己被重重封闭在了黑夜的箱子里。

再次低下头往地上一看，看到了胡同深处有一个瘦小的背影。

舞小姐，等一下，我正要喊她时，忽然意识到那是道郎的背影，这次是绝对不会看错的。

是道郎！我刚迈出一步，以那个背影为中心，整个胡同都一下子扭曲变形，模糊起来。

我慌忙拾起眼镜戴上，这条街上沉淀的寒冬冷气立刻从鼻梁传导至眉间。迟了片刻，视野恢复了平衡，建筑物、电线杆或店头堆放的啤酒箱，现在这里的一切的一切，都被严谨地分割出了轮廓。由于轮廓太严密而复杂，看到的所有东西犹如即将被分解的拼图玩具一样。而在那中心晃动着道郎的背影。仿佛觉得在胡同深处越走越远的他的背影，以其不稳定的一点支撑着其他所有的拼块。当那个拼块从对面被一下子抽掉的时候，包括我在内的所有拼块都会分崩离析，再也恢复不了原样了。道郎背着的深灰色的双肩背包，每当走到街灯下时，都反射出暗淡的光辉。

我好像坐在开动的车的后座上似的，好像整个空间都靠着不知在哪里的外挂动力，在顺利运行着似的，我忽然发现自己开始追赶他。不是那样的，是出于自己的意志在往前跑，拍一下他的肩膀，道郎一定会吃惊地回过头来吧，会高声地问我“你怎么会在这里？”吧。或者什么也不说，只是不快地瞧着我拍打的肩膀吧？可是我做不到。返回去或是站住都做不到。我隔了几十米的距离，脚步声都听不清楚，轻盈地跟在他后面。

道郎的步子并没有蹒跚。然而似乎感觉不到他打算要去哪里。这么说来，他平时是怎么走路的我都不知道。他的后背的弯曲程度和不规则的步幅，比起被街灯照出来的几秒钟来，和建筑物阴影合为一体融入暗夜的几秒钟，道郎更像是我熟悉的道郎。

穿过公寓成排的区域，来到了大路上，然后又进入公寓林立的区域……走路的速度不稳定，尽管不到气喘吁吁的程度，却感到了心跳。这是和在房间里的电脑上看到在逃通缉犯的照片时同样的心跳。尽管跟着他的是我，却好像是我被他跟着。我没有回头，是因为害怕有可能在那里等着我的目光。

一次又一次地拐弯，完全失去了方向感的时候，道郎走进了安放了自动贩卖机的二层住宅里。大概楼后面有外挂楼梯吧，只听见嗒嗒嗒地弯曲着身体，重心前移发出的脚步声。我从道路的另一侧观察建筑物的整体。

这是个貌似独门独户的古香古色的山形屋顶式样的房子，估计是木造的简易公寓。一层并排着三个有栏杆的露台。亮着灯的只有下层中央的房间。走进院内，有六个用户的邮箱，小传单从邮箱口露出来，有几张掉在了地上。

脚步声停止几秒钟后，上层左侧的房间亮了灯。窗帘上没有出现人影。在房间的露台上，有芦荟那样茂盛的叶片尖尖厚厚的植物。被薄薄的墙壁隔开的隔壁房间的露台上晾晒着多日不收的白色床单，挂在栏杆上的床单边角翻卷着，有种淫邪的感觉。

把我送到这里来的那个动力，仿佛从我站住的瞬间就开始生锈。就连自己追逐的究竟是不是道郎，此刻都搞不清楚。

一动不动地长时间站在窗灯下面时，冷气犹如藤蔓一般从脚下缠绕到腰间了。走路的时候感觉不到的冬天的夜风，就像在抓挠露在外面的皮肤似的吹得生疼。我想要从包里掏出手套，才发现根本没有带包。没办法只好用冻僵的右手用力抓住左手时，出乎意外的手劲，才使我想起了舞小姐。

对了，舞小姐呢？舞小姐去哪儿了？

街灯绿幽幽的光圈在马路上连成了一串。仿佛要刮走贴在那光串边上的影子似的，一阵大风扫过了马路。

17

“羽村小姐，你没事吧？”

听到有人问我，才回过神来。抬头一看是樱井站在桌边，有些疑惑地低头瞧着我。

“该去开会了……”

樱井瞅了一眼写字间里的钟表。我环顾四周，果然团队的同事们都已经走了，还坐着的只有我一个人。

“抱歉，马上去。”

我伸手要关掉电脑的画面时，樱井问：“想要去哪儿？”他的目光落在涩谷地图的画面上。

“这是涩谷那边吗？”

“嗯……”

“要去洽谈吗？”

我什么也没有回答，樱井替我关了电源，说：“走吧。已经开始了。”然后快步朝会议室走去。

周末我一步也没有出门。虽然困得不得了，想要睡觉，可是一躺下脑子马上就清醒了，一遍遍地浮现出电脑上的涩谷画面，试图回想起跟在道郎后面走过的路线。今天早晨来上班，开始了日常工作后，眼帘里面那个公寓的窗灯总是慢悠悠地闪烁不停。稍微有点空闲，我就打开涩谷的画面，一遍遍重复同样的事。和舞小姐去东急本店，然后走进一条小路，然后进了胡同，进了酒馆，然后追赶道郎的背影的方向……追寻着朦胧的记忆，推进箭头，还是无法确定道郎进入的公寓。点击鼠标，放大画面之后，地图上出现的大大小小歪曲的正方形，犹如等候用正确的词语填写的数百个答题框一般。

“羽村小姐，快一点！”

每个月一次的例行会议，一般都是总结这个月的营业成绩，安排下个月以后的营业指标。樱井负责的中南美商务出国考察进行得很顺利，可以预期相当大份额的收益。樱井做的关于该项目进展的报告和本月的总结结束后，全体人员一起确认新年过后，与营业部协作内容的时候，我呆呆地望着映在对面陈列柜玻璃上的自己的脸。

黑黑的眼圈，以及从鼻翼到嘴唇两端的八字形法令纹都格外明显。由于涩谷那个夜晚，只是一夜间，我好像一下子衰老了。

“羽村小姐，跟你说点事。”

散会后，我收拢资料站起来时，上司木田对我说。

坐在旁边的樱井露出说不好是担心还是嘲笑的表情，和其他人一起走出去了。我把资料放在桌子上，重新坐了下来。

“最近怎么样啊？”

“还好。”我微笑着回答。木田也跟着回了个与之相称的笑容。

“上个月的新加坡之行辛苦了。对方对你评价很好啊。”

快要忘却的上周五忘年会的不快记忆又苏醒了。尽管对被人抓住手就如此慌乱的自己感到气恼，但包括那件事在内，能得到好评，再好不过了。我知道下次肯定不会是我了。以后樱井好好干就行了。

“那么……虽说有些突然，新年过后，其他部门有些人事变动，受到其影响，咱们部门也会有些人员调整。因此，打算让羽村小姐，从下个月开始调到营业会计那边去……”

“营业会计吗？”

“嗯，营业会计。”

我沉默着，木田说“很突然，很抱歉”。身体稍稍从桌子离开一些，在胸前抱起胳膊。脸上的笑容稍微减少了一点。

“大概你也知道，那边不但是本公司的会计，而且也负责客户的打款记录确认，给批发公司结账，等等，所以，也不是和你现在的工作完全没有关系啊。我想羽村小姐会立刻习惯的。我个人的想法是，羽村小姐工作一向很认真，无论哪个企业都赞赏有加，所以，非常希望你还能回到这里来呢。”

在会议室门旁边的毛玻璃窗上，有个人的脸贴近了。木田扫了一眼，仍然继续说道：

“关于交接的事，你现在手里的记录，全部移交给樱井君吧。按照流程，从明天开始到一月中旬为交接时间，然后正式去新的部门……”

“请问……”

“什么？”

“调动的只是我一个人吗？”

“嗯。对部内的人都没有说，所以请先不要说出去。现在，至少要告诉樱井君，你回座位之后，就叫他来一下吧。”

“我明白了。”

我施了一礼，走出了房间，并没有人站在外面。

樱井正戴着耳机和人一边通话，一边确认空机位的情况，即使一边和电话里的人温和地说笑，手指就像接在其他电源上的机械那样一个接一个地输入着指令。放下电话之后仍旧保持着脸上的微笑，继续打着键盘。

“樱井君，木田让你去趟会议室。”

“啊？木田？”

他立刻停下敲打键盘的手，我以为他会马上站起来，他却半张着嘴，来回比对起了桌子上的便条和画面，半天没有说话。

“他等你呢，快去呀。”

“去，好的，可是我得把这个记录加上之后再……”

“我准备要调走，他说我的记录全都交给樱井君。”

我觉得正在默默工作的组里所有人的视线一下子都集中过来了

似的。樱井也从笔记上抬起头，定睛地看着我。

“就是这个事，快去吧。”

“好……”

樱井把笔记扣在桌上，匆匆忙忙去了会议室。周围的人们已经埋头干自己的工作了。

由此可见，不仅仅是下次不让我负责那个企业那么简单的事了。不过，也并非特别让人受刺激的人事变动。调动之后，比现在的加班和营业指标的压力都会减少的。消耗剧烈的出差旅行陪同和与目的地负责人的摩擦也因此而完全无缘了。我不觉得高兴，但也不觉得悲伤。从跳槽来这里的时候开始，我就不是那么想要出人头地的，只要是同样薪水，什么工作都无所谓。既然要做还是比较熟悉的工作为好，所以才选择的这份工作。只不过，对于出国考察的人来说，虽然是非常乏味无聊的研修旅行，但是，一步也不用离开这个煞风景的小桌子，就能将去某个遥远地方的机票发给对方，自己仿佛因此而感到获得了拯救一般也是实话。从飞机场起落信息得知自己安排的航班平安着陆时，为了查看从来没有听说过的目的地城市的位置打开地图册，看到曾经是其他人安排的，也是那个人当时没有听说过的目的地城市的名字上画了个圆圈的时候，尽管只是很短的一瞬，有时会油然而生某种感慨，自己不是在为某个具体的人，而是在为更加朦胧的人的可能性般的东西服务的。

被命令调去的营业会计部的区域，位于离入口最远的写字间最里面。此时有三个从旅游技校来的小时工女孩子，同样面无表情地盯着电脑画面。

窗户上挂着的百叶窗的空隙粗细不均，反射到对面大厦的窗户上的夕阳把她们的面容染成了斑马纹。我偶尔和最左边的一个人对视了一眼。她吃了一惊，然后露出了羞涩的微笑，没等我回她一个与之相称的笑容，她又埋头自己的工作了。

18

我手里的预约记录原本少得屈指可数，所以，和樱井的交接在年内就完成了。

我给曾经负责过的企业负责人打调动的电话，也只用了半天就打完了。户井田先生虽然很吃惊，但对上周忘年会时的唐突接触，一句也没有涉及。那属于在醉酒的宴席上有些过分呢，还是性骚扰呢，说不定全部是我自己臆想出来的也未可知，反正事到如今全都无所谓了。

在年终总结会上，就着大量的小吃和快递比萨，用纸杯喝着温乎乎的啤酒，是这个公司的惯例。有人喊出“干杯”之后，我只喝了一杯啤酒后，由于没有什么未完成的业务了，便收拾干净自己的桌子，准备离开。

“哟。羽村姐，现在就回去吗？”

我在大衣架前戴围巾的时候，和同期职员们站着吃比萨的樱井赶忙走过来。

“嗯，我先走一步了。今年你也辛苦了。”

“那个……”

樱井结巴着，将目光落在了自己手中的纸杯里。于是打破沉默的顺序就轮到了我这边。

“过个好年。”

我没有听樱井的回答，就打了卡，快步走出了写字楼。尽管有心好好做一顿花工夫的料理，或者在车站大厦的地下街买些喜欢吃的小菜，不加细品地大吃一通，然而，登上了下班高峰时的电车，离家越来越近时，便兴致全无了。

下了电车，我慢腾腾地走出检票口时，站前的信号灯变红了。人行道前方的警察岗墙上的荧光灯，照亮了通缉犯告示。信号灯变绿之后，我过了马路，走近那张告示，看着一个个通缉犯的照片。尤其仔细地看了阿孝说很像道郎的“米山大地”的照片。不知是眼前这个面孔侵蚀着道郎的相貌，还是记忆中的道郎侵蚀着眼前这个面孔，反正越看越觉得两副面孔相互融合，难以分辨了。只觉得脑子渐渐混乱起来，再次迈开脚步时，对面大楼上悬挂的巨大的健身中心招牌又映入了眼帘。表示“沿着这条路一直往前走”的蓝色箭头有力地指向前方。说起来已经好几个月没有去那儿游泳了。

想去游泳和想邀请舞小姐一起去的念头几乎同时出现在脑海里。

我无比怀念两个女人在空荡荡的泳池里一前一后游泳的那段日子。第一次两个人一起去游泳的那天晚上，自己为什么在电梯前跟舞小姐打招呼呢？至今也想不明白。在阿孝的拜托下，出于既非好奇心也非自虐的心情接近舞小姐时，以为只不过想单方面观察对自己非常戒备的舞小姐的反应而已，然而并不是这么简单。我太大意了。说不清具体是从什么时候开始的，舞小姐和我的手确实在什么地方拉起来了。拉起来了？不，非但如此，说不定先伸出手去的正是我自己……这个记忆，在看到那个招牌的大箭头时突然变得鲜明起来。我从口袋里掏出手机，找到舞小姐的名字后，看了片刻才按摁了通话键。很快就转换成了留言。稍稍犹豫了一下，没有留言就挂断了。

最终自己一个人去服务台租了泳衣，潜入了久违的温乎乎的水里。

我从泳池出发点深深地潜下去，直到憋气的极限，才猛地把头伸出水面。虽然觉得舞小姐在对面的泳池边朝我微笑，可是这样潜了好几次水，还是只看到了湿漉漉、亮晶晶的天蓝色池壁。

多次潜水之后，我仰面躺在没有一个人的泳池里。闭上眼睛都可以睡着似的。小时候在千叶的海滨浴场被冲到海里去的时候和现在，到底哪种情况更让我害怕呢？我想要思考这个问题，可是被冲到海里去的回忆似乎已经变成了听说的别人的经历。那说不定是听舞小姐说的呢。那个被与所有一切隔绝了的、一边呛水一边孤独挣扎的少女，那个因为没有任何人能搭救自己，只能靠自己游到岸边的可悲的少女，说不定是舞小姐呢。

我一骨碌翻过身来，朝着泳池边飞快地游去。把自己当作没有任何人来救自己，只能靠自己游到岸边的少女时代的舞小姐，溅起水花，不顾一切地向前游去。

19

年末、年初的假期里，我都是自己一个人去游泳的。

今天舞小姐大概来了吧，淡淡的期待每次都落空，但是失望也同样是淡淡的。我在泳池里想着道郎。除了那天晚上在涩谷看到他的背影外，已经快三个月没有见到他了。

即便不特意去数，自从去年和他交往以来，两个人一起度过的时间也显著减少了。

我一边游泳一边执拗地回想一次次约会中的道郎的面容，他那贫乏的表情时，常常会和在警察岗的告示上看到的杀死女友的“米山大地”的面孔混淆起来。不小心的话，就会把那个男人的脸当作道郎的脸去回想。不知从什么时候开始，我完全陷入了这样的愿望之中——道郎如果是个因为什么缘故必须躲避人们的在逃犯就好了。他不愿意谈论自己的事也好，不自然地遮挡面孔的胡须和头发也好，行踪或目的不明确的工作也好，这一切都可以用这个理由解释通是不行的。年末直播的追踪未侦破案件的节目里，下次一定会出现道郎的面孔的，我这样想着紧盯着电视的画面。要是那样，近期他必然需要我的帮助……在电视机前，我这样出神地想象他的“处境”时，竟然被平和的心境包裹了，第一次能够将道郎不在身边看作可喜的事情坦然接受了。他现在不在这里，恰恰说明他早晚会回到我身边来的。

所以，即便当我从泳池出来，在储物柜里看到他发来的短信，看到长久等待的这个名字时，我也不像以前那样欣喜若狂了。出乎意料地平静地换完衣服，为了不感冒，仔细吹干了头发，才走出了健身中心。几分钟后，看到正好从隔了一条马路的便利店里走出来的道郎的背影，也没有多么吃惊。和涩谷之夜不同，我凭借自己的意志快步走近他，从身后拍了拍他的肩膀。

道郎吃惊得颤抖着肩膀回过头来。看到他那不无心虚的怯懦样子，我心里感到慢慢温暖起来。

“刚才我给你打电话了……”

这是时隔六十七天听到的声音。而这样面对面，已经时隔八十九天了。道郎还是背着他那个双肩背包，戴着带帽衫的帽子，把拉链一直拉到下颚的羽绒服遮住了半个下巴。这是在街上擦肩而过，谁也不会留意的在逃犯模本般的打扮。

“我一直在那儿游泳呢。对不起啊。没有接你的电话。吃过什么了吗？”

“还没有……”

“我做点什么饭吃吧？”

“不用了，在那儿买点吃的吧。”

我突然抓住了想要返回便利店的道郎的胳膊，说：

“我也没吃呢。偶尔在外面吃吧。”

“……去哪儿？”

道郎停住脚步，回头看我。

我们并肩默默地从公寓前面走过去。虽然我这么提议了，但是和道郎去哪里吃东西，完全没有具体目标。在另一个便利店的对面，有个奶油色外墙，里面亮着橘黄色照明的咖啡屋，属于我自己一个人绝对不会进去的，有可能会被道郎坚决拒绝的那种地方。能看见面朝马路的大玻璃窗里，大学生模样的女孩子们在喝玻璃杯里的橘子汁。

“就这儿吧？”

道郎没有回答就马上推开白木门，走了进去。我慌忙跟在后面进去一看，他已经在最里面的座位上落了座，拿出烟来，正要点火呢。我刚要说“这个地方是禁烟的”，就看见桌子上摆着锃亮的犬面形状的烟灰缸。

“欢迎光临。”

个子高高的女服务生端来两杯水，递上了菜单。道郎用没有拿烟的那只手，哗啦哗啦翻着菜单。他的手停在了意面那页上，盯着看了一会儿后，合上了菜单。然后向还站在旁边的女服务生要了啤酒。

女服务生离开后，道郎已经开始吸第二支烟了。他没有和我对视，茫然地从我的肩头望着我身后的什么东西，不知是在看坐在窗边的那些女孩子，还是用很多写真和流木装饰的花里胡哨的墙壁，或是黑板上写的今天的特价菜。服务生很快端来了啤酒，道郎再次翻开菜单，指着海鲜意面点了菜。我现在在和杀人犯，杀死女友的在逃犯一起吃饭呢。这个念头蓦地浮现出来，感觉身体里变得燥热而麻木。

“你不吃吗？”

此时我才注意到我们的桌子上摆了两大盘意面。道郎将叉子插进了面条最高处，然后像拧螺丝钉似的，卷起红色的面条送进了嘴里，没有塞进去的部分就发出哧溜哧溜的声音吸了进去。

“……最近你在哪里过的？”

“茂田先生家。”

又是卷面条又是吸溜的、手上和嘴里都占着的道郎抽空回答。

“茂田先生……是经理吗？”

“是的。”

“茂田先生家在哪里？”

“事务所附近。”

“事务所是……”

下面的话，我和着水喝了下去。有些淡淡的柠檬味道。即便那天跟踪的确实是道郎，在这里让他承认的话，我们之间的秘密就不复存在了。

“那么……下次去拍外景地是什么时候呢？”

“后天开始。”

“什么？”

“去两三个星期吧。”

转眼间把盘子一扫而光的道郎，把叉子随便放在盘子边上，拿了一块纸巾擦了擦嘴。看他的样子，擦完嘴之后，马上就会站起来离开这里似的。

“我也可以一起去吗？”

“啊？”

“那个外景地。正好公司放假。”

“……”

“可以带薪休假……”

“你可以，我这边不行啊。”

“那么，你回来之后，真的去旅行好吗？就咱们两个人，去外国什么地方……”

“不去。以前跟你说过，我没有护照。”

不是没有，而是不能有吧？我在心里这么说，当然道郎不可能回答。桌子上的空盘里的红色调料酱很快就干了，形成了薄薄的一层膜。

“快点吃呀。”

女服务生走过来，从柠檬沉底的大凉杯里给玻璃杯里添满了水。她把大凉杯恢复到原来的角度时，水洒在了桌子上一点。我看见女服务生的视线投向朝着街道的玻璃窗那边。我也跟着扭头望去，一瞬间，火热而麻痹的身体骤然变冷了。

我看见舞小姐站在玻璃窗外。

坐在窗边的女孩子们吃惊地瞧着突然站起来的我。女服务生也不由得倒退一步，导致大凉杯里的水又洒在了地板上。没等我做出反应，玻璃窗外的舞小姐轻轻低下头，快步朝着车站走去了。

“你怎么了，冷不丁的……”

我重新坐下来后，道郎点着了烟，喷出一大口白烟。女服务生没有擦去的洒出的水，慢慢渗进了桌子上的木纹里。

走到公寓的一路上，道郎也一直在抽烟。我在他后面走着。

隔着飘过来的白烟看到的他的背影，和在涩谷街道看到的一样，都是背着同样的双肩背包的同样的背影，可是不知怎么两个背影不能完全重叠起来。我试着摘下眼镜看，只是轮廓变得模糊了，并没有觉得接近了真实的道郎。道郎把吸完的烟蒂扔到路上，用右脚踩灭。跟在后面的我，对着细细的烟缕，也同样踩了一下。此时，才终于产生了期盼已久的感情。不过，这种感情不具备可以咀嚼品味的厚度，和烟雾一样消失了。

走进公寓大门抬头一看，舞小姐和阿孝的 705 室亮着灯。刚才，他们大概从那个房间的窗帘缝隙里，就像看游行队伍似的看着我们两个一前一后走进来吧？我总觉得从下来的电梯里会出现舞小姐或是阿孝，拉着摁了键等电梯的道郎的胳膊，去爬楼梯。

一进入房间，道郎就把双肩背包重重地往角落一放，从厨房的冰箱里拿出矿泉水对嘴喝起来。看到水槽旁边摆着的一盒盒吃剩的小菜，他也没有说什么。我穿着大衣往水壶灌水的时候，听见门铃响了。我有种不好的预感。

隔了一会儿，门铃再次响起。

打开电视，坐在沙发上的道郎没有回头看我。我把水龙头关上后，仍然站在原地没有去开门。就这样不开门呢，还是去玄关开门呢，这一切都取决于道郎。如果道郎回过头，不快地皱眉头，我立刻就去玄关开门，如果直到门铃不响了为止，道郎一直不回头的话，我就继续准备沏茶……门铃不响了。我松了口气再次拧开水龙头的时候，道郎回过头来。我正要对他的脸回报微笑的时候，门铃再次响起。道郎不快地皱起眉头。

门铃响个不停。而且声音好像越来越大似的。道郎什么话也没说，从兜里掏出烟，站起来去了露台。没办法，我走到玄关，从门镜往外看。然后穿上鞋，打开门，从最低限的缝隙里走到了门外。

阿孝穿着醒目的群青色毛衣，站在门口。虽然没有笑，却是忍着不笑出来的表情……我一眨不眨地盯着他的脸，把背后的门关上。

“能不能别没完没了地摁门铃？”

“对不起，不过，我知道你在家呢。”

“你看见了？”

“看见什么？”

“……”

“什么也没看见啊，只是听见里面有声音呀。”

“胡说。”

“是真的啊。”

“有事吗？”

“这里太冷，进去说吧。”

“有事就快点说。”

“他来了吧？”

“没有。”

“撒谎。”

“阿孝，刚才看见了吧？”

阿孝耸着肩膀，笑道：“就算是吧。”我一言不发地打开门要回去，阿孝使劲抓住了我的袖口。我也没敢大声嚷嚷，再次把背后的门关上了。

“什么事啊？有事就快点说。”

“希子最近见到阿舞了吗？”

“应该说见到了吧……舞小姐的话，刚才倒是在那里看到了。”

“那里是哪里？”

“对面的咖啡屋前面。”

“哪里的咖啡屋？”

“从公寓大门出去，和车站相反方向的十字路口往右拐，走几步的便利店对面……”

“什么时候看到的？”

“二十分钟之前吧。”

“真的？没有看错人？”

听他这么一说，我立刻没有了自信。在和她对视之前，她向我低一下头就走了。不过，她千真万确是舞小姐。

“我觉得是舞小姐。怎么了？”

“阿舞穿的什么衣服？”

“什么衣服……黑色或是深蓝色或茶色吧，反正是深色外衣。”

“是橘黄色的登山服吧？”

“橘黄色的登山服？为什么？”

“阿舞从那天以后就没有回家。”

一时间我没有明白“那天”的意思。不过要说“那天”，只能是那一天了。和穿着橘黄色的登山服的舞小姐走在夜晚的涩谷那天，把我推进酒馆的塑料门帘里去，舞小姐消失了的那天……回溯记忆，那时候舞小姐的打扮并不像要出远门或许带了钱包之类的，只穿着家居服，连走长路的鞋都没有穿。

“真的吗？联系不上吗？”

“嗯，电话也打不通。”

“她娘家或是朋友家呢……”

阿孝默默地摇摇头。

“报警了吗？”

“没有。”

“可是，已经……两个多星期了吧？为什么不采取什么行动呢？”

“我以为阿舞肯定会和希子联系的。”

“为什么跟我联系？”

“希子，现在给她打个电话吧。”

“为什么我打？”

“因为只有希子是阿舞的朋友呀。”

“不要再提这个了。”

“打电话吧。”

“……”

“现在就打电话吧。”

阿孝的眼睛微微发红而湿润，嘴唇紧紧闭着，左右对称的眉毛明显地露出焦急的神色。

不了解他的人，看到此时阿孝的这副样子，多半会认为是地地道道的非常真挚的表情。但是我不相信阿孝的这副表情。一秒钟之后，他可能会伸出舌头说出“骗你的！”，哈哈哈笑起来的这副表情，这种让人无从判断的、轻薄的、与亲切难以区分的厚脸皮，此刻令我戒备的这些东西，正是船桥时代逗我发笑，使我避开不想看到的东西——阿孝的优点。只要和他在一起，我就感觉自己能够站在高处，嘲笑不断逼近自己的苦恼的现实。那个时候我的确和阿孝拉起了手。不过现在，我的另一只手里有了舞小姐的手。

两只手都被人拉着，我一个人，根本动弹不了。

“她要是不接电话，你可以离开吗？”

阿孝退后一步，因为寒冷而抖动了一下高大的身躯，微微一笑。我从口袋里掏出手机，将画面出现的舞小姐的名字给他看清楚之后，摁了通话键。走廊里静悄悄的。手机里传出来的呼叫音仿佛遇到冷空气，途中变成了硬邦邦的颗粒掉在地上，一点点掩埋了我们的脚面似的。阿孝一直低着头。

过了几十秒钟，呼叫音仍然没有停。

“算了吧。”

阿孝突然抬起头来，从我手里夺过手机，摁停后还给了我。

“还是报警吧？”

"……"

"说不定卷入什么事件里了……"

"那天晚上，阿舞没有对你说什么吗？"

"还是先报警……"

"阿舞一定会回来的！"

阿孝大声说，声音在走廊里回响。我一惊，不由得后退时，后背贴在了门上。

"她跟你联系的话，一定告诉我。"

说完阿孝转身朝电梯走去。直到电梯门关上，看不到他之后，我才回过神来。回身抓住门把手的刹那，只觉得原来白色的门被染成了阿孝穿的毛衣的群青色。

回到起居室后，看到电视机开着，道郎坐在沙发上摆弄手机。

我在道郎身边坐下，木呆呆地瞧着电视屏幕。正在重播什么电视剧。我开始在电视剧里寻找起了近在身边的道郎和远在天边的舞小姐。

"逃跑是什么滋味？"

道郎没有回答。我靠近他的肩膀，他厌烦地躲开了。我仍旧不放弃，把头顶在躲开的肩头问道，"你说呀，逃跑，到底是什么滋味呢……"

道郎把我的脑袋往沙发另一头一推，站起来走出了起居室。不一会儿从浴室传来哗哗的冲澡声。

一躺到床上，道郎立刻把手伸了过来。我没有像以往那样有所反应。道郎摩挲了好一会儿，最终放弃了，背过身去睡着了。

我把脸紧紧贴在他的背上，仍然在寻找道郎。那天晚上我掉在涩谷街上的不只是眼镜，很可能丢掉了对世界整体的正确看法，捡起了另外的东西。看什么都和以前有着异样的错位。总觉得现在自己的脸接触的是冒牌的道郎后背，真正的道郎还在别的地方——走在那个涩谷的黑暗胡同里似的。

我想喝水，走出了卧室，看到扔在起居室角落的双肩背包。拉链拉住的破旧背包，拿起来却很轻。自己也不知道可不可以打开它，就抓住了拉链。只觉得比房间里的黑暗更阴冷的黑暗在一点点包裹我的手指。我所寻找的道郎应该走在这样的冷气底层。就像要握住他的手似的，从一个拳头大的缝隙把手伸进去后，立刻触到了一个冰冷的金属。吸附在手指上一般平滑的表面，有着复杂而细密的凹凸的侧面，非常熟悉而让人怀念的那种手感……

电话铃响了。

我猛地站起来，左手去摩挲脱在沙发上的外衣口袋。手机画面显示的是舞小姐的名字。

“喂。”

沉默长久地持续着。

无论是吸气、吐气的声音，还是转动身体时周围空气流动之类的声音，一概都听不见。眼前浮现出刚才被自己把手伸到背包最下面摸到的钱包、废纸和揉成团的软烟盒夹在中间，一动不动蜷缩着的舞小姐。

“希子小姐吗？”

终于听到了她的声音，依然像是从冰冷的背包最下面传出来的。

“舞小姐你现在在哪里呢？”

“……”

“在附近吗？”

“嗯。”

“阿孝来我家找你了。”

“……”

“他说阿舞一直没回家……我不知道这件事。不过，刚才咱们在外面见过面吧？舞小姐你没什么事吧？”

“……我……”

“怎么了？”

“我……”

对话再次中断了，时间在互相听着对方的呼吸声中流逝。犹如两个人在轮流搅动着充满电波的沉默的水面一般。当我闭上眼睛蜷缩在黑暗之中时，仿佛被什么人的冰凉的大手紧紧抓住了似的，静谧变得浓郁起来，压在了整个身体上。在那个冰冷的背包最下面蜷缩着的或许并不是舞小姐，而是我自己。

“回去……”舞小姐突然开了口，“我回去的话，希子小姐会帮我吗？”

“要我帮你……我该怎么帮你呢？”

“也是啊……让你帮我，帮什么……”

“舞小姐为什么不和阿孝分开呢？”

“这是因为……我们彼此需要……”

“按说，应该过得更好……”

“其实，那不过是互相在进行这种暗示吧？”

“暗示……”

“不然的话，就是阿孝单方面对舞小姐进行这种暗示吧？不对，不只是这样，是舞小姐自己对自己……”

“谁暗示都一样。”

“既然如此……”

“既然如此，自己不结束这种关系，就永远也结束不了。因为米思米……米思米永远也不会让我结束的。”

“那么怎样才能结束呢？”

“……”

“难道还要做那种事吗？”

“……”

“又是打又是踹的，一直打到一方死掉为止，难道还要做那种事吗？”

“……”

“那种事舞小姐是绝对做不出来的。叫救护车那种事，我是不会再做了。”

可是如果真的杀死……这句话我咽了回去。回头一看，从起居室通向卧室的门浮出了朦胧的微光。那间屋子里睡着我叫他道郎的男人。有我房间的钥匙，在我的床上想拥抱我的，我在这世上的唯一的男人……因此，如果舞小姐真的杀死了阿孝，死了的阿孝的驾驶证、护照、住民票，由活着的道郎直接继承过来，有什么不可以的呢？他不再惧怕任何东西，不再逃避任何东西，堂堂正正地在我身边生活，有什么不可以的呢？

这样的想法过于异想天开而愚不可及，却使我品味到了渗透槽牙根儿般强烈的甘甜。我使劲咬了一下嘴唇说道：

“阿孝说，你来电话就告诉他。”

“不要告诉他。”

“阿孝在等你回来。我对他说，舞小姐一定会回来的。”

“我想跟希子小姐见面。”

“……”

“我去希子小姐家。”

她挂断了电话。我立刻拉开窗帘，从露台的栏杆探出身子往下面看。街灯照射下的路上没有一个人。舞小姐说她在附近，如果是真的，她一定是在能看见这个房间的地方打电话的。而且应该会从某个暗处，仰头瞧着我这样站在露台上寻找她的样子。

为了回应看不见的看客的鼓掌，我的身体紧贴着露台的墙壁，将上半身暴露在浅黄色的街灯光圈里。

我甚至可以朝她挥手。只是我的右手还像伸进道郎的背包里一样紧紧地握着拳头。在街灯下伸开那只手一看，手心里果然有一把钥匙。不过这显然不是我给他配的我家的钥匙。它比我家钥匙小一点，似乎是在同一个钥匙孔里进出了几十年的黑黢黢的旧钥匙……这是打开我所不知道的通向其他房间的门钥匙。

20

舞小姐一定会出现的。

无论在电车上，还是走在去公司的地下通道里，我在擦肩而过的成百上千的面孔中，寻找着舞小姐的面孔。我新调去的业务会计部门的桌子，在写字间最东边的窗边，每当手里的工作告一段落，我就能够扒开百叶窗的缝隙往下面看。“羽村小姐，下雨了吗？”

我这样重复着同样的动作时，旁边的女孩子忍不住担心地问道。

我很快熟悉了新的工作。打来的电话几乎都是内线或是客户的会计，像紧急申办签证或出发当天的旅程变更，等等，完全打乱一天安排的电话一个也没有打来过。从旅游专科学校来打工的年轻女孩子们，小心翼翼地面带着微笑，每天轮换着教给我相关的业务内容。她们几乎都不化妆，比实际年龄年轻多了。想必都是住在父母家，忙于学校布置的小论文，没有课的日子就来这里埋头干这样枯燥的工作，下班以后，一边玩弄着手机，一边乘坐电车回家，享受母亲做好的饭菜吧。她们教给我确认汇款的方法、将不完备记录通知负责人的时机、与批发公司应对的方式，等等。“羽村姐，请确认一下这个表格。”“羽村姐，为了保险起见，请用内线跟对方确认一下。”“羽村姐，请过目一下这个记录可以吗？”……在一连串以固定的音调，同样的“羽村姐”称呼之中，有一瞬间，我想象起自己被她们称呼“妈妈”来。于是，霎时觉得嘴里被塞进了某种甘甜温柔的东西般，内心充满了喜悦。不过，这喜悦只是一瞬间便烟消云散，之后必然会留下用肮脏的唾沫把她们暗中玷污了似的罪恶感。

那天，舞小姐一直没有出现。

由于没有加班，准点下班后，我像以往那样在公寓大门前抬头仰望。和其他很多窗户一样，我的房间里也亮着灯。因为道郎在屋里。

这回你该高兴了吧？我问自己。我感到欢喜。不过，这就像把在亚马孙的给水地点排成一长溜地全都贴着“欢喜”标签的纸杯之一，机械地拿在手里喝下去是一样的。你真的欢喜吗？你真的高兴吗？在我无数遍问自己的时候，喜悦仿佛变成了真的。我感觉这貌似真实的矛头扑哧一声刺进了我的脖颈。

我闭上眼睛，怀着放开了抱着好多纸杯的两只手，第一次看到那个房间似的心情再次睁开眼睛望去。205号依然亮着灯。这是我每个月按时付房费，每个角落都保持干净，和最低限度的家具、餐具、衣服一起每天生活的房间。不过，现在那个窗户的亮光也像是被人背叛的生活的无言抗议一般。

七层楼上的705号没有亮灯。

我原路返回去，回到车站，上了一趟慢车。既然舞小姐现在不会出现在我面前，那我就去找她好了。

21

从减速的电车车窗往下看，看到那个“M”立式招牌，从里面渗透出来一般将柔和的光线投射在路上。

我沿着铁路线走去，在距离那个招牌还有几米远的地方站住了，回头张望。没有舞小姐的影子。那天晚上，我们就是在这里第一次交谈的。那是几个月前的一个傍晚，回头的是舞小姐。她是在以前写着“DIANA”的那个招牌旁边跟我打招呼的。穿着合身的牛仔裤和天蓝色上衣的舞小姐回头的瞬间，我就后悔来这里了。预感到了这个计划会失败的。舞小姐看上去很幸福。充满了很私人的喜悦，并且面对世间毫不吝啬地展示着十分协调的美丽面容。不过，那只是一瞬间的事情。一开始交谈，那幸福的印象便稀薄了，消失在平庸笑容的阴影里了。

我必须寻找的或许并非现在要寻找的舞小姐，而是那个五月的傍晚消失了的舞小姐。

盯着立式招牌的灯光，我想要尽可能清晰地回想她留在我心中的那个时候的容貌。就像把很久以前死去的某个人的面孔和后悔过早做好了菜肴的事一起想起来一般……

美发店的玻璃窗里很明亮。入口附近摆放的榕树叶比以前更少了，浅灰色的树枝裸露着。为了不被发现，我小心翼翼地一步步走过去，看到了站在最里面的理发椅子跟前的阿孝的侧后影。

他前面坐着一位围着深绿色罩衣的女士。披在她后背上的头发随着吹风机飘舞着。阿孝在她背后一会儿微微弓着腰，一会儿向后仰着上半身，映在长条镜子里的客人表情虽然看不清楚，但他的手和他的嘴一样都不停地在动。“您是什么星座啊？”“不会是处女座吧？”“啊，果然是呀！”“我猜得可准了。”“顺便猜猜你的生日吧？”大概是和五年前在船桥对我说的那套一样，而且在那之前或是在那之后，对坐在镜子前的所有女士说的那样得意地唠叨……他把吹风机放在旁边台子上后，就拿起一个蓝色的瓶子，快速晃了晃，往手里挤出一些，就在女士头发上揉搓起来。女士把手从罩衣里伸出来抚摩头发。阿孝拿出一个很大的三面镜子给她照后面。我觉得那面镜子的其中一面照到了我，赶紧躲在了店旁的胡同里。

快车伴随着轰鸣声从轨道上飞速驶过。接下来的慢车，由于要停车而慢慢减慢了速度，开过来了。我看到被不自然照亮的车内排列的人们中，有人指着我笑。她是舞小姐吧？就在我凝神细看的瞬间，当啷一声美发店的门铃响了。

“是阿舞吗？”

我吃惊地回过头时，看见阿孝站在胡同口。

“……是阿舞吧？”

在美发店和隔壁人家的围墙之间街灯照不到的这条昏暗的胡同里，不知我的脸会被对方看到多少。阿孝是真心这么说的吗？还是明知道是我，却故意这样开玩笑呢？

“阿舞！”

阿孝的笑脸仿佛瞬间膨胀了两倍乃至三倍似的。我转过身拼命地顺着胡同跑起来。

我穿过胡同，朝着车站方向奔跑时，尽管做好准备会立刻被他抓到我的手，但后面的脚步声渐渐远去了。并非我跑得快，肯定是阿孝有意放我走的。这是因为我不是舞小姐吗？倘若我是舞小姐呢……上了电车后心还在怦怦乱跳。我不能一动不动地坐着。我不管不顾地在拥挤的下行电车里往车头方向挤过去，紧紧贴在操作室的窗户上，直到下车为止一直盯着映在昏暗玻璃上的自己的脸。

走出检票口，来到车站外面，在第一个十字路口的红灯对面的警察岗墙上贴着的通缉犯照片吸引了我的目光。大约一个小时之前，从公司回来的时候也看过的那张照片，现在我聚精会神地看起来。杀死女友的“米山大地”……应该在房间里等着我的道郎的脸被那样清晰地印出来，严厉地鉴定般注视着害怕得想要低下头的我。那张脸变成了扭曲皱巴的舞小姐的脸，变成了阿孝的脸，变成了映在车窗上的我自己的脸。我没等信号灯变绿就以全速走过了马路，把告示从告示板上一把撕下来，撕成了碎片。隔着大衣感觉到犹如静电般噼里啪啦响的什么声音，那不过是行人的视线，是由谴责和好奇心构成的无益也无害的视线而已。

快步走回公寓后，“我回来了。”一打开门，我故意高声说道。

地上高腰靴子头朝外的整齐地摆放着。这是今天早上我出门时这样摆的。

道郎躺在沙发上。开着电视，玩弄着手机。

他一眼也没有看我，然而他的漠不关心此时反而令我感到心安。撕破的宣传广告的碎片仿佛仍然夹在我手指缝里似的。不过，现在，现在这样我就安心了。顿时觉得疲劳袭来，我走到沙发跟前，瘫软地坐在了地上。

道郎低头看着喘着粗气的我，罕见地微笑了。微笑使长发中露出的两只眯缝眼睛变得温柔了。他不知对我说了句什么，连面胡子里的薄嘴唇微微张开，闭上之后依然残留着微微笑意。他这样对我笑，真是好久没有过了。不，或许是第一次也说不定。除了此时亲眼看到的微笑之外，我想不起他的其他笑容来。这难道是对我刚才撕破告示的褒奖？因为我从这个世上消除了一个让他害怕的东西？

当我好不容易回复他一个微笑的时候，道郎已经不看我了。刚才往扔掉的纸杯里满满注入的欢喜，我在这几秒之中全都喝干了。

“吃饭了吗？”我问道。

“没有……”低声哼哼般的声音回答了我。

“现在做饭吧？”

“好……”

“想吃什么？”

“……”

“什么都行？”

我去洗漱间洗了手，对着镜子整理了乱发。我的表情非常祥和，映在车窗上的那个无路可逃的女人的可怕表情仿佛不曾有过一样。

和道郎的微笑一样，这是我很久没有看到的表情了。这种表情也可以说是我本来应有的表情。根本不必那样发疯似的寻找舞小姐。也不必害怕阿孝追来……因为我的生活就在道郎所在的这个房间里。

我回到起居室，打开冰箱看了看，系上了围裙。使用冷冻肉馅和剩蔬菜可以做曾经做了没有吃成的肉馅汉堡包。当我在小吧台前的餐桌边，拿起写了菜谱的笔记本时，突然感到有些不对劲。我站在原地，一样一样地仔细确认了所看见的东西。在桌子上放着笔记本和几张邮寄广告、空花瓶。

回头一看，道郎依然在玩手机，偶尔看一眼电视。为慎重起见，我去了卧室。在床边的床头柜上，只有台灯和钟表。电视机前的茶几上、厨房灶台上、洗漱间和玄关，哪里都没有我在寻找的东西。

“那个……怎么没有呢？”我站在道郎旁边问道。

“什么？”道郎没有抬头回答。

“就是每次都做的那个……”

“哪个呀？”

“每次都给我做的呀……白色的小荷包……绣了名字的……”

“啊啊，那个……”

咳嗽了一声，道郎半张着嘴，没打算说下去。

“今天，没有？”

“嗯。”

“为什么？”

“……”

我从走廊的壁橱里拿来缝纫箱，放在了沙发腿旁。道郎避开我的视线，低下了头。

“今天不做也可以，明天或后天都行，给我做吧。”

“那个，我不打算做了。”

道郎突然站起来去了厨房，从冰箱里拿了一袋面包。然后直接去了卧室。我追过去，他砰的一声把我关在门外。

我怔怔地站了几秒钟后，提心吊胆地打开门，里面黑乎乎的，从门和墙壁的缝隙射进来的起居室的灯光下，映出了横卧在床上吃面包的道郎。

“你是说不打算做了吗？”

“……”

“那么我问你，你做给我那个荷包，还有绣名字、小玩意儿什么的，到底是为什么呢？”

道郎没有看我的眼睛，默默地吃面包。

“你说呀，做那玩意儿，到底是什么意思？”

“意思？”

“对。做那个是什么意思……”

“没有什么意思啊。”

“那为什么做呢？你以为我会喜欢那东西？”

“你不是挺喜欢吗？”

“是觉得愧疚吗？”

“什么？”

“我全都知道。”

道郎把手伸进面包袋里，又拿出一片塞进嘴里。

“全都知道。”

道郎在床边坐下，把面包袋扔掉，就像无依无靠的幼虫想要逃离不需要躲避的危险似的扭动着身体钻进了毛毯里。我整个人扑到毛毯上，大声质问：

“你以为不告诉我，我就不知道了？可是我全都知道。早就知道了，没有告诉你就是了。”

毛毯里道郎说了句什么。可是他的声音被我的粗重呼吸和电视机里什么人的大笑声压碎了，只能沉入床单里去，根本传不出来。

“无论你怎样巧妙地瞒过别人，可是瞒不了我。你只能回到这个房间里来。因为你只有这个住处呀？保护你的只有我一个人呀。所以你哪里也不要去了。”

突然腹部被重重杵了一下，我倒在了地板上。正呻吟的时候，道郎飞快地下了床，穿上了挂在衣架上的防寒服。我爬起来想要抓住他的胳膊，却被他甩开了。

“我看你有点神经不正常吧。”

随后听到玄关传来哐当一声关门的声音。枕头上只剩下吃了一半的面包。

22

“我们回来了。”

女孩子们低下了头，回到座位上。

在这个部门里，十二点准时让小时工们去吃午饭，她们一回来，其他职员就出去吃饭。我对她们点点头，关闭了电脑上打开的到款记录，站了起来。

我拿着包走过写字间时，看见对面业务考察部的那个在我走之后新调进来的女职员正戴着耳机，敲打着键盘。她和我年龄相仿，是由采购部门负责人推荐，从批发公司挖来的。她停下手，对旁边的樱井说了什么。两个人凑近一起看电脑画面，指着画面热烈讨论着什么。从进公司到上个月的五年里，我也是像他们这样忙碌的，此时看着这情景，我竟然没有产生任何感慨。

多年来我已经习惯快到傍晚才吃午餐了，所以这个时间没有食欲，只是去隔壁大厦里的咖啡连锁店买了杯咖啡，上了屋顶。在长椅上一坐下，就茫然地想，那两个人今天肯定也不能按时吃午餐。想到这儿觉得有些好笑。当然并非能够让人发笑那么可笑。

遇见道郎恰好是去年的这个时候。和那天一样，今天风也很大。也许是由于早上下的雨，长椅都是湿的，屋顶没有一个人。天空蒙着一层厚厚的灰色乌云。天气预报说夜里开始下雪。

我紧握着已经变温的纸杯咖啡，紧紧合拢双腿，不给身体一点缝隙。望着和一年前一样迎风飘动的白色床单，我明白了，自己这样紧咬牙齿的时候，“羽村希子”这个名字正在从降生到现在的时间，以及今后必须要活下去的时间中渐渐淡出了。坐在这里的人不是我也无所谓。根本就没有我必须是我的必要。只是因为道郎，是因为道郎我才有所期待的。在这里遇见道郎时，我几乎做好了被他杀死的准备。因为我觉得只有这样，才能给自己糊里糊涂活到现在的这些时间，赋予一些适合自己的特别制作的分量似的……但是，我想丑陋地活下去，一边活着一边获得这些分量。装作渴望像那张变得又轻又薄的床单那样飘远的样子，实际上，就连一切都令人失望的这个瞬间，我也一定是将怨恨的脸仰望天空，恋恋不舍地等候着什么。可悲的感觉犹如用旧的靠垫那样完全习惯了我的形态，放松地靠着它时，略微得到些安宁。

床单随着大风猛烈翻飞着。我恍惚觉得，从遇见道郎的一年前，不，从十年或二十年前开始，从我降生到这个世间开始，就一直独自一人坐在这里似的。一阵更大的风吹来，床单膨胀了好几倍。一张床单发出把什么吸进去般的声音，一头的夹子渐渐脱落，就在它即将飞上空中的关头，风突然减弱了。床单堆在晾衣竿的一头，静静地萎缩着。

于是我看到她站在那里，从那些白色的缝隙间看着我。

“希子小姐”，虽然听不到声音，但舞小姐的嘴唇是这样的口型。

那天的橘黄色运动衣外面并没有套着黑色羽绒衣，而是深褐色短外套。我看了好几眼她的脚下，穿的是到脚踝的低帮鞋。

我以为遇见了幽灵。以为舞小姐真的死掉了。

“吓了你一跳？”

她紧挨着我坐下，说道。

被大风吹乱的头发贴在她的嘴唇上。她拂去那绺头发，头发上沾的口红在脸上留下了一道粉红色。这才使我感到眼前的舞小姐是活着的舞小姐。

“哎，那可不……”

“你不是说，要去找我吗？”

“说是说了，可是没想到在这个地方……”

“我很想看看工作时的希子。”

“这里，是怎么查到的？”

“那当然知道了。”

我不明白她的意思，沉默了，舞小姐笑了笑，又重复道，“当然知道了。”

“希子小姐还是没有变啊。”

舞小姐身体前倾，凑近我，瞧着我的脸。

“没有变化。在哪里都是同样的表情……”

“舞小姐，这些日子在哪里呢？”

“在各种地方。米思米的房间里啦，发廊附近啦，还有这个公司附近……以及希子小姐的房间里，等等。”

“我的房间里？”

“今天来还你这个。”

舞小姐从外衣口袋里拿出一把钥匙举到我眼前。在仔细看那把钥匙之前，我的目光先投向了她没有戴手套的手指。方形的小巧指甲涂的是明亮的杏黄色，在这寒冷阴沉的天空下令人感觉不那么协调。

“这是希子小姐房间的钥匙噢。你以为米思米还给你了吧？不过，你想错了。他假装还给你的是希子小姐配的我家的钥匙。”

我想起了从新加坡回来那天，阿孝来我家的事。舞小姐说的，难道会是那把他说是我家的钥匙，从钥匙串上取下来的钥匙吗？

“你有点发蒙吧？他是假装还给你，其实没有还给你呀。米思米不是很擅长这样恶搞吗？不过，这把可是真的，你可以和你的钥匙比比看。”

在她的催促下，我从包里揪出了自己房间的钥匙，比较锯齿和厚度。只是这么比较，还不能马上区分，但是舞小姐说着“是吧”，两手把我的双手包起来，把两把钥匙封闭在了拳头里。

“可是……为什么呢？他这么做又有什么意义呢？阿孝……阿

孝为什么要做这种事呢？”

“米思米只是想跟咱们闹着玩啊。希子小姐也知道他是这么个人吧？”

“不知道。”

“应该知道呀。”

舞小姐微笑着，伸直了一直难受得弯曲着的腿，将脚向前伸出来。尖尖的鞋头稍微有些磨损，黑皮的表面剥落了。我从头到尾回味起舞小姐的话来。

“你说，刚才……你去我的房间了？”

“嗯。”舞小姐点点头。

“用这把钥匙？什么时候？”

“好几次……希子小姐去公司不在家的时候……昨天也去了。”

说到这儿，舞小姐斜着眼睛观察我的反应。就连昨晚在玄关摆得很整齐的靴子的肮脏鞋跟和交叉的鞋带松紧度，都历历如在眼前。见我沉默着，舞小姐又一次微笑了。

“在呀，那个人。”

“……你和道郎说话了？”

“是啊。”

“说什么了？”

“说什么了……”

舞小姐故意歪着脑袋卖关子。我抓住她的左肩又问了一次。

“到底说什么了？”

“好疼，松手啊。”

看她疼得皱起眉头，我放开了手，如果我不是有意识地用那只手紧紧地攥着纸杯，会立刻抓住同一个地方的。舞小姐轻轻掸了一下被抓的肩膀，又微笑着说下去。

“打开玄关的时候，看到了男人的鞋，所以我想要回去。可是，我还是想跟他说说话。就轻轻地走进去，看见男人躺在沙发上，看到我，吃了一惊。那是当然了，不过，我一说‘我是希子小姐的朋友’，他就问我‘是送樱桃的那个人’？”

“后来呢？后来做什么了？”

“谈论了希子小姐。”

“为什么？”

“你问为什么……希子小姐和米思米不是也背着我谈论过我吗？”

“对不起，这个没有告诉舞小姐，很抱歉。不过，阿孝和我真的什么事也没有，只不过就是以前的朋友关系呀……可是，你为什么要这么做呢？有这么做的必要吗？我实在不明白，因为……”

“我和希子小姐，这回就扯平了吧。”

舞小姐耸耸肩笑了。大风吹来，笑容被头发遮住了一半。

“……扯平了？”

我感觉喉咙里头，有什么东西隐隐地疼起来。沉默的时候，那东西迅速发热膨胀，没有变成语言，就像泥巴一样贴在黏膜上，将要和黏黏糊糊的呻吟声一起突然破裂似的。

“希子小姐喜欢米思米吧？”

“不喜欢。”

“既然如此，你为什么总是和米思米藕断丝连呢？为什么那么听米思米的话呢？”

“我根本没有听米思米的话。只是以前就认识，所以……虽然不太愿意承认，但阿孝以前多少帮助过我，所以……但是，我现在已经不想再和他有任何关系了。”

“这就是米思米的一贯做法。是米思米这样诱导的。不让所有人都喜欢自己，让自己高兴，他就不死心。他那个人，很懂得咱们所不会的那一套的。”

“他没有做那么复杂的事。阿孝只是对舞小姐很执着罢了。阿孝是个比舞小姐所想的更为平庸、狡猾而浅薄的人呀。”

“还不止这些呢。从医院一回来，米思米就说希子小姐想要拆散咱们呢。说你有意接近我，偷偷配钥匙，神经有些不正常。还说，所以必须吓唬吓唬她。要配一把希子小姐房间的钥匙。可是我不相信。我不认为希子小姐是个做得出那种事的人。”

“这些全都是阿孝胡说八道。我不是对你说过吗，原本是阿孝请我和舞小姐交朋友的。”

“不过，就连希子小姐也对我撒谎了吧？”

“算是撒谎吗……”

“因此我彻底发蒙了。所以想要离得远一些，换个角度看清楚一点。”

“对不起。不过，我以前就认识阿孝这件事，与我和舞小姐的关系完全不是一回事。”

“不是一回事，这话怎么说？”

“那个……”

我想起了两个人一起去游泳的事。还有在向日葵田拍的照片，一前一后爬宫益坂的事，一起扔垃圾袋的那个晚上，互相觉得对方可怜、愚蠢、讨厌、羡慕，彼此对视的时间。不过，以往总是这样，现在也是如此，无论怎样凝视，也不可能侵入舞小姐的眼睛深处的某个点，那硬硬的颗粒般的某个点，总是将我的视线弹回来，投向我自己。现在我看着的舞小姐，也同样会暴露在从那里折返的她自己的视线里。她受到责备，受到怀疑，在这里看她的我转眼间就会离开。只剩下她一个人……

“我一直认为咱们是能够互相帮助的。”

说这话的舞小姐，此时已经什么都不看了。

我往下一看，手里的纸杯已经被捏瘪了，浅茶色的液体滴落在脚下。

“不过，至少我算是帮助了舞小姐吧？”

“帮助？”

“那天，就是那个阿孝把舞小姐……”

“那不是帮助，是延长了。”

“……”

“不但没有帮助，希子小姐反而是助纣为虐了。只不过延长了米思米的乐趣而已。”

“那么你的意思是说，”我站起来，盯着舞小姐，“那个时候，我应该把舞小姐杀死才对吗？”

虽然说话的是我，但是舞小姐得意地扬起下巴，和我一样站起来。

我第一次发自内心地憎恨起眼前这个女人来。

“你来这儿到底想干什么？是特意来向我宣告什么的吗？如果你那么想和阿孝对等的话，尽可以直到舞小姐追求的对等实现为止，尽情地互相打杀好了！”

“那个人很像米思米啊。”

“你说什么？”

“那个人很像米思米。”

舞小姐脸上浮出的微笑里，确实掺杂了与以往不同的含义。昨天道郎的微笑与此重叠了。两个人的嘴唇，此时一模一样地微微张开着。突然间，曾经在游泳池或公寓走廊里，从舞小姐嘴里多次听到过的“对等”这个词浮现在脑海里。并且意识到——舞小姐今天一次也没有提到这个词，只有我在重复。

“舞小姐，和道郎睡了？”

没等听到她早已准备好的回答，我就扇了她一个耳光。舞小姐微微踉跄着，手扶住长椅，将另一只手捂住了被打的脸颊。她慢慢抬起来的脸上，仍然浮着微笑。

“原来希子小姐什么也没有看到啊。”

“……”

“我们不是都走到了尽头，一步也无法再往前了吗？所以，我也好希子小姐也好，都要做出最后的决定了。我逃走过一次，但又回来了，可是，希子小姐连逃走都不敢啊。”

我转过身要去开门时，背后舞小姐叫道：

“这次，我要结束这一切！”

不等电梯上来，我就一口气跑下了十层楼梯。没有回到公司的写字间，不顾一切地跑向车站。

要做的事已经决定了。我要去房间取的是一把不是我自己的钥匙。然后在今天之内找到用那把钥匙打开的门。把藏在房间里面的道郎带回来，一起逃到谁也找不到的天涯海角去。我心里只明白这一点。其余的什么也不知道了。

前天在道郎的背包里发现的钥匙，我藏在药箱的下层抽屉里了。

我只拿出了钥匙，把收在一起的装着小玩意儿的十几个荷包，连抽屉一起都扔进了垃圾箱。无论把它们看得多么宝贝，全都是徒劳。这些是我所希望的活在我的幻想中的道郎的分身，不是现在我所需要的真人。

我把内衣和毛衣塞进大大的尼龙包里，把装有账户之类和护照的小袋子放进去。准备完了之后，环顾起居室，窗边可怜巴巴的榕树进入了眼帘。对于被抛弃也毫无怨恨的样子，更让人难以割舍，可又十分无奈。走出玄关，立刻看到电梯停在二楼，开着门。回头看到还没有关上的房门里，鞋柜上的玻璃盒子里有那把两个月前阿孝还给我的钥匙。假如舞小姐说的是真话，那就不是我家的钥匙，仍然是我配的他们家的钥匙。我再次打开门，把那把钥匙拿在手里后，上了电梯。

在 705 号房间里，就如同被窃贼光顾过似的乱得一塌糊涂。

在厨房的水池里，堆满了脏碗碟。沙发上覆盖着衣物，分不清是从露台上拿进来的还是脱在那里的。地上到处是巧克力和饼干空盒。有的盒子里面的食物掉在了地板上。放在堆积的书上的微微倾斜的木制板上，还贴着那张和舞小姐在向日葵田拍的照片。

我先打开电视柜下面的储物柜一看，DVD 或扑克牌或各种充电器毫无秩序地塞在里面，没有心情拿它们，去了卧室。刚一走进去，那天一边流血，一边重叠在一起的两个人的死尸一般的情景再现了。不过今晚，即便在这里重新上演了上次那一幕，也和我无关了。

靠墙的书柜上，摆放着好几盆很小的仙人掌。其中一个被置于长条形木箱里，那木箱里还放着不知是哪个国家的纸币和两本护照。打开上面的一本护照，看到了没有化妆的阿舞的缺乏表情的面部写真。原本只想拿走阿孝的，可是看到此照片的瞬间，我忽然产生了一股强烈的自信，即便把这个女人换成自己，和道郎一起逃到外国去也不是不可能的。于是把两本护照都放进了包里。我仿佛觉得通过这一连串粗野的举动，便彻底剥夺了这两个人的名字，以及两个人今后本该拥有的存活的时间一般。

再次打量书架时，在三盆并排的小仙人掌旁边，摆着好几瓶指甲油。最前面的是今天阿舞指甲上看到的杏黄色。

我很小心地给自己的指甲涂上这种颜色。指甲上的杏黄色，在这个房间里也显得不大协调，怎么看都觉得别扭。等着指甲油干燥的工夫，我在沙发上坐下来，一直盯着向日葵田的照片看。在出门之前，我把那张照片从摁钉里拿下来，揣进了口袋里。

23

从涩谷站沿着东急本线埋头赶路时，挎在肩膀上的大包多次碰到了行人的侧腹。

遭遇不礼貌行为的人们不愉快的神情，仿佛连续的底片般转变为暗色，不断地流向后面。

从面朝马路的一家家店铺里传出了播放的音乐。但是想要听清楚其中一首时，另外一首乐曲便加以干扰，音乐只能停留在耳朵入口处，互相混淆，变成粗糙的灰块儿。匆匆闪灭的众多招牌犹如草书一般装点着涩谷街头，沉重的铅色天空已经渐渐被夜色浸染。拐过东急后，进入了狭窄的小胡同，在电脑的地图上无数次查阅也没有找到的路线，我竟然一点也没有迷路地一直往前走。这个世上一定会有只有脱离轨道的人才能走到的场所，对我来说，恐怕就是那个简陋公寓了。

天空已经黑下来了。和以前看到的完全一样，发绿的街灯下，那座木造房屋仍然寒酸地坐落在那里。如此简单的事，不知道自己为什么一直犹豫到现在。

我紧紧握住了口袋里的钥匙，那天晚上道郎进去的二层左侧的房间拉着黑乎乎的窗帘，从缝隙间露出光亮。我慢慢地走上楼梯。再过几秒钟后，就会打开门找到他了。然后对他说，和我一起逃走吧。拉起他的手……一切都是完美无缺的。既然来到了这里，不是只能如此吗？除此之外不是再也没有其他办法了吗？

我对着门，呈直角形地拿着钥匙的右手微微颤抖着。

就像打枪那样，我用左手扶着右手，把钥匙头插进锁眼里，屏住呼吸慢慢往左旋转。

比手里的感觉稍快一步，听到了短促的咔嚓一声。

“谁？”

打开的门里，站着一个陌生的女人。

这是个没有化妆，长发到腰间的女人。穿着编织眼儿很粗的土黄色毛衣，灰色的运动裤。光着脚。我已经踏进一半的狭小玄关里，高腰靴的鞋头各朝一方。入口旁边就是灶台和水槽，女子站在冰箱前面。

“喂，你要干什么？”

我没有理她，径直走过她的身边，穿着鞋就拉开了通向里屋的拉门。道郎躺在窗边的床铺上，吸着烟。穿着昨天离开我的房间时一样的衣服。

“喂，问你呢，你要干什么呀？”

她从后面抓住我的胳膊，用力拽我。我甩掉她的手，抓住了道郎的胳膊。道郎默默地使劲摇晃胳膊。但是我不放弃，用尽浑身力气，拉拽他的身体。

“赶快和我一起逃走吧。”

“逃走？为什么要逃走？”

女人转到我的正面，抓住我的肩膀，离得很近地盯着我的脸。我也盯着她的脸。虽然两道剑眉和一对双眼皮大眼睛似曾相识，但不像我认识的任何人。

“随便闯进别人家，喂，你想干什么？你到底是谁呀？”

我停止了抵抗，低头看着床铺上的道郎。他低着头，把烟头在烟灰缸里摁灭，粗声叹了口气。烟灰缸里满满的烟蒂，有长的有短的，也有过滤嘴上有粉红色口红的。不过，此时抓着我肩膀的女人的嘴唇是干燥的紫色，不是那种颜色。女人突然放开了我，嘻嘻一笑。将从运动裤里露出的光着脚的脚底板踩在道郎的后背上。

“喂，又跟上次那个女孩子一样吧？”

一边这样说着，女人一下接一下地踩着道郎的后背。我站着发呆，她回过头来，不知为什么温柔地对我微笑道：“对不起啦。”

然后一把揪住道郎的额发，横着摇晃。道郎任由她摇晃着头发，躺倒下去，点着了一支烟。

“这种事不是第一次了。”

被女人抓住额发后，露出的他的狭窄前额，我还是第一次看到。

“所以，你也平静一下……”

我从来没有像现在这样平静。虽然想要叫喊，却发不出声音，就像喉咙被胶带勒住了似的。

“你听着，错的都是这个人。所以，你就当作遭遇了一场交通事故，死了心吧。喂，你也得道歉呀。”

女人揪着道郎的额发，强迫他低头。结果把烟灰撒到了被子上。我一下子瘫在了地上，拼命想要从抽搐的舌头缝隙间对着眼前的窄额头送出什么话来——我还带着道郎的护照呢。还有很多钱，所以，你想去哪里都可以……可是实际上说出来的只有“道郎”一个词。

“道郎？”

女人冷笑起来。回头一看，女人把手遮着嘴问他：“你叫道郎吗？”

听不出词语的吼叫从我的心底涌出来。我一边大声叫嚷一边抓住道郎的胳膊，女人从身后把手伸进我的腋下，用力把我拉开。我用胳膊肘狠劲捶了一下贴着我的柔软的腹部，把她顶到了墙壁上，然后想再次抓住道郎的胳膊时，身体失去了平衡，自己摔倒在了榻榻米上。

从开着一条缝的壁橱里，我看见堆着好几个白色的荷包。

24

我走了一整夜，终于回到公寓前时，天已经亮了。

途中下起了雨，半夜过后从雨雪变成了雪。

在井之头路的便利店里买了把塑料伞，雨伞上面仿佛蒙上了一层细密的蕾丝，积了薄薄的雪。买了雨伞一个小时后，两脚的后脚跟磨出了好几个水泡，我便把鞋脱了下来。比起水泡来，麻木般的寒冷还要好受些。我做好了走长路的精神准备，可为什么没有穿运动鞋出来呢？好在有这个大包，不用拿着鞋了。况且包里面还准备了好几双厚袜子。

吸收了冰冷的厚袜子很沉重。走在等距离街灯照射下的便道上，不时擦肩而过的行人没有一个人朝我的脚瞅一眼，都被笼罩在寒冷中，静悄悄地走路。无论走多久，好像都一直走在同样的地方似的。脚很快就麻痹了，感觉不到冷和疼，什么感觉也没有了。尽管疲劳至极，可是每当只有身体的某一部分想要品味这种感觉时，疲劳便如漏网之鱼逃之夭夭了。

刚才出来时以为再也见不到的公寓，现在仍然矗立在和出来时同样的场所，守护着在那顽强的白墙里面沉睡的人们。虽然在白天的阳光下觉得很耀眼的白墙，在路灯下看，外立面的凹凸将白色减弱了一半，使这个建筑物本身变成了更加巨大、更加雪白的什么影子了似的。

要是在平日，这个时间我也裹着厚厚的毛毯沉睡了。昨天白天没有见到舞小姐。而夜晚，没有去涩谷那个房间的另一个我，仍旧在这个公寓的一个房间里睡觉也毫不奇怪。几个小时后，另一个我被闹钟叫醒，洗脸，穿衣服，吃早饭，化了妆出门……然后开始还没有弄脏的、亮闪闪的崭新的一天。她为什么不是现在这个我呢？不，现在也不晚，肯定很简单的。穿过那个公寓入口，走上楼梯，打开玄关的门，冲个热水澡，上床就可以了。不过如此。只要迈出一步，以后就会像流水一样，所有一切都会继续发展下去的。

可是，现在面前这个建筑物里的某种东西确实在拒绝我。

与其说是某种东西，与其说是一部分，应该说是这个建筑物整体，不，是把这个建筑物当作一个巨大的影子的某种更加巨大的什么东西在拒绝我。

我肯定还待在轨道外面呢。保护渴望平静地睡眠的人们的这个结实而安全的容器，并非是那种人回来的地方。

在一排长方形窗户里，只有205号和五层上面的窗灯亮着。姑且不说上面，为什么我的房间亮着灯呢？出门的时候忘了关吗？还是道郎来了呢……后面这个猜想让我今天第一次发笑。我笑了。太可笑了，这是多么可悲而失礼的结果啊。这个结果又是多么适合我啊。

我合上雨伞，仰望苍穹，让雪花飘落到脸上。虽然冰凉冰凉的，感觉则是热乎乎的，这是由于我依然执着的、不能割舍的、怀着作为生物的热度站在那里的缘故。

突然听到了地鸣般的响声。我突然睁开眼睛，正面公寓入口的自动门打开时，眼前顿时一片白蒙蒙。从自动门里步履蹒跚、跌跌撞撞走出来的正是舞小姐。她穿着和白天见到她的时候一样的茶色外衣，脚上是同样的鞋子。

一瞬间我以为她是在等着我，但舞小姐看见我后，吃惊地站住了，于是我明白了，其实是我在等候她。

看到我没有穿鞋，只穿着袜子的狼狈样，舞小姐再一次看了看我的脸，然后微笑了。

“都结束了吧？”

隔着飘然扩散的白色气息，看见她呈现出柔和之光的脸上有一道渗着血的划伤。含着水汽的雪花飘然落到她的脸上，变成粉红色的一条线静静地流下来。

舞小姐并非直线地、微微有些偏离我所在的角度似的走近了我。我以为她会径直走过去，可是走到我站着的花坛前时，她站住了，缓慢地回过头，朝走出来的地方看去。

我们并肩仰望眼前的公寓。

我的手心里感到了温暖。也同时感受到了冰冷。两只手的不同温度渐渐融合成一个身体的热度。比起刚才自己一个人所感受到的，是更坚强的不允许停留在一处的热度。那热度仿佛从脚下沿着地面传导着，微微震撼着眼前巨大的白色影子，连同里面被它守护的人们的睡眠一起被慢慢地融化着。

地鸣般的声音还在不停地嗡嗡作响。

“还没有结束呢。”

我和她面对面之后，正如我说的那样，舞小姐的嘴唇微微嚅动了。

“现在才刚刚开始吧？”

窗灯熄灭了一个。

东方天际下面暗淡的光线渗透出来，将飘落下来的雪花一瞬间照得透明了。

图书在版编目（CIP）数据

茧 / (日) 青山七惠著；竺家荣译. 一 北京：北京联合出版公司, 2017.5

ISBN 978-7-5596-0380-7

Ⅰ. ①茧… Ⅱ. ①青… ②竺… Ⅲ. ①长篇小说 - 日本 - 现代 Ⅳ. ①I313.45

中国版本图书馆CIP数据核字(2017)第093255号

著作权合同登记　图字：01-2017-3430号
MAYU
By NANAE AOYAMA

Original Japanese edition published by SHINCHOSHA PUBLISHING CO.
Chinese（in simplified character only）translation rights arranged with
SHINCHOSHA PUBLISHING CO. through Bardon-Chinese Media Agency，Taipei.

茧

作　　者：（日）青山七惠
译　　者：竺家荣
出 品 人：唐学雷
责任编辑：夏应鹏

北京联合出版公司出版
（北京市西城区德外大街 83 号楼 9 层　100088）
北京慧美印刷有限公司印刷　新华书店经销
字数：217千字　880 毫米 × 1230 毫米　1/32　印张：9.75
2017 年 6 月第 1 版　2017 年 6 月第 1 次印刷
ISBN 978-7-5596-0380-7
定价：39.80 元